Jägerjagd

Jägerjagd

Clemens Heck

1.1.1 Impressum

Jahr: 2023

1.1.1.1 ISBN: 9789403716978

Verlagsportal:

Gedruckt in Deutschland

Die Deutsche Nationalbibliothek verzeichnet diese Publikation in der Deutschen Nationalbibliografie

Titelfoto mit freundlicher Genehmigung von Rene Hess, Neckargemünd

Die Handlung und die Personen sind frei erfunden.

1

Wie immer im November sind alle Plätze im urigen Gasthaus "Hirsch" in Schönau für das Mittagessen reserviert. Hier, wo sich nach Ansicht vieler Heidelberger und Mannheimer Fuchs und Hase gute Nacht sagen, hält Küchenchef Lutz Feigenbutz seine Küchencrew am Laufen. Im Gegensatz zu seinen bekannten Kollegen der Sterne-Gastronomie führt er das vierköpfige Team mit Humor und Verstand. Humor ist auch notwendig, werden sie doch auch an diesem Sonntagvormittag rund einhundert Essen zum Mittagstisch in ihren Töpfen und Pfannen zum Kochen bringen.

Es ist bereits kurz nach neun Uhr als er bei seiner Chefin Martina nachfragt, wo denn deren Mann und mit dem von ihm angekündigten frischen Reh bleibe. Die Angesprochene zuckt kurz mit den Schultern, öffnet eine Flasche des zum heutigen Wildgericht empfohlenen Cabernet-Dorsa und ruft ihm barsch zurück "Keine Ahnung, der wird schon bald da sein. Hat sich wohl in seinem Wald verlaufen." Einige Stunden später, und nachdem viele Gäste auf das erwartete frische Wild verzichten mussten, ist klar, dass sich der Inhaber des "Hirsch" in seinem Odenwälder Revier nicht verlaufen hat.

2

“Klein” meldet sich die 30 jährige Rike an ihrem Mobiltelefon. “Und wo ist das genau?”- Pause- “Bei Eiterbach, mitten im Wald? -Pause –“okay, ich wiederhole. Treffen mit Lotsen am Lotsenpunkt HD 124 in Eiterbach. Gehört das nicht zu den Kollegen von Hessen?” Nochmals Pause “Aha, der Tote liegt wenige Meter vor der hessischen Landesgrenze in Baden.” “Ok, wir machen uns auf den Weg”.

“Das war`s wohl mit dem Nachmittagstee?” die Enttäuschung steht ihrem Michael Bannings ins Gesicht geschrieben. “Was ist denn los?” fragt er Rike, während diese sich eine wetterfeste Jacke überwirft und neben ihren Straßenschuhen noch ihre Gummistiefel aus dem Schuhschrank hervorzieht. “Keine Ahnung, wohl ein Jagdunfall. Jedenfalls wurde mitten im Wald kein Wild, sondern der zugehörige Jäger mit einem Einschussloch gefunden. Damit ist das schöne Wochenende für mich auch schon dahin”.

3

“So ein Mist” fluchend quält sich Klaus Müller, Leiter der kleinen Heidelberger Mord-kommission, aus einem alten, klapprigen Lada Niva. In dieses war er gemeinsam mit seiner Kollegin Klein umgestiegen, als der sie abholende Förster am Rettungspunkt

HD124 erklärte, dass sie lediglich über marode Waldwege oder Rückegassen in die Nähe des Fundorts der Leiche kommen könnten. Müller`s Laune verbesserte sich auch nicht, als er unmittelbar beim Aussteigen seine lediglich knöchelhohen, wasserfesten Lederschuhe in einem deutlich tieferen Wasserloch versenkte und sodann das Regenwasser der vergangenen Tage seinen rechten Fuß umspülte.

"Du solltest dir richtiges Schuhwerk zulegen" machte sich Rike über das Missgeschick ihres Kollegen lustig während sie mit ihren Stiefeln durch die tiefen Pfützen watete.

"Was haben wir denn genau?" ist die zu seiner Laune passende Begrüßung seines Kollegen und Streifenpolizisten Klaus Neumann vom Polizeirevier Neckargemünd. "Wir haben gegen 12 Uhr einen Anruf von Andreas Fuchs erhalten. Herr Fuchs ist Jäger im benachbarten Revier und ein Freund des Toten. Ihn hatte dessen Frau angerufen, nachdem ihr Mann nicht von der Jagd zurückkehrte. Herr Fuchs hat nach ihm gesucht und ihn dann hier, in unmittelbarer Nähe des Hochsitzes, leblos aufgefunden.

Wir waren dann etwa eine Stunde nach Eingang des Notrufes vor Ort und haben Euch nach einer ersten Sichtung sofort alarmieren lassen".

“Eine Stunde? Habt ihr im Revier erst noch fertig essen müssen?” das Unverständnis des KHK-Müller ist nicht zu überhören. “Nein, was glauben Sie denn was hier sonntags los ist? Wir sind mit einem Streifenwagen für ein riesiges Gebiet von Wilhelmsfeld bis hinter Meckesheim zuständig. Als der Notruf kam, waren wir gerade wegen eines Unfalls in Mönchzell. Dort ist einer in eine Baugrube rein gefahren, weil er meinte durch die gesperrte Hauptstraße fahren zu können. Von dort hier rauf sind`s locker dreißig Kilometer. Dann noch durch den Wald und die letzten dreihundert Meter zu Fuß. Wir haben ja keinen Chauffeur”, dass soeben begangene Revanchefoul des Streifenpolizisten am Kriminaler ist nicht zu überhören.

“Schon gut” lenkt Müller ein. “Das habe ich jetzt verstanden. Was liegt genau an?”

“Als der Kollege Calvagno mit mir hier eingetroffen ist, haben wir Herrn Fuchs mit seiner Jagdwaffe ausgestattet neben dem Toten vorgefunden. Wir haben zunächst Herrn Fuchs die Jagdwaffe abgenommen und diese gegen seinen Protest sichergestellt. Bei dem Toten handelt es sich nach dessen Angaben um Manfred Hauweg. Sie müssen wissen, dieser ist hier kein Unbekannter. Seine Familie bewirtschaftet seit Jahrhunderten den “Hirsch” in Schönau. Wie der Name des Lokals vermuten lässt, gibt es dort seit vermutlich genauso vielen Jahren Wild aus dem eigenen Jagdrevier. Wir haben bisher die Angehörigen nicht benachrichtigt und auch Herrn Fuchs untersagt, dies zu tun."

"Dann wissen wir ja was wir als erstes zu tun haben" bringt sich Rike Klein in das Gespräch ein. "Erstmal vielen Dank. Sie bleiben jetzt noch bitte vor Ort bis die Kriminaltechnik ihre Arbeit am Fundort erledigt hat. Der Leiter der Einheit, Hakan Yildirim, müsste bald hier eintreffen und informiert sie, sobald die Absperrungen aufgehoben werden können. Das Gewehr des Auffindenden sollen die gleich kriminaltechnisch untersuchen. Ist zwar unwahrscheinlich das er was damit zu tun hat, aber man weiß ja nie." "Alles klar. Dann geben wir mal dem Revier Bescheid, dass die noch Verstärkung aus Heidelberg anfordern. Das hier wird ja sicherlich noch eine ganze Zeit dauern".

4

"Das war gut, dass Du den Fuchs gleich morgen früh zu uns aufs Dezernat bestellt hast. Bis dahin sollten wir wissen, ob wir ihn als Zeuge oder Beschuldigten vernehmen. Yildirim hat mir versprochen, dass er als erstes untersucht, ob die Jagdwaffe von Herrn Fuchs auch als Tatwaffe in Frage kommt" lobt KHK Müller seine Mitarbeiterin. Diese fährt währenddessen in engen Kurven dem im schönen Steinach Tal gelegenen Klosterstädtchen Schönau entgegen und denkt dabei über einen ganz anderen

Aspekt des heute erfahrenen nach: „Mönchzell? Irgendwie kommt mir der Ort bekannt vor“ denkt Rike nochmals über den von ihrem Kollegen am Fundort beschriebenen Bezirk nach. „Ich weiß nur nicht mehr in welchem Zusammenhang.“ „Vielleicht weil es dort in der Metzgerei die weltbesten Fleischkäsebrötchen und geradezu himmlische Weißwurst gibt“ antwortet vermutend ihr Kollege und verspürt in diesem Moment trotz der morgendlichen Leiche einen immensen Appetit auf die besagten Köstlichkeiten.

Rund dreitausenddreihundert Einwohner leben in Schönau, das aufgrund seiner etwas abgeschiedenen Lage heute eher ein Mauerblümchendasein in der Metropolregion Rhein-Neckar führt. Einst war Schönau ein auch überregional bedeutender Ort. Insbesondere im 12. Jahrhundert gab es durch das hier ansässige Zisterzienserkloster eine Blütezeit. Bedeutende Menschen ihrer Zeit, wie beispielsweise ein Bruder des Staufers Kaiser Barbarossa, fanden hier ihre letzte Ruhestätte. Doch mit der Reformation begann der Niedergang des Klosters. Als im 16. Jahrhundert Calvinisten aus Frankreich nach Schönau immigrierten und sich wohnlich im ehemaligen Kloster niederließen, zerfiel die ehemals geschlossene Anlage immer mehr.

Die Ermittler stellen ihren Wagen in der Klosterstraße ab um dann die wenigen Schritte zum

Gasthaus “Hirsch” zu gehen. Es sind nur wenige Stufen, die sie zum Eingang im ersten Stock zurückzulegen haben. Beim Eintritt in die historische Gaststube, muss Kriminalhauptkommissar Müller trotz seiner nicht ganz 1,80 Meter Körpergröße den Kopf einziehen. In diesem Moment tönt es bereits aus dem Inneren “Wir haben zu”. Wortlos dreht sich die etwas kräftige und noch recht junge Dame ab ohne eine Reaktion der Eintretenden abzuwarten. “Was wollen sie denn noch?” gibt sie mit einem noch aggressiveren Tonfall und einer ausladenden Handbewegung deutlich zu verstehen, dass Gäste heute hier unerwünscht sind.

“Sind Sie Frau Martina Hauweg?” ebenso fragend wie bestimmend unterbindet Rike Klein weitere Unfreundlichkeiten. “Nein, die Chefin ist oben in ihrer Wohnung. Der geht`s nicht so gut”. “Dann rufen sie mal oben an und melden uns bitte an. Wir kommen von der Polizei und möchten mit ihr reden” gibt die Nordfriesin in der dort vorherrschenden kühlen Art weitere Weisung. “Jawohl, ich kümmere mich gleich darum.“ Keine zwei Sekunden später war die junge Dame auf dem Weg nach oben verschwunden.

5

“Und dann planen die Schweine schon wieder eine Treibjagd” wütend wirft Malte, ein junger Student der Geophysik eine leere Dose Redbull in einer Gartenhütte nahe des Dossenheimer Steinbruchs an die Wand. “Parallel trauen die sich über ihre Propagandisten im Spiegel zu Protokoll zu geben, dass in Deutschland die normalen Jäger viel zu viel “Heger” und zu wenig “Jäger” wären. Diese müssten für den Klimaschutz viel mehr Wild abschießen, sonst habe dieser keine Chance. Unser Wild würde alle jungen Bäume abkauen und damit ein Nachwachsen verhindern” keift eine junge Lehramtsstudentin namens Doreen Rieger dazwischen, die sich ebenfalls bei “Tierwacht aktiv” engagiert.

Diese, vor wenigen Jahren von Heidelberger Studenten gegründete Gruppe hat sich dem Tierschutz verschrieben. Waren es anfangs noch Aktionen wie Mahnwache vor dem letzten Mannheimer Schlachthof, wurden der Protest und letztlich die Aktionen von “Tierwacht aktiv” mit der Zeit immer radikaler.

Als die Gruppe erstmals in Schweinehaltungen im Odenwald nachts einbrach und Bilder an die Öffentlichkeit brachte, die grausame Zustände und auch Pflichtverletzungen der Veterinärämter dokumentierten, war der Beifall der Öffentlichkeit groß. Milde Urteile der zuständigen Gerichte für den Einbruch bestärkten die Aktivisten in ihrer Auffassung, dass sie nicht kriminelle Täter sind.

Seitdem sehen sie sich als freiheits- und gerechtigkeitsliebende Helden, deren Taten von der Öffentlichkeit bejubelt werden.

Wenig später, inzwischen sägte die Gruppe die ersten Hochsitze in den Wäldern rings um Heidelberg ab und brachte erste - fingierte Bilder aus anderen Tierhaltungen in die Öffentlichkeit, stiegen die ersten Mitglieder aus. Zu extrem waren ihnen die Aktionen und zu extrem auch die Bereitschaft mit dem Gesetz in Konflikt zu kommen.

So sind heute die acht Menschen zusammen, die sich selbst als "Hardcore-Tierschützer" bezeichnen und eine in sich geschlossene Gemeinschaft bilden. Alle sind auf dem besten Weg die berufliche Karriereleiter auf den ersten Metern zu gehen. Gerade deshalb ist allen klar, dass sie ein verschworener und in erster Linie über ihr Tun verschwiegener Kreis bleiben müssen.

"Ich habe den Eindruck die Treibjagden werden immer mehr" gibt Nils, nebenbei Gründer eines kleinen Software-Startups in Heidelberg seiner Empfindung Ausdruck. "Ja" pflichtet Doreen ihm bei „und letztlich immer erfolgloser. Die Jäger kommen von immer weiter her, sehen die Treibjagd eher als gesellschaftliches Event und sind, da sie sich ja nicht auskennen, nicht unbedingt in der Beute erfolgreich.". Malte fährt fort "Übernächsten Samstag ist die Nächste im großen Wald zwischen

Wiesenbach, Lobbach und Meckesheim. Da könnten wir uns ja wieder einmal eine Überraschung überlegen." "Gute Idee" Doreens Augen beginnen bei dem Gedanken zu glänzen. "Dann lasst uns doch mal überlegen, was wir machen könnten."

6

"Guten Tag. Meine Name ist Martina Hauweg. Was kann ich für Sie tun?" Rike Klein und Klaus Müller werfen ihre Blicke auf eine gut aussehende Frau Anfang sechzig, deren Auftritt bereits verdeutlicht, dass sie gewohnt ist, ihre Fragen auch beantwortet zu bekommen. "Guten Tag Frau Hauweg. Mein Name ist Klaus Müller und das ist meine Kollegin Rike Klein. Wir kommen von der Heidelberger Kriminalpolizei und haben eine schlechte Nachricht für Sie. Können wir irgendwo ungestört reden?"

"Wir haben ein Schild "Wegen Trauerfall geschlossen" an die Außentür gemacht, Martina" mit Tränen in den Augen verlässt fünf Minuten später Lutz Feigenbutz die Gaststube, in der seine Chefin mit den beiden Polizisten sitzt. "Dann ist es also wahr" mit den Händen vor dem Gesicht bricht Martina Hauweg zum wiederholten Male in Tränen aus. "Ich hatte heute Morgen schon ein so komisches Gefühl. Aber er wollte unbedingt noch auf die Jagd damit die Gäste das beste und frischeste Wildbret weit und breit bekommen. Das war doch immer unser ganzer Stolz" die letzten Worte gehen in einem weiteren Tränenausbruch unter. “Frau Hauweg, wir verlassen sie jetzt und kommen morgen wieder. Haben sie jemanden um jetzt nicht alleine zu sein? Wir könnten ihnen auch jemanden besorgen, der ihnen beisteht” aus der Stimme von Klaus Müller ist echte Anteilnahme zu hören. “Nein, danke. Das geht schon. In so einem Dorf ist man nie alleine und erst recht nicht an einem solchen Tag. Das wird sich in Windeseile herumsprechen” erneut werden ihre Worte von einem Tränenschwall unterbrochen. “Gut, dann kommen wir morgen Vormittag nochmals bei Ihnen vorbei. Alles Gute.” Während die beiden Ermittler die Treppe vom Gasthaus hinabgehen, kommt Ihnen bereits eine in schwarz gekleidete Dame mit schnellen Schritten entgegen. “Na, das spricht sich ja flott rum” bewertet KHK Müller die Situation. “Ja, das ist fast wie, wenn vor meiner Insel ein Schiff untergegangen ist. Bevor der letzte Mast versunken war, standen meine Ahnen bereits am Strand.” „Ja“, fügt Müller hinzu “Aber nicht um die armen Seelen zu retten, sondern eher um das zu erwartende Strandgut an sich zu nehmen. So gesehen sind vielleicht die Nordfriesen nicht anders als die Kurpfälzer.“ Mit einem dicken Schmunzeln im Gesicht startet Rike den Motor um wenigstens vom restlichen Wochenende noch etwas zu haben.

7

“Und dann habt ihr tatsächlich nicht geheiratet?” Solveig Janssen muss sich vor Lachen am Tresen des “Aix en Provence” festhalten. “Was heißt haben, wir durften ja nicht. Mein Held und immer noch Freund Michael bereitete mit Steve gemeinsam alles für die Hochzeit vor. Zig Telefonate, Versand von Unterlagen und nicht zuletzt die passende Menüwahl für die Feier. Da musste ich doch überzeugt sein das zwei Briten, noch dazu wie ich meinte, überdurchschnittlich intelligente Briten, in der Lage sind sauber die Bürokratie zu beherrschen. Dann stehen wir im Rathaus in Exeter, wollen unsere Papiere für die am nächsten Tag stattfindende Trauung abgeben und wundern uns, warum die Dame so komisch schaut. Schwupps war sie weg und fünf Minuten später ihr Chef bei uns. Der fragt nach dem Original oder zumindest einer Apostille der Kopie des “Ehefähigkeitszeugnisses.” Wir schauen uns an, Michael sagt es ist ja beglaubigt und der eigentlich nette Beamte sagt das sei richtig. Richtig sei aber auch, dass sie seit dem Brexit eine Apostille als Mindestform benötigen und mit der vorgelegten Kopie mit einfacher Beglaubigung diese Formvorschrift nicht eingehalten wäre. Ich fragte dann, was das denn konkret heißen würde und er sagte, dass ich morgen Nachmittag nicht wie geplant Bannings, sondern weiterhin Klein heißen werde. Es sei denn ich könnte form- und fristgerecht das

Original des Ehefähigkeitszeugnisses oder eben eine Apostille davon vorlegen.“ “Und dann?” Solveig liefen vor Lachen die Tränen über die Wangen. “Was und dann?” Rike kann sich noch zu gut an die Minuten erinnern. “Sind wir natürlich ohne Apostille gegangen, haben die eh im kleinen Rahmen geplante Feier abgesagt und Michael hat alle Eide geschworen nur noch in Deutschland zu heiraten. Daneben wollte er auch nie mehr die Insel betreten, die britische Staatsbürgerschaft ablegen und King Charles III. einen Protestbrief schreiben.” Aber dafür ist doch die Regierung und nicht der König verantwortlich” wendet Solveig ein. “Das habe ich auch gesagt. Er meinte aber, die Regierung wechselt so häufig, da sei es doch besser gleich an den König zu schreiben. Der könne immerhin auch sechsundneunzig werden.”

“Aber erzähl mal bevor Michael kommt. Was gibt`s Neues auf Föhr?

8

“Mensch, hör zu” Jörg Keitel ist erregt „wenn du meinst den Bock für achtzig Euro von mir zu kriegen, hast du dich geschnitten. Hör doch mal zu. Ach, leck mich doch” mit einer Reihe weiterer Verwünschungen wirft er das Mobiltelefon auf seinen abgewetzte Couch. Nach einem tiefen Schluck eines bekannten Plankstadter Bieres greift er erneut zum Telefon. Kurz bevor er beinahe wieder auflegen wollte, meldet sich doch noch eine ihm bekannte Stimme am anderen Ende. “Hallo Harald. Du, ich habe mal wieder was für Dich. Zwei ganze Rehe, einen Bock und noch die Hälfte von einem Wildschwein. Wär das nichts? Kriegst auch einen Sonderpreis und Lieferung frei Haus.” Mit einem kehligen Lachen und dem folgenden Drücken der Beenden-Taste bestätigt er den gerade abgeschlossenen Deal mit seinem Kunden.

“Na also, geht doch” zufrieden mit sich und der Welt verlässt er seine rustikale und mit allerhand Geweihen ausgestattete Wohnung mitten in der futuristischen Heidelberger Bahnstadt um die Lieferung auf den Weg zu bringen.

9

In Kleingemünd ist es kurz vor 20 Uhr als Opa Klaus und Oma Anne, so kann sich der ältere Teil der Familie Müller seit fast einem halben Jahr nennen, aus ihrem gemeinsamen Fernsehprogramm gerissen werden. Jana, Tochter von Lena und damit Enkelin von Klaus und Anne Müller geht in ihre heutige fünfte Schreiphase über. “Gib mir mal die Flasche” aus der Stimme der Oma ist bereits eine gewisse Routine zu hören. “Das bringt doch nichts. Das Kind zahnt und schreit deshalb” doch die Worte von Klaus Müller verhallen unerhört.Der Opa, der im Hauptberuf Kriminalhauptkommissar bei der Mordkommission in Heidelberg ist, stellt den

Fernseher lauter um die letzten Beiträge in der Abendschau Baden-Württemberg zu sehen. Als er das Dorf Schönau erkennt, stellt er sogleich lauter. "kam es in der Nähe des Dorfes Schönau im Odenwald zu einem Kapitalverbrechen. Wie aus Kreisen der Polizei zu vernehmen war, handelt es sich bei dem Toten um einen Gastwirt aus Schönau, der mit Schussverletzungen an seinem Hochsitz aufgefunden wurde. Freunde des Toten vermuten, dass sein Tod möglicherweise mit den Anschlägen auf Hochsitze in der Kurpfalz in Verbindung zu bringen sind. Gerade der vordere Odenwald sei ein Schwerpunkt dieser Jagdgegner. Und nun das Wetter" wütend schaltet Müller den Fernseher aus. "Diese Idioten" blafft er ungehalten los "da können wohl wieder ein paar nicht das Maul halten. Und wir? Wir sind die Deppen, die dann nur noch mit Vermutungen konfrontiert werden". "Komm mal wieder runter" unterbricht ihn seine Frau bestimmt. "und gib mir mal eine neue Windel. Dein Enkelkind zahnt vielleicht, aber geschrien hat`s, weil sie vermutlich den Gestank aus der eigenen Windel nicht mehr ausgehalten hat." Wenige Minuten später sitzt die Familie Müller, wie bereits seit vielen Jahren, vereint auf der Coach um der nächsten Folge eines Münsteraner Tatorts zu lauschen. Und spätestens als Thiel aus Müller`s Sicht völlig unfachmännisch eine Vernehmung leitet, ist dessen Zorn auch schon wieder verflogen und seine

Aufmerksamkeit auf den Kollegen aus der westfälischen Provinz gerichtet.

10

Wie jeden Morgen, so ist auch heute die Fahrt von Daniel Schubert in das Büro im Kriminaldezernat in der Heidelberger Römerstraße von Stau geprägt. Während er den letzten Kilometer der A 656 von Mannheim nach Heidelberg im Schritttempo zurücklegt, denkt er mal wieder über einen Wohnungswechsel nach. Aber alle Versuche, ihre eigentlich recht gemütliche Wohnung in der Mannheimer Innenstadt zu verlassen, sind bisher gescheitert. Gründe waren entweder die unverschämten Forderungen der potentiellen Vermieter oder die Vorstellung seines Lebenspartners Alex, dass die neue Wohnung auch zum Waldhof, seiner aktuellen Arbeitsstätte, eine gute Anbindung haben muss. In der Folge sitzt Daniel Schubert auch heute eine gute Stunde im Auto um die 20 km zu seiner Arbeitsstätte zurück zu legen.

So ist es bereits kurz nach acht Uhr, als er die heiligen Hallen der Heidelberger Mordkommission betritt. Rike Klein, die neuerdings fast nur noch mit ihrer Moto Guzzi zum Dienst erscheint, ist bereits vor Ort und informiert ihn sogleich über das gestrige Ereignis in Schönau. "Darüber habe ich in den Nachrichten gehört" berichtet ihr Schubert. "So wie das geklungen hat, scheinen wir ja unmittelbar vor einem Fahndungserfolg zu stehen." "Ja, den Eindruck habe ich auch" ruft Klaus Müller dazwischen, der Schuberts letzten Satz aufgeschnappt hat. "Dabei haben wir noch gar nicht angefangen. Rike, frag mal bei Terhoven in der Gerichtsmedizin und bei Yildirim in der KTU nach. Sobald beide in der Mordsache sprachfähig sind, treffen wir uns mit ihnen im Besprechungsraum. Lade auch Kriminalrat Bauer und den Staatsanwalt dazu. Wenn sie da wären, sparen wir uns ein weiteres Abstimmungsgespräch" mit diesen letzten Worten verschwindet KHK Müller in seinem Büro während Rike Klein und Daniel Schubert die nächsten Minuten damit beschäftigt sind, dessen Anweisungen auszuführen.

"Guten Morgen Kollegen" hallt zwei Stunden später die Stimme von Kriminalrat Bauer durch das Dezernat. "Schön, dass sie an den Staatsanwalt und mich auch gedacht haben." Mit seinem gewohnt raumgreifenden Schritten folgt Staatsanwalt Walter Knopf dem Kriminalrat in den Besprechungsraum. Hier sitzt bereits Hakan Yildirim, Leiter der Kriminaltechnik, neben einem sichtlich genervten Gerichtsmediziner Michael Terhoven. "Da die Ermittlungen in den bewährten Händen von Kriminalhauptkommissar Müller liegen, sollten sie auch die Besprechung leiten" mit diesen Worten übergibt der Kriminalrat die Verantwortung für einen gelungenen Auftakt an seinen Mitarbeiter.

“Vielen Dank, Herr Kriminalrat” beginnt KHK Müller. “Über das Geschehen wird uns nun als erstes Frau Klein in Kenntnis setzen” delegiert auch dieser die Verantwortung gekonnt weiter.

“Am gestrigen Sonntag ging um 11.51 Uhr ein Notruf im Polizeirevier Neckargemünd ein. Der Notruf wurde von Andreas Fuchs abgesetzt. Herr Fuchs ist Jäger im Revier des Vorderen Odenwalds und meldete den Fund eines Toten. Bei dem Toten handelt es sich um Manfred Hauweg. Herr Hauweg wurde mit einer Schusswunde am Fuße eines von ihm benutzten Hochsitzes aufgefunden. Das zuständige Revier verständigte die Dienst habenden Kollegen. Gerichtsmedizin, Kriminaltechnik und wir, das heißt Kollege Müller und ich, waren vor Ort. Wir übernahmen dann auch die Aufgabe Martina Hauweg, die Witwe des Toten, zu informieren. Mit ihr haben wir auch für den heutigen Tag ein weiteres Gespräch vereinbart.

“Und gibt es bisher irgendwelche Erkenntnisse?” fragend schaut Staatsanwalt Knopf in Richtung Kriminaltechnik. “Do werre mir noch ä bissel brauche” beginnt Hakan Yildirim in seinem breiten Kurpfälzer Dialekt seinen Bericht der ab sofort in hochdeutsch der besseren Lesbarkeit wegen wiedergegeben wird. “Die Fundstelle ist in einem sehr abgelegenen Waldstück gewesen. Deshalb war es uns gestern auch nur möglich mit Hilfe des THW überhaupt unser Equipment vor Ort zu bringen. Spuren finden sich dort massig. Leider nicht nur von Menschen, sondern es haben auch jede Menge Wildscheine, Rehe und sonstiges Getier ihre Spuren hinterlassen. Selbst Waschbärenspuren haben wir dort gefunden, was uns anfangs überrascht hat. Seit es richtig hell ist , sind meine Leute wieder vor Ort. Wir suchen beispielsweise noch in den umliegenden Bäumen, ob weitere Projektile zu finden sind. Ebenso versuchen wir in den umliegenden Waldwegen Reifenabdruckspuren zu sichern. Ist nicht ganz einfach, da das feuchte und nasse Wetter die Arbeit nicht leichter macht. Was wir bisher sagen können ist, dass neben dem Toten in unmittelbarer Nähe des Hochsitzes weitere Fußspuren zu finden sind. Hierzu gehören die von Herrn Fuchs, unserer Kollegen des Reviers Neckargemünd und weitere Abdrücke, die wir bisher niemanden zuordnen können. Herrn Fuchs können wir zumindest mit dem bei ihm befindlichen Gewehr als Täter ausschließen. Mit diesem wurde gestern nach unserer Überzeugung nicht geschossen. Das haben wir heute als erstes geprüft und inzwischen die Rückgabe des Gewehrs an ihn eingeleitet" endet der erste Bericht der Kriminaltechnik. "Ja, vielen Dank Hakan. Ihr informiert uns sofort, sobald sich neue

Informationen ergeben. Den schriftlichen Bericht bitte schnellstmöglich an mich" leitet KHK Müller an die Gerichtsmedizin über.

Michael Terhoven, leitender Gerichtsmediziner, sieht alle Augen mit Spannung auf sich gerichtet. "Tja, was soll ich sagen" beginnt er verhalten. "Am Wochenende wurden mir fünf Leichen mit hoher Priorität auf den Tisch geworfen, Eine Überdosis, zwei die sich gemeinsam von einem Zug überrollen ließen, eine tote ältere Dame bei der der Hausarzt kein Fremdverschulden ausschließen konnte und dann kommt gestern Mittag als letztes Euer Jäger zu mir. Also, was soll ich sagen. Ich bin seit heute Morgen fünf Uhr auf den Beinen, der Hausarzt war einen Herzinfarkt übersehende Pfeife und die Überdosis hat vermutlich auf Dope einfach Pech gehabt. Euer Jäger war dann heute Morgen schon meine dritte Leiche. Bisher konnte ich nur die Todesursache feststellen, was an und für sich auch keine Kunst war. Manfred Hauweg wurde mit einem ziemlich großen Kaliber ins Jenseits befördert und offensichtlich auch noch sehr präzise. Es bedurft nur eines Schusses direkt auf die Stirn was ich bestätigen kann. Es war kein schöner Anblick und absolut tödlich. Herr Hauweg hat sicherlich nichts vom Treffer mitbekommen und war schon tot als er auf dem Waldboden aufschlug. Weiter bin ich noch zu nichts gekommen. Meine Mitarbeiter brauchen sicherlich an ihm noch ein oder zwei Stunden.

Bericht kommt gleich nach Fertigstellung." "Vielen Dank Herr Terhoven" der Staatsanwalt Knopf erkennt sofort, dass hier ein Sonderlob zur Deeskalation beiträgt. "Wir wissen, was wir an ihnen und ihren Leuten haben. Ihr seid ein tolles Team. Bitte richten sie den Dank auch an ihre Mannschaft aus."

"Damit können wir die erste Runde für heute auch schon beenden" der Kriminalhaupt-kommissar hat es sichtlich eilig. „Wir, damit meine ich die Kollegin Klein, und meine Wenigkeit, fahren jetzt wieder nach Schönau. Sie Schubert recherchieren im Netz über den Toten und mögliche Hintergründe. Kriminalrat Bauer und Staatsanwalt Knopf werden bei Bedarf durch mich kurzfristig auf dem Laufenden gehalten." „Eine Frage habe ich noch" Staatsanwalt Knopf unterbricht den weiteren schon aufbrechenden Klaus Müller. „Wie kommt die Abendschau zu der Meldung, dass Aktivisten die Hochsitze umsägen die Täter seien?" „Das wüssten wir auch gerne" Klaus Müller bekommt vor Zorn schon einen roten Kopf „Von uns kommt die Info auf jeden Fall nicht. Wie auch? Wir haben ja selbst noch nicht den geringsten Verdacht." „Ok" der Staatsanwalt ist sichtlich erleichtert. „Dann sehen wir es als Fehlmeldung an und ihr könnt ja in Schönau nachforschen, wie diese Meldung zustande kam."

Wenige Augenblicke später waren alle Beteiligten auf dem Weg in ihre jeweiligen Arbeitsbereiche, um die Suche nach Hinweisen auf den oder die Täter fortzusetzen.

11

Im November ist der Tourismus selbst in Heidelberg und noch mehr im Odenwald fast zum Erliegen gekommen. Träge fließt der Neckar westlich von Hirschhorn Richtung Heidelberg dahin. Der Fährmann an der historischen Kettenfähre des Neckarhäuser Hofs wundert sich, als ein Auto mit Riedenburger Kennzeichen zum Übersetzen auffährt. Ein heftig turtelndes Pärchen, beide wohl schon weit in den Sechzigern, entsteigt dem Wagen. "Nobert, bitte bezahl doch dem netten Fährmann die Überfahrt" hört er eine keinesfalls aus Bayern stammende Stimme, die gleichzeitig Charme aber auch eine gewisse Autorität ausstrahlt. "Natürlich Gabilein" antwortet der offensichtlich mit Berliner Dialekt ausgestattete Norbert. Er streckt dem Fährmann ohne nach dem Preis für das Übersetzen zu fragen einen 10 € Schein entgegen und sagt beiläufig "Stimmt so." Erstaunt nimmt dieser den Schein entgegen, Trinkgelder in dieser Höhe ist er eigentlich nicht gewohnt.

Um das generöse Trinkgeld irgendwie zu rechtfertigen, beginnt der Fährmann dann mit dem ihm unbekannten Norbert ein kurzes Gespräch. "Wu soll`s donn higehe bei demm Wedder?" Fragend schaut er seinen Gegenüber an auch wenn ihm der kurpfälzische Dialekt irgendwie bekannt vorkommt. "Wir sind auf dem Weg zum "Hirschen" nach Schönau. Wissen sie, meine Gabi ist ein großer Fan von Wildgerichten. In unserer Lokalzeitung im Altmühltal war ein Bericht über eine Wanderung durch den Odenwald. Dabei berichtete der Autor, dass er das beste Wild seines Lebens in Schönau gegessen hat. Daraufhin haben wir beschlossen zur Jagdsaison nach Schönau zu fahren, gemütlich Essen zu gehen und anschließend in Eberbach gemeinsamen Erinnerungen nachzugehen." "Ach, hawe sie in Ewerbach gheirat oder sisch kenneglernt?" "Nö, aber ein tolles Motorradtreffen mit Freunden aus ganz Europa erlebt. Aber passen sie auf, Ihre Fähre ist ja schon fast an Land" Das laute Knirschen der Fähre lässt am ersten Bodenkontakt keine Zweifel. "Oh, do hawe si rescht. Also – weiter gute Fahrt und grиße si de Hauweg vun mir. Des isch dort de Schef und een Freund vun mir."

„Was für ein freundlicher Fährmann und so zufrieden" schwärmend lässt sich der etwas übergewichtige Norbert in seinen Sitz fallen. „Ja klar ist der zufrieden" Gabilein ist noch immer für ihre Verhältnisse sprachlos. „Wie kommst Du nur auf die bescheuerte Idee dem Typ sieben Euro Trinkgeld zu geben? So dicke Hose haben wir doch auch nicht."

„Wie sieben Euro?“ sichtlich irritiert schaut Norbert seine Gabi an. „Und ich hätte schwören können, dass wir beim letzten Mal zehn Euro bezahlt haben.“ „Ja, über den Rhein als Hin- und Rückfahrticket. Aber das ist ja mal typisch Norbert. Kann den Neckar nicht vom Rhein unterscheiden. Aber sei`s drum. Solange wir später Reh vom Rind unterscheiden können, ist ja alles in Ordnung“ lenkt Gabilein ein. „So ist es. Und jetzt lass uns fahren. Ich habe Hunger.“ Mit einem lauten Doppel Wumms beim Verlassen der Rampe beenden die Beiden die schönste Überfahrt, die es heute noch auf dem gesamten Neckar gibt.

12

„Wie schön und idyllisch es hier nur ist“ schwärmt Rike Klein gegenüber ihrem Kollegen Klaus Müller während Sie auf der kurvigen Landstraße von Neckarsteinach nach Schönau fahren.“ Das schöne Bächlein, das ist einfach wunderbar.“ „Konzentriere dich lieber auf die Straße“ unterbricht die befehlsgewohnte Stimme ihres Vorgesetzten ihre Träumereien. „Das schöne Bächlein von dem du Kollegin gerade schwärmst, ist vor ein paar Jahren zur biologischen Kloake mutiert. Irgendein Fehler im Klärwerk hat dafür gesorgt, dass von der Steinach biologisch nicht viel übrig blieb“ Rikes Schwärmen ist schlagartig vorbei. „Und dann?“ „Was und dann? Das Übliche“ die Unzufriedenheit ihres

Kollegen ist nicht zu überhören. „Natürlich gibt es keine direkt Schuldigen. Neue Fische werden eingesetzt und damit ist für die Obrigkeit ganz schnell alles erledigt. Und da der Verursacher wahrscheinlich in Baden und die Geschädigten in Hessen sind, ist das natürlich auch die einfachste Lösung. Ist übrigens eine bewährte Geschichte. Bereits 2002 hat der Hessische Landtag im Rahmen einer kleinen Anfrage eine für die Steinach bezeichnende Antwort erhalten. Die findet man sogar noch im Internet. Eigentlich könnte man sagen, dass ein Bach der Landesgrenzen überquert, kein leichtes Schicksal hat" resümiert der Hauptkommissar, der sich dank Tochter und Enkelkind inzwischen auch für Umweltfragen interessiert.

Kurz vor der Ortseinfahrt von Schönau meldet sich das Telefon von Müller. „Daniel Schubert" flüstert er seiner Kollegin zu. „Hallo Daniel, was liegt an" Pause – „Du weißt doch, diese blöden Funklöcher im Odenwald" Pause „OK, ich gebe Rike Bescheid. Wir sind ja gleich vor Ort. Danke für die Info."

„Terhoven hat bei Schubert angerufen und den schriftlichen Bericht angekündigt. Ist wohl sehr kurz geworden" berichtet Müller über das ebenfalls sehr kurze Gespräch mit Schubert. „Fakt ist jedenfalls, dass der Schuss im wahrsten Sinne des Wortes gesessen hat. Volltreffer mitten in die Stirn mit einer großkalibrigen Waffe. Das haben wir ja schon heute Morgen erfahren. Aber es gibt eine weitere wichtige Neuigkeit. Das Geschoss hat die Leiche zwar durchschlagen, blieb aber im Holz des Hochsitzes stecken. Unsere Techniker konnten so das Projektil sicherstellen. Es ist das Kaliber 8x57 IS." „8 x 57 IS habe ich noch nie gehört" gibt Rike offen zu. „Schubert hat auf die Schnelle recherchiert. Das ist wohl das in Deutschland meistgenutzte Kaliber bei der Jagd. Genutzt wird es für Langwaffen, das heißt Jagdgewehre." „Bei uns auf den Inseln heißen die Dinger Flinten und nicht Gewehre." „Ja, weil ihr dort mehr mit Schrot als Kugeln jagt. Schrot wird mit Flinten verschossen, mit einem Gewehr Projektile. Das solltet ihr eigentlich auf der Polizeischule auch in Schleswig-Holstein gelernt haben. Aber lassen wir das, wir sind ja gleich da. Konzentrieren wir uns lieber auf das, was wir Frau Hauweg jetzt gleich fragen wollen."

Wie bei vielen Gasthäusern in Deutschland üblich, ist die Wohnung für die Wirtsfamilie auch im „Hirschen" unter dem gleichen Dach. Da die beiden Ermittler ihr Kommen telefonisch ankündigen ließen, ist Martina Hauweg nicht überrascht, als sie die Beiden vor Ihrem Hause erblickt. „Kommen sie herein" bittet Sie Rike Klein und Klaus Müller in die geräumige Wohnung. „Liebe Freunde, es tut mir leid. Aber ihr müsst jetzt gehen. Die Kripo ist hier und will mit mir reden" eine große Zahl an schwarz bekleideten Besuchern erheben sich schweigend, als Rike und ihr Chef das geräumige Wohnzimmer betreten. „Es tut mir leid, dass wir sie stören müssen, aber es lässt sich leider nicht vermeiden“ bittet auch dieser die Trauergäste um Verständnis. Wenig später haben alle das Haus verlassen und eine sichtlich geschaffte Martina Hauweg lässt sich geradezu auf einen Stuhl fallen. „Das ich mich mal über einen Besuch der Kripo freue, hätte ich nicht gedacht. Aber das Schlimmste neben Manfred`s Tod sind all die Menschen, die Dir in dem Moment Trost und Zuspruch zuwenden wollen. Das ist so furchtbar und gleichzeitig anstrengend“ macht sie aus ihrem Empfinden kein Geheimnis. „Es ist von Allen ja so gut gemeint, reißt aber bei jeder Kondolenz die Tür für Schmerz und Gram noch weiter auf. Und letztlich bringt es mir meinen Manfred auch nicht wieder zurück“ ein Strom von Tränen bricht sich seinen Lauf. Nachdem die Witwe sich wieder etwas gefangen hat, beginnen die Ermittler mit dem notwendigen Taktgefühl ihre Befragung.

Eine gute Stunde später verlassen sie die Trauernde wieder. Während sie ihrem Dienstwagen zustreben sehen sie ein älteres Auto aus Bayern, in dem zwei sichtlich gut gelaunte Menschen sitzen, langsam näherkommen.

„Vermutlich Verwandtschaft“ denkt Rike während sie in einer ihrer zahlreichen Manteltaschen den Schlüssel für ihren Dienstwagen sucht. „Vermutlich Verwandtschaft“ flüstert ihr wenig später Klaus Müller zu, der sich mit der Folge von Todesfällen im familiären Umfeld aus eigenen Erfahrungen auskennt. „Die Geier kommen zuerst“ er wirft dem aussteigenden und freundlich grüßendem Paar einen vernichtenden Blick zu. „Und haben es entgegen der ganzen Dorfbevölkerung nicht einmal nötig, Trauer zu tragen.“

„Was wohnen denn hier für Stoffel?“ sichtlich entrüstet sieht Gabilein dem schnell davon fahrenden Auto nach. „Ach, Gabilein. Die auf dem Land sind halt so. Nimm `s gelassen und freu Dich jetzt auf frisches Wild mit Knödeln, Rotkraut, Maronen und einem Sößlein“ Norbert läuft bereits das Wasser im Munde zusammen während sie die ersten Stufen zur Gaststube erklimmen.

13

„Ich hoffe, dass Du Deine Gummistiefel eingepackt hast“ geschickt steuert Rike den gut motorisierten Volkswagen in den engen Kurven Heiligkreuzsteinach und damit dem Kollegen der Kriminaltechnik entgegen.“ „Natürlich“ Klaus Müller denkt nochmals an das soeben geführte Gespräch zurück. „Irgendwie ist das was uns Frau Hauweg berichtete absolut glaubhaft und plausibel. Ihr Mann habe schon immer hier gelebt und sei zeitlebens ein beliebter und geselliger Mensch gewesen. Streitigkeiten habe er gehasst, sei selbst nie in irgendwelche eingebunden gewesen. Die Familie habe weder finanzielle noch andere Sorgen und das Leben bestehe zwar aus sehr viel Arbeit, sei gleichzeitig aber auch sehr erfüllend. Er sei im Ort sehr geschätzt, auch wenn er in keinem Verein aktiv sein konnte. So sei sein einziges Hobby die Jägerei gewesen, die er ja auch wieder mit seinem Lokal verbunden hatte." fasst er seine Eindrücke zusammen. „Auch ich hatte den Eindruck, einer Frau gegenüberzusitzen, die mit ihrem bisherigen Leben und ihrem Mann sehr glücklich und zufrieden war. Dass er als Wirt und mit nur einem Ruhetag keine Zeit hatte, sich hier noch mehr einzubringen, ist logisch. Das verhindert aber auch gleichzeitig, dass Du eigentlich im Dorf Streit kriegen kannst. Ich kenne das von einem Onkel von mir, der auf der Insel auch ein Lokal hat. Jeder mag ihn, aber tauschen wollte auch keiner mit ihm. Zuviel ist die mit dem Lokal verbundene Arbeit und zu gering das, was am Ende des Monats übrig bleibt" bestätigt Rike die Einschätzung ihres Kollegen.

„Sollen wir wieder den Förster um Amtshilfe bitten, damit er uns mit seinem Lada zum Tatort bringt?" „Nicht notwendig" entschlossen blickt die bekannt gute Fahrerin Rike nach vorne. „Mit unserem VW komme ich durch jeden Waldweg." Wenige Minuten und etwa einhundertfünfzig Höhenmeter später, steht ihr Fahrzeug am verschlammten Ende eines Waldweges an dem sie den Chef der Kriminaltechnik, Hakan Yildirim, antreffen.

„Also, wir hewwe alles abgsucht was for eich interessant sei konn. Unn ihr kennt Gift druff nemme, dass wir alles gfunne hewwe, was ä Spur isch" beginnt er in seinem breiten kurpfälzer Dialekt zu berichten. Rike, die inzwischen zwar schon über ein Jahr in der Kurpfalz wohnt, sich aber noch immer nicht an alle Eigenheiten der hiesigen Sprache gewöhnt hat, schaut ihren Chef fragend an. „Herr Yildirim meint, dass sein Team alle Spuren im Umfeld des Tatorts, die in Frage kommen können, gesichert hat" fasst Klaus Müller die Worte des Leiters der Kriminaltechnik zusammen. „Und wir können sicher sein, dass sie nichts übersehen haben." Mit einem eindeutigen Nicken bestätigt der in der Mannheimer Neckarstadt geborene Yildirim die Übersetzungshilfe. „Dennoch messt ihr jetzt mit uff de Berg" mit einer einladenden Geste verdeutlicht er auch Rike, dass sie ihm zu folgen haben.

„Aber zuerst ziehen wir uns die Gummistiefel an" erinnert sie Müller an die wichtigen Utensilien aus dem Kofferraum. „Nochmals stehe ich nicht mit nassen Füssen stundenlang im Wald."

Wenig später stehen sie gemeinsam mit Yildirim rund 50 Höhenmeter über dem eigentlichen Tatort auf einem weiteren beinahe bereits zugewachsenen Waldweg. „Und wenn ich Dich richtig verstehe, dann heißt das, ihr habt hier mehrere Reifenspuren auf dem relativ feuchten Grund sichern können?“ Hakan Yildirim nickt dem leitenden Ermittler der Mordkommission zu. „Aber was für Fahrzeuge kommen denn durch solche Wege? Ein normaler PKW doch sicher nicht?“ fragt Rike nach. „Do hosch du natirlich recht Kollegin“ Rike versucht ihren Mannheimer Kollegen zu verstehen. „Erschtens muss erscht ohner wisse, dass es do en Weg gibt unn dann braucht der kohn neimodische SUV. Irgendwas geländegängisches wie en Bulldog, Lada oder en klone Suzuki vielleicht. Bulldogreife hämma gsichert, Des anere sin normale All-terrain-Reife“ wie sie fascht alle Jäjer druff hawe.“ In diesem Moment ertönt von unterhalb ein Ruf, dass Yildirim bei seinem Team benötigt wird. „Isch geh jetzt schun mol nunner“ verabschiedet er sich und wendet sich dem steilen Abhang zu.

„Was schaust Du mich so fragend an?“ Rike ist wegen der Frage sichtlich überrascht. „Ich wundere mich über die Kurpfalz und den Odenwald immer wieder. Ihr scheint sogar eigene Autosorten zu haben.“ Nun ist es ihr Chef der verwundert ist. „Ich habe bisher geglaubt, dass ich mich bei Autos wirklich gut auskenne. Natürlich kenne ich Lada oder Suzuki. Aber Bulldog, die Marke kenne ich wirklich nicht." Laut lachend stiefelt Müller hinter Yildirim her. „Ach Kollegin, Du musst noch viel lernen im Leben." Nochmals schallend lachend strebt er jetzt eilends dem Tatort entgegen.

14

Die „Jagdgemeinschaft Vorderer Odenwaldund Umgebung" trifft sich einmal monatlich zu einem Stammtisch in einer Jagdhütte. Heute ist das Ziel eine Hütte mit Sicht ins Neckartal in der Nähe des kleinen Dorfes Schönbrunn. Da fast alle Mitglieder des Stammtischs nicht mehr berufstätig sind, sehen sie sich inzwischen jeden Montagnachmittag. Drehen sich die Gespräche der Gruppe normalerweise um die neuesten Jagdwaffen oder die spinnigen Anti-Jagdaktivisten, gibt es heute nur ein Thema. Den Tod von Manfred Hauweg, der natürlich Allen bekannt ist.

So warten sie gespannt auf die Ankunft von Andreas Fuchs. Der 67 jährige aus Neckargemünd war es schließlich, der den Toten im Wald aufgefunden hat.

Fuchs ist heute spät dran. War es zunächst nochmals ein Mitarbeiter der Kriminaltechnik der Abdrücke an seinem Auto sichern wollte, so war es etwas später die regionale Tageszeitung die ihn zu der Auffindesituation für deren Berichterstattung befragt. Nach diesem Telefonat beeilt er sich

Richtung Schönbrunn zu kommen. Und so passiert er erst gegen 12 Uhr den kleinen Wohnmobilparkplatz mit dem prägenden Steinensemble am Ende der Hainbuchenstraße bevor er in den dichten Wald einfährt. Nach etwas mehr als einem Kilometer hat er die Jagdhütte mit dem schönen Ausblick ins Neckartal erreicht. Der dortige kleine Parkplatz steht voll mit geländegängigen Autos deren Gemeinsamkeit eine auf der Anhängerkupplung befestigte Trage für das erlegte Schwarz- und Rotwild zu sein scheint.

„Ist ja typisch" denkt Fuchs bevor er in die Hütte eintritt. „Kaum stirbt einer von uns, schon wollen alle wissen wie`s war. Und dabei habe ich doch selbst eigentlich gar keine Ahnung." Mit einem „Weidmannsheil" und dem darauf folgenden „Weidmannsdank" betritt Fuchs die Hütte und ist sich an diesem Tag einer ungeteilten Aufmerksamkeit sicher.

15

Es gibt normalerweise viele Gründe nur mit Vorsicht in unbefestigte Waldwege einzufahren. Dies gilt besonders, wenn das Fahrzeug über keinen Allrad und eine reine Straßenbereifung verfügt. Diese Erfahrung mussten heute auch Rike Klein und ihr Kollege Klaus Müller machen. Während der letztgenannte mit Geduld und ohne sichtliche Verärgerung auf einen zur Hilfe herbei georderten

Rückeschlepper der Forstverwaltung wartet, kocht Rike über sich selbst vor Wut.

„So blöde kann auch nur ich sein“ schimpft sie lauthals vor sich her. „Fährt in so einen blöden Weg ohne vorher zu überlegen, wie ich da je wieder rauskomme. Bullshit im wahrsten Sinne des Wortes,“ „Reg dich nicht auf Kollegin, so haben wir immerhin die Gelegenheit in Ruhe mal über unsere Ergebnisse nachzudenken“ versucht sie ihr Kollege wieder einzufangen. „Das ist ja auch das Frustrierende. Wir wissen eigentlich nichts, außer dass hier Manfred Hauweg erschossen wurde. Wir haben keine Ahnung wieso, geschweige denn wer für die Tat infrage kommt“ fasst Rike Klein zusammen. „Dafür wissen wir aber, dass in diesen Wäldern mehr Verkehr ist, als auf den ersten Blick zu erwarten wäre. Yildirim sagte mir noch, dass sie mit Sicherheit Spuren von mindestens 10 Fahrzeugen aller Art gesichert haben. Der tiefe Boden hat die Reifenabdrücke gut erhalten. Das ist doch schon einmal ein Anfang. Die KTU ist sich auch sicher, dass offenbar nur ein Schuss abgegeben wurde. Sie haben mit ihren Messgeräten rings um den Tatort alle Bäume nach weiteren Projektilen abgesucht. Alles negativ. Wir können folglich daraus schließen, dass der erste Schuss auf das Opfer sofort tödlich war. Und so platziert wie dieser war, gibt es nach meiner Erfahrung nicht den geringsten Zweifel, dass Manfred Hauweg gezielt und mit

Vorsatz getötet wurde“ verdeutliche KHK Müller seine These. „Angenommen Klaus, du liegst richtig. Wer um Gottes Willen bringt einen harmlosen Gastwirt um, der auf seinem Hochsitz auf seinen nächsten Rehbraten wartet?“ Rike klingt bei dieser Frage fast verzweifelt. „Das, liebe Rike, wird unsere Hausaufgabe der nächsten Tage sein. Und wenn ich mich nicht ganz verhöre, dann ist unsere Abschlepphilfe gerade im Anrollen.“ Und wenige Minuten später ist Rikes völlig verschlammter Dienstwagen wieder auf einer richtigen Straße Richtung Neckartal.

16

„Und dann lag er einfach da. Abgeknallt wie eine Wildsau die zur Strecke gebracht wurde“ gespenstische Stille umfasst die Gruppe Männer, die den Worten von Andreas Fuchs gelauscht haben. „Blattschuss?“ Fritz Schäfer, der einige Jahre bei der Fremdenlegion gedient hatte, kann es nicht fassen. „Bei unserem Manfred? Dem Menschen, der sich schon im Voraus beim Bock entschuldigt hat, dass er ihn jetzt schießen wird“ ungläubig schüttelt er den Kopf.

„Wer macht denn so was?“ „Wer wohl?“ gespannt blicken Alle auf Jürgen Berger, der für seine radikalen Ansichten bekannt ist. „Das waren die Arschlöcher von Jagdgegnern. Das ist doch logisch. Denkt doch mal nach. Erst verjagen sie unser Wild vor der Treibjagd, dann sägen sie unsere Hochsitze ab und jetzt, nachdem das alles nicht den richtigen Erfolg brachte, schießen sie uns tot. Das ist doch klar." „Jetzt mal langsam Jürgen" der Jagdpächter eines großen Reviers in Eberbach versucht Emotionen zu vermeiden. „Zwischen einen Hochsitz absägen und einen Jäger zu erschießen liegen doch Welten. Und mit so einem Verdacht sollten auch wir vorsichtig umgehen," „Brauchen wir nicht" erneut wenden sich Andreas Fuchs alle Köpfe zu. „Die Abendschau hat ja gestern bereits gemeldet, dass dem so ist." Und nachdem Jeder sich erinnern kann, dass in der Landesschau genau dies gesagt wurde, geht die weitere sehr emotionale Diskussion in eine neue Richtung.

17

„Gut, das ihr kommt. Ich wollte Euch gerade nochmals anrufen" sichtlich erfreut sieht Daniel Schubert, wie Rike Klein und Klaus Müller die Räume des Dezernats betreten. „Was gibt`Das liebe s denn?" fragt KHK Müller direkt zurück. „Der Bericht der Gerichtsmedizin liegt inzwischen vor. Die sind sich zu 99,9 % sicher, dass es kein Jagdunfall war. Es gab nur einen Schuss und dieser war sofort tödlich. Insofern wird unsere Annahme gestützt, dass es ein vorsätzliches Tötungsdelikt war." Rike nickt bestätigend dem Vortrag ihres Kollegen zu. „Daneben gibt es inzwischen im

Internet eine wilde Diskussion. Manfred Hauweg sei Opfer von radikalen Tierschützern geworden. Da gibt es Zitate, die an und für sich bereits ein Straftatbestand sind. Anscheinend lassen sich jetzt all die Menschen aus, die Tierschützer nicht leiden können oder weil sie selbst Jäger sind und sie als potentielle Feinde sehen. Aber anscheinend ist das inzwischen echt ein Problem in unserer Gegend. Da gibt es Berichte über zahlreiche abgesägte Hochsitze, mit Zucker im Tank lahmgelegte Forstfahrzeuge." „Ich muss gestehen, dass ich das zum ersten Mal in dieser Dimension höre" erstaunt verfolgt Klaus Müller den Ausführungen von Daniel. „Und wenn dann tatsächlich eine Art Krieg im Wald ist, dann sollten wir uns auch in dieser Richtung gezielt umhören. Vielleicht war Manfred Hauweg ein erstes Opfer," „Dann wissen wir ja, was wir morgen zu tun haben. Ich für meinen Teil mache jetzt erstmal Feierabend." Und mit diesen Worten greift Rike zu ihrer Lederjacke und Motorradhelm um den kurzen Weg zu der gemeinsamen Wohnung im Philosophenweg zurückzulegen.

18

„Krieg im Wald, so ein Unsinn" lachend rührt Michael Bannings in seiner Kartoffelsuppe, die er nach einem alten Föhrer Rezept auf Wunsch von Rike zubereitet. „Der deutsche Wald steht für Romantik, Jägerlust und Lebensfreude. Hölderlin,

Goethe oder Mendelssohn-Bartholdy prägen seit Jahrhunderten seinen Ruf. Da passt doch Streit und Mord überhaupt nicht dazu." „Denk doch mal nach Michael" Rike appelliert an seine Ratio. „Inzwischen geht es doch im Wald um andere Themen. CO^2-Speicher, Klimaretter, Biotop und Erholungsraum. Das musst Du doch gerade als Lehrer wissen. Deine Schüler sehen doch nicht mehr die Romantik eines Hölderlin, sondern die Realität eines ausgebeuteten und zur Monokultur geschändeten Forstprodukts. Dazu kommen noch Themen wie Windkraft und die offensichtlich gottgegebene Diskussion, dass natürlich ein Windrad nur im Wald stehen kann, was eigentlich kein Mensch auf Anhieb kapiert. Da ist es doch logisch, dass Konflikte neuer Art entstehen." „Wenn ich darüber nachdenke, hast Du vermutlich recht" Michael ist beim Rühren der Suppe sehr nachdenklich geworden. „Natürlich haben die Deutschen ein besonderes Verhältnis zum Wald. Für uns Briten wäre das auch gut gewesen, schließlich haben wir ohne großen Widerstand die allermeisten Waldflächen im Vereinten Königreich über die letzten Jahrhunderte einfach abgeholzt. Ich kann mir gut vorstellen, dass gerade bei der jüngeren Generation schnell ein Gefühl der Ohnmacht aufkommt eine Welt hinterlassen zu bekommen, die weder schön noch romantisch ist. Und selbst meine eher digital aufgestellten Schülerinnen und Schüler werden sich das nicht widerstandslos gefallen lassen." Wenig später, Teller und Topf werden gerade in die Spülmaschine gestellt, stimmen Beide in der Einschätzung überein, dass ein Krieg im Wald möglicherweise doch gar nicht ausgeschlossen ist.

19

„Ärger? In unserem Wald? Völlig ausgeschlossen" Anne Müller schüttelt entschieden den Kopf. „Unser Wald steht für Harmonie, Geborgenheit eine gesunde Umwelt und die Möglichkeit abzuschalten. Aber nicht für Streit, Aggression, geschweige denn Mord." „Das waren bis vor kurzem auch meine Überzeugungen" denkt Klaus Müller während er seiner Frau einen guten Tropfen aus dem für seinen guten Wein bekannten Heidelberger Stadtteil Rohrbach kredenzt. „Das habe ich bis heute Nachmittag auch gedacht" sagt Müller während er sich selbst ein Glas einschenkt. „Aber Daniel Schubert hat mir Auszüge aus Internetforen und Chatgruppen gezeigt. Da bekommst Du den Eindruck, dass dort jeden Tag Krieg herrscht. Besonders angespannt sei die Lage zwischen Jägern und radikalen Tierschützern. Die sehen die Jagd als ein blutrünstiges Ritual egomanischer Menschen und nicht als Hege und Pflege des Kulturgutes Wald an. Wenn ich mich doch nur in der Szene etwas umhören könnte, aber da kenne ich eigentlich gar niemanden" hilflos schaut er seine Frau an. „Dann muss ich dir wie immer auf die Sprünge helfen“ schelmisch blitzen ihre Augen auf. „Du kennst doch den Thomas drüben aus Neckargemünd. Der ist doch seit ein paar Jahren Jäger und hilft in verschiedenen Revieren aus. Frag doch den mal, ob er Dir helfen kann.“ „Mensch, an den habe ich überhaupt nicht gedacht. Jetzt weiß ich wieder weshalb Du für mich so wertvoll bist“ und bevor seine Frau reagieren kann hört sie bereits ihren Mann am Handy sagen „Guten Tag Thomas, hier ist Klaus Müller von Kleingemünd. Du könntest mir mal einen Gefallen tun.“

20

In Deutschland gibt es rund zweiundzwanzigtausend Freiwillige Feuerwehren bei denen sich über eine Million Menschen ehrenamtlich engagieren. Es ist an diesem Dienstag 2.37 Uhr in der Frühe, als bei dem Kommandanten der Feuerwehr von Meckesheim die Nacht zu Ende ist. Obwohl sein Alarmempfänger auf „leise“ eingestellt ist, schreckt der erfahrene Löschmeister beim ersten Pieps hoch und ist bereits drei Minuten im bereits erleuchteten Gerätehaus in Mönchzell vor Ort. Schon beim Eintritt ruft ihm ein Kamerad entgegen „Die Jagdhütt beim Kreiz brennt, di Meckser sinn a schun unerwegs.“ Als die Mönchzeller Kameraden Minuten später an der ortsbekannten, sehr respektablen Jagdhütte eintreffen ist klar, dass nicht mehr viel von ihr zu retten ist. Sie steht im Vollbrand und die Flammen schlagen hell lodernd bereits aus dem Dach. „Sperrriegel bilden, Wald vor einem Übergriff der Flammen schützen“ sind seine unmissverständlichen Befehle an die Gruppenführer beider Ortsteile, die ihre Angriff Trupps entsprechend informieren. Gegen 7 Uhr weiß bereits das halbe Dorf, dass die Jagdhütte Geschichte ist und die Bemühungen der Wehr um eine Begrenzung des Feuers erfolgreich war. Während die meisten Einsatzfahrzeuge abrücken, bleibt neben dem Kommandanten und seinem Stellvertreter nur noch eine kleine Brandwache vor Ort. Diese Helfer sehen wenig später, wie die wegen des Verdachts auf Brandstiftung angeforderte Kripo aus Heidelberg mit ihren Experten eintreffen. Und sie sind natürlich nicht verwundert, dass deren Leiter den ebenfalls anwesenden Meckesheimer Bürgermeister als ehemaligen Kollegen herzlich begrüßt.

Nach einer ersten Ansicht der Ruine und einem intensiven Austausch über Eindrücke der Wehrmänner beim Eintreffen am Brandort fasst der erfahrene Brandermittler seinen ersten Eindruck zusammen: „Kein Zweifel, wir müssen hier von Brandstiftung ausgehen. So mir nichts dir nichts brennt eine so große Hütte nicht auf einmal ab. Und da der Schaden offensichtlich beträchtlich ist, werden wir wohl das ganze Besteck auffahren müssen. Fürs erste Mal ihnen herzlichen Dank. Wenn wir noch etwas wissen müssen, melden wir uns bei ihnen." Mit diesen Worten entlässt der Brandermittler seine Zeugen, ergreift sein Funkgerät und fordert weitere spezifische Ausstattung für die Brandermittlung an. Während die zwei Wehrführer sich unterhaltend zu ihrem Einsatzleitwagen gehen hört der Brandermittler nur noch einen Satz: „Hoffentlich ist es kein Serien-Brandstifter."

21

Rike hat eine wilde Nacht hinter sich. Das allerdings eher im übertragenen Sinne, waren es doch eher ihre Träume, die sich um alle Arten von Wild drehten. Neben Hirschen und Wildschweinen, begegneten ihr in ihren Träumen besonders viele Hasen, was wohl auf die Tatsache zurückzuführen ist, dass es auf ihrer nordfriesischen Heimatinsel kaum Jagdwild gibt, welches größer als ein Hase ist.

Nachdem ihr ein gewaltiger Hirsch mit einem noch gewaltigeren Geweih bei einer Ermittlung im Wald begegnet ist, wacht sie schweißgebadet auf und beschließt dieser Art von Alpträumen ein Ende zu bereiten indem sie unverzüglich die Kaffeemaschine in Bewegung setzt. So ist es erst 5.45 Uhr als sie die digitale Morgenausgabe eines bekannten Nachrichtenmagazins aufschlägt und ihr in großen

Lettern die Überschrift „Jägermord – waren es radikale Tierschützer?“ und dem Untertitel „Kripo tappt im Dunkeln“ entgegenschlägt. „Na prima“ denkt sie bei sich „da wird die Begeisterung im Dezernat Wellen schlagen.“

Und ihre Begeisterung wird auch nicht größer, als der gerade erwachte Michael sie als erstes mit der Frage konfrontiert, ob`s was Neues gäbe.

22

Brandwache ist bei vermuteter Brandstiftung kein einfacher Job. Die Wehrleute müssen sicherstellen, dass das Feuer nicht neu entflammt und gleichzeitig Sorge dafür tragen keine Spuren zu verwischen. So tasten sich die zwei Mönchzeller Wehrleute vorsichtig in der Ruine vorwärts nachdem ihr Infrarotgerät in einer Ecke des ehemaligen Gebäudes Glutnester angezeigt hat. „Bass uff wu du hin tritsch, Mann“ faucht die Oberlöschmeisterin ihren Truppmann an. „Isch hab koi Luscht von de Kripo on Oschiss zu kassiere.“ Sie kennt ihren Truppmann, genau. Normalerweise ist dieser nie um eine schlagfertige Antwort verlegen sodass sie sich wundert, dass sie keinerlei Reaktion erfährt. „Schorsch, was isch enn los?“ Statt einer Antwort zeigt der Angesprochene nur an den rußgeschwärzten, steinernen und ausgesprochen großen Kamin. In dessen Abzug sind unverkennbar die Reste von Kleidung und die knöchernen Reste eines verbrannten Menschen zu sehen sind. Wenig später steht auch der leitende Brandermittler mit dem passenden Namen Kurt Feuerstein vor den menschlichen Überresten. „So ein Scheiß“ denkt er sich, noch bevor er dem Kollegen Schröder zuruft „Ruf in Heidelberg an. Der Müller vom Dezernat für Tötungsdelikte soll herkommen. Und zwar sofort!“

23

In der Studentenbude von Malte Sennfeld, dem Aktivist von „Tierwacht aktiv“, herrscht Feierstimmung. Das „We are the champions“ und die Stimme von Freddie Mercury sind von der Brückenkopfstraße bis hinunter zur Neckarwiese zu hören. Malte ist wie berauscht, war doch seine Idee den Jägern in Meckesheim ihre Basis zu nehmen vollauf gelungen. Er und sein Freund Jonas waren mit ihren Mountainbikes noch nicht richtig im Wald verschwunden, als bereits das erste Feuerwehrauto mit lautem Martinshorn zeigte, dass es auf dem Weg ist. „Das muss wohl einer der Aussiedlerhöfe gesehen haben“ waren sie sich einig, warum die Feuerwehr so schnell auf dem Weg zur Hütte war. Aber ihr Ziel war zweifelsohne erreicht. So viel Benzin wie sie um die Hütte verschüttet hatten ließ keinen Zweifel aufkommen, dass diese ein Raub der Flammen wurde. Und dieses Ereignis musste gebührend gefeiert werden.

Nach einer ausgiebigen Dusche, die nach Benzin stinkenden Klamotten wurden als erstes in einem Altkleidercontainer entsorgt, gab es ein erstes Bier zum Frühstück. Und wie es sich für zwei eingetragene Studenten der Elite-Universität Heidelberg gehört, war das in der Hauptstraße liegende Café Extrablatt anschließend die richtige Adresse um ein hoch verdientes Helden-Schlemmerfrühstück einzunehmen.

Um kurz nach 11.30 Uhr fiel ein todmüder Malte Sennfeld in sein Bett in der festen Überzeugung eine wichtige Tat zur Rettung vieler Tiere erfolgreich durchgeführt zu haben.

24

Ebenfalls um kurz nach halb zwölf rasen Rike Klein, Klaus Müller und Daniel Schubert über die B 37 von Heidelberg Richtung Neckargemünd. „Ich kanns nicht fassen“ Rike ist bereits in Rage „Immer dieses Meckesheim. Das scheint die Hochburg des Verbrechens par excellence zu sein. Erst der Tote auf der Martinskapelle, dann krumme Grundstücksgeschäfte und jetzt Brandstiftung mit einem Toten. Unglaublich und das in so einem kleinen Dorf. Fehlt nur noch, dass irgendwann Bilder verschwinden.“ „Das hatten die dort auch schon“ erinnert sich Klaus Müller lachend an eine Affäre, die vor wenigen Jahren Wellen geschlagen hatte. „Aber du hast recht. Wenn überall so viel wie hier passieren würde, bräuchten wir doppelte Besetzung." Bei diesen Worten hält sich KHK Müller krampfhaft an dem Haltebügel fest, der oberhalb der Beifahrertür montiert ist. Der ebenfalls von Rike`s Fahrmanövern kreidebleiche Schubert meldet sich von hinten „Äh Rike, könntest Du etwas langsamer?" Aber auf die eher rhetorisch gestellte Frage reagiert sie mit einer noch entschlosseneren Fahrweise und so sind Müller und Schubert sehr froh, als sie wenige Minuten später die Volkssternwarte in Meckesheim passieren und dann ihre Einsatzstelle sehen können.

25

Die wenigsten Einwohner der Metropolregion Rhein-Neckar kennen das Forsthaus Michelbuch. Kein Wunder, liegt dieses doch in einsamer Lage zwischen den Dörfern Darsberg, Lanzenbach und Hirschhorn. Keine öffentliche Straße führt dorthin und der umliegende Wald gehört überwiegend der Evangelischen Pflege Schönau. Dieser Wald ist sicherlich eines der schönsten Biotope, die in der dicht besiedelten Kurpfalz zu entdecken ist. Und in diesem Biotop ist heute, wie so oft, der zuständige Jäger und Heger des Reviers unterwegs, den Alle hier nur unter seinem Vornamen Sandro kennen.

Bei seinem gestrigen Rundgang durch das Revier hat er eine neu angelegte wilde Mountainbike-Strecke gefunden. Nicht nur, dass diese quer durch den Wald geht. Nein, dann auch noch geradezu statisch gebaut mit Sprunghügeln, Steilwandkurven und natürlich einer Wasserdurchfahrt an einer Stelle, wo seltene Arten wie Feuersalamander und Unken eines ihrer letzten Refugien haben. Obwohl Sandro ein geduldiger und sehr toleranter Mensch ist, geht dieses dann doch zu weit. So will er heute die Strecke insofern Rückbauen, dass zumindest die Wasserdurchfahrt nicht mehr möglich ist und auch die Sprungschanzen nicht mehr genutzt werden können.

Bereits wenige Meter nachdem er seinen alten Caddy verlassen hat, stößt er auf ein viel drängenderes Problem. Unmittelbar am Wegesrand liegen Eingeweide die darauf hinweisen, dass hier Damwild ausgenommen wurde. „Diese Verbrecher" schreit der ansonsten introvertierte Sascha in den Wald. „Schießen meine Tiere und machen sich dann mit der Beute aus dem Wald." Und nachdem er die Tierreste genauer angeschaut hat stellt er fest, dass wohl mindestens 5 Rehe und Hirsche Wilderern zum Opfer gefallen sind.

Wenig später lesen viele Odenwälder Förster und Jäger die Warnung „Achtung! Wilderer unterwegs! Haben heute bei mir reiche Beute gemacht. Sandro." Und bei den meisten von ihnen ist sofort eine wilde Entschlossenheit zu spüren, dass diese Jagdfrevler in ihrem Revier keine Beute machen werden.

26

„Hallo Kurt" begrüßt Kriminalhauptkommissar Müller seinen Kollegen und Brandermittler. „Hallo Klaus. Schön dass ihr da seid. Es gibt leider Arbeit für uns Beide."

„Was ist denn passiert?" interessiert schaut KHK Müller auf den Trümmerhaufen, der vor wenigen Stunden noch eine stolze Jagdhütte war. „So hundertprozentig wissen wir das auch noch nicht. Um 2.30 Uhr meldete sich ein Bewohner des da unten liegenden Römerhofes, der einen Feuerschein am Horizont ausgemacht hat. Als die Feuerwehr und wenige Minuten später auch unsere Kollegen eintrafen, stand die Jagdhütte hier in hellen Flammen. Zu retten gab es für die Kameraden leider nichts mehr, sie konnten aber ein Übergreifen der Flammen auf den Wald verhindern. Wir gingen lange davon aus, dass lediglich die Hütte ein Raub der Flammen wurde. Erst als ein Trupp der Wehr sicher in die Brandruine vordringen konnte fanden sie im offenen Kamin der Hütte die verkohlten Reste eines Menschen. Anscheinend hatte der oder die Tote versucht im Kamin Rettung zu finden, was natürlich nicht möglich war. Grausam so zu enden und noch grausamer für die Kameraden, die diesen Anblick erst noch verkraften müssen. Wir gehen nach einer ersten Ansicht davon aus, dass die Hütte in Brand gesteckt wurde. Es ist wohl ein beliebter

Treff der hiesigen Jäger und Jagdhornbläser. Soweit das, was wir bisher wissen" endet Kurt Feuerstein seine Information.

„Das ist doch schon eine ganze Menge" Rike nickt anerkennend ihrem Kollegen zu. „Und wissen Sie, ob in der Hütte regelmäßig Leute übernachten?" stellt sie eine für sie sehr elementare Frage. „Die befragten Eigentümer sagten uns, dass dies wohl eigentlich nie der Fall sei. Lediglich wenn die Vorbereitung für eine anstehende Hege sehr lange dauert oder auch mal ein Glas Bier zu viel getrunken wurde, kam es zu Übernachtungen. Aber das sei vielleicht zwei oder dreimal im Jahr." „Dann bedeutet das, dass wir hier einen besonderen Pechvogel gefunden haben oder der Brandanschlag nicht der Hütte, sondern dem ausnahmsweise darin schlafenden Menschen galt." „Das hast du richtig und klar erkannt" Müller nickt anerkennend seiner jungen Kollegin zu.

27

„Und hier noch die zwei Prosecco" mit viel Schwung stellt Iris ihren zwei Gästen im Café Extrablatt das gut gekühlte Getränk auf den Tisch. „Zum Wohl" Malte erhebt grinsend sein Glas um mit seinem Freund Jonas auf den heutigen Erfolg anzustoßen. „Auf uns, die Welt und die nicht mehr in Meckesheim stattfindende Treibjagd. Das haben wir gut gemacht." Jonas trinkt einen kleinen Schluck und muss dann prustend an eine kleine Szene von gestern Nacht denken. „Das Beste fand ich, wie Du spektakulär und auf der letzten Rille mit Deinem E-Bike versucht hast, diesem idiotisch abgestellten Auto auszuweichen. Erfolglos zwar, aber die Fahrt in den Graben war sensationell“ Jonas prustet erneut vor Lachen los. „Wer stellt auch seine Karre nachts mutterseelenallein und ohne Licht in den Wald?“ Auch Malte stimmt in das Lachen ein, als er sich die Situation in Erinnerung ruft. „Das war ja wirklich komisch. Da steht die Karre direkt in der Kurve und ich donnere danach mitten durchs Gebüsch in den blöden Graben. Na ja, besser ein paar Dornen auf der Haut und ein demolierter Lenker als eine Autoscheibe im Gesicht. Aber komisch war das trotzdem, wer stellt seine Karre schon mitten in den Wald? Außerdem ist es für ein Schäferstündchen im November eigentlich zu kalt.“

„Ist ja auch egal. Apropos Schäferstündchen. Was ist eigentlich mit Doreen? Läuft da was zwischen Euch?“ und mit dieser Frage wendet sich das Gespräch einem Thema zu, welches mindestens so viel Facetten aufweist, wie der Tierschutz.

28

„Werte Frau Hauweg. Ich bin ein Kollege von Kriminalhauptkommissar Müller. Er und Frau Klein wurden zu einem anderen Einsatz gerufen und so hat er mich gebeten, nochmals mit ihnen zu reden“

Daniel Schubert versucht mit empathischen Worten auf die Witwe aus Schönau einzugehen. „Die Kollegen waren ja bereits gestern bei Ihnen. Wir wollten trotzdem nochmals fragen, ob ihnen möglicherweise noch ein Gedanke kam weshalb ihr Mann ermordet wurde oder gar wer eine solche Tat verübt haben könnte?“ Daniel, der inzwischen erste Fortbildungskurse zu der Technik erfolgreicher Befragungen erfolgreich abgeschlossen hat, fügt eine längere Kunstpause ein, um Frau Hauweg ins Gespräch zu bringen. „Ja, Herr, äh wie war noch ihr Name?“ „Schubert, Daniel Schubert.“ „Ich habe mir natürlich genau darüber den Kopf zerbrochen. Aber es ist mir beim besten Willen überhaupt nichts eingefallen. Manfred war nur beliebt, Streit war für ihn ein Fremdwort und auf dem Hochsitz war er am liebsten alleine. „Da bin ich immer ganz bei mir selbst“ hat er immer gesagt. Nach dem gestrigen Rosenkranz in unserer Kirche haben wir noch im Freundeskreis getrauert und natürlich auch genau darüber gesprochen. Aber auch dort gab es nicht den geringsten Hinweis.“ „Dann erlauben sie die indiskrete Frage. Haben sie Schulden und möglicherweise Gläubiger, die ungeduldig werden? Die Gastronomie hatte ja die letzten Jahre keine leichte Zeit.“ „Das können sie mit Recht sagen, Herr Schubert. Die letzten Jahre waren nicht einfach. Uns gehört der Gasthof glücklicherweise schon seit Generationen. In Schönau wurde schon immer viel

gegessen und getrunken und, das kann ich mit Stolz sagen, natürlich am liebsten bei uns. So sind wir nicht nur Eigentümer unseres unbelasteten Hauses, sondern haben uns über die Jahre weitere Immobilien zugelegt. Wir waren immer stolz, dass dabei unser Sparstrumpf weiterhin gut gefüllt ist."
„Dann gehören sie zu den wenigen Glücklichen auf dieser Welt und wir können auch diese Idee abhaken. Aber wenn Ihnen, Frau Hauweg noch irgendetwas einfallen sollte, melden sie sich bitte sofort bei uns. Wir sind für jeden Hinweis dankbar."
Wenige Minuten später sitzt Schubert wieder im Dienstwagen und denkt nochmals über das Gespräch nach. Die Aussagen von Frau Hauweg waren absolut schlüssig und im Hinblick auf die finanzielle Situation geradezu beneidenswert. „Vielleicht war der Hauweg nur ein Zufallsopfer" denkt Daniel während er den Passat per Keyless Funktion startet und danach das Tal der Steinach hinabrollt.

29

„Isch die Bolizei noch do?" suchend steht ein Mann in waidmännischer Kleidung am Rande der Absperrung. „Ja" Klaus Neumann der fast immer im Dienst ist, wenn im Neckargemünder Polizeirevier was Heftiges passiert, geht fragend auf den Rufer zu. „Was gibt`s?" Der Angesprochene wechselt mit dem Polizisten einige Worte der diesen daraufhin sofort zu Rike begleitet. „Isch hab ä Audo gsehe“ beginnt der Jägersmann in einer für Kurpfälzisch beachtlichen Sprachgeschwindigkeit. „Des schteht do unne, mitte in de Kurv unn uffm Weg.“ Rike, die noch immer nicht begreifen kann, wie normale Menschen in der Lage sind solch gutturale Laute auszustoßen, schaut ihren einheimischen Kollegen Neumann fragend an. „Walder, mach mol longsom“ unterbricht dieser den flotten Jägersmann und dann zu Rike gewandt „Der Walter hat eine Entdeckung im Wald gemacht. Da unten steht auf dem Weg in einer Kurve ein Kraftfahrzeug, welches dort nicht hingehört.“ Rike lauscht der Übersetzung. „Walder, weider“ Neumann stupst seinen Nachbarn an. „Isch glab der ghört demm Hoinz, bin mir awer net sischer.“ Neumann übersetzt seiner Kollegin „Der Walter glaubt das Auto gehöre dem Heinz, ist sich aber nicht sicher.“ „Gut, dann sagen Sie dem Herrn vielen Dank und protokollieren Sie bitte noch seine Adressdaten.“ „Walder, dankschee“ Mit großen Augen schaut der Zeuge zunächst Rike und dann Klaus Neumann an „Konn di koi deitsch?“ und nachdem dieser mit einem leichten Kopfschütteln auf die Frage reagiert „Uuhglaablich, koi Wunner dass di koinen meh bei uns fonge.“ Kopfschüttelnd verlässt der Jägersmann den Platz seiner Aussage. Als er außer Hörweite ist fragt Rike ihren Kollegen „Was hat er gesagt?“ und ist erstaunt als der

Streifenpolizist lachend und ohne eine Antwort zu geben seinem Platz an der Absperrung zustrebt.

30

„So die Herrschaften, ich wünsche Ihnen einen guten Appetit." Mit Schwung nehmen die drei Ober die Gloschen über den Tellern ab, auf denen der heutige Hauptgang des hochgelobten Restaurants in Sasbachwalden serviert wird. „Großartig" dem noch immer unbekannten Autor leichter Krimilektüre aus Meckesheim läuft das Wasser bereits im Munde zusammen. „Und dazu das Beste aus Sasbachwalden, ein richtig starker Barrique Wein der Genossenschaft „Alde Gott"" sein Freund Lars lässt den edlen Tropfen genüsslich seinen Gaumen benetzen. Und der Dritte im Bunde ergänzt „Nicht zu vergessen das kleine Schwarzwaldwässerchen, das abschließend dem Ganzen eine weitere Krone mit Kirschgeschmack aufsetzt." „Prost Achim, dann lassen wir`s uns heute gut gehen. Ein Salut auf unsere Frauen, die uns den heutigen Ausflug genehmigt haben." Nach einer längeren Gesprächspause, das leckere Wildgericht klassischer Art mit Maronen, Rotkraut und Kartoffelknödeln fordert die volle Aufmerksamkeit, berichtet der im Schwarzwald aufgewachsene Achim wie er das Lokal entdeckt hat. „Und dann haben wir die Sasbachwaldener „Schnapsbrunnenrunde" erwandert. Ihr könnt Euch vorstellen, wie anstrengend das war!“ Kopfnickend bezeugen die Freunde ihre nachträgliche Anteilnahme. „Überraschend stellten wir nach dem sechsten Schnapsbrunnen fest, dass wir unbedingt eine Stärkung benötigen. Zufällig sind wir dann in diesen Genusstempel gestolpert.“ „Eine hervorragende Wahl“ anerkennend schnalzt der Meckesheimer mit der Zunge. „Ich habe selten besseres Wild gegessen. Dieses Reh, als sei es heute morgen noch durch den Wald gelaufen. Einfach großartig.“ Mit dem, in herausgehobenen Restaurants eigenen Stil, erscheinen die drei livrierten Herren aus dem Nichts, und räumen die restlos geleerten Teller dezent und geräuschlos ab. Wenig später erblickt der Weinsommelier des Hauses das Nachschub in zwei Gläsern angezeigt ist und schenkt in diese ebenso dezent wie treffsicher nach. „Herr Clade, sagen sie, wo bezieht ihr Lokal nur dieses sagenhafte Wild her?“ dem Schwaben Lars läuft jetzt noch ein Schauer über den Rücken wenn er an den Genuss des mit Niedertemperaturgaren zubereiteten Rehfilet denkt. „Das kann ich Ihnen leider nicht sagen. Aber ich kümmere mich sogleich darum“ wendet der Angesprochene ein um gleich danach zu verschwinden. „Woher Du schon wieder den Namen gewusst hast“ bewundernd schaut Achim seinen Freund an. „Ach weißt Du. Fünfzehn Jahre Außendienst und du kannst auf 20 Meter jedes noch so kleine Namensschild auf Anhieb lesen.“ Ohne ein weiteres Wort zuzufügen hat er damit den Beiden klargemacht, warum er der Erfolgreichste von Ihnen bei der Akquise von Kunden war.

31

„Der Halter des Fahrzeugs heißt Heinz-Adalbert Protze und wohnt in Dresden“ Klaus Müller nimmt gerade den Rückruf seiner Kollegen der Heidelberger Zentrale entgegen. „Mehr wissen die auch nicht.“ Rike steht neben Hakan Yildirim der inzwischen mit seinem gesamten Team der Kriminaltechnik sowohl die Brandruine als auch das vorgefundene Auto unter die Lupe nimmt. „Unn warum solle wir des Audo wie ohn Tadord behandle?“ zweifelnd an seinem Hörvermögen fragt er nochmals bei Rike nach. „Sieh, Hakan“ wiederholt diese nochmals die Sicht ihrer Dinge. „Da oben liegt ein Toter. Verbrannt in einer Hütte dessen Auto ein paar hundert Meter weiter im Wald steht. Entweder ist er oben gestorben oder wurde vielleicht bereits hier ermordet und das Feuer diente nur der Vertuschung. Wir wissen es nicht, also gilt es doppelt umsichtig zu handeln.“ „Allah guud“ Yildirim ergibt sich seinem Schicksal. „Alle herhöre Määdels“ seine Mitarbeiter blicken aufmerksam zu ihm. „Alles sischere. Alle Schpure im Audo, vorm Audo unn weje mir ah im Wald. Auf geht`s.“ Wenige Sekunden später hat Rike den Eindruck, dass sie völlig unnötig ist. Geschäftige Tüchtigkeit mit Kameras, Spurensuche, Abdrucksicherung von Schuhen und Reifen und der Einsatz von Schwarzlicht zeigen ihr, dass sie jetzt in diesem Bereich mit ihrem Kollegen Müller nur stören kann.

Während sie gemeinsam zurück zur Brandruine gehen informiert sie KHK Müller über Schuberts Anruf und dessen Einschätzung, dass es möglicherweise tatsächlich kein Motiv gibt um Manfred Hauweg aus dem Weg zu räumen. „Das deckt sich auch mit allem was wir bisher über ihn in Erfahrung bringen konnten. Vielleicht war er einem, im wahrsten Sinne des Wortes, im Wege gelegen und damit ein Zufallsopfer“ trägt sie ihre Gedanken dem Chefermittler vor. „Das wäre ganz schlecht“ auf Müllers Stirn zeigen sich Sorgenfalten. „Denn Morde ohne Motiv und ohne enge Verbindung zum Täter sind immer am schwersten aufzuklären. Da sind mir Beziehungsdramen lieber, mehr als zwei Täterinnen kommen da selten in Frage.“ „Und schwul war der Hauweg doch nicht, oder?“ Selbst diese rhetorische Frage beantwortet sich bereits auf der Heimfahrt. Hat sich just in diesem Moment eine frühere Freundin von Manfred Hauweg bei Daniel Schubert vorgestellt. Diese berichtete unter Tränen, dass sie lange sehr eng befreundet waren, Manfred aus Angst vor seiner Frau die gelegentlichen Treffen aber vor Jahren beendet hat.

32

„Meckesheim: Zu einem folgenschweren Brand einer Jagdhütte kam es in der vergangenen Nacht. Wie die Polizei berichtet fand die Feuerwehr im Rahmen der Löscharbeiten einen Toten, der sich offensichtlich vor dem Feuer nicht mehr retten konnte. Die polizeilichen Ermittlungen der Kriminalpolizei dauern an. Wer Hinweise über die Tat oder Beobachtungen im Umfeld der Jagdhütte gemacht hat, soll sich unter der Nummer 06221 1740 melden.

Nun zum Wetter“ Mit einem Sprung zu seinem Bluetooth-Lautsprecher würgt Malte Sennfeldt den Radiosender ab.

„Sch… wie konnte das passieren?“ kreidebleich und ohne einen vernünftigen Gedanken fassen zu können, läuft er zwischen den Zimmern seiner Wohnung auf und ab. „Das gibt,s doch nicht, das ist doch unmöglich. Da war doch Keiner. So viel Lärm wie wir gemacht haben, der hätte doch was gehört.“ Inzwischen laufen über seine Wangen die ersten Tränen. „Ich wollte das nicht, ich will doch nur die Tiere retten.“

Wenige Sekunden später klingelt sein Mobiltelefon. Er muss keinen Blick darauf werfen um zu wissen, dass sein Freund Jonas der Anrufer ist.

33

„Womit kann ich Ihnen behilflich sein" ein korpulenter Mann nähert sich mit watschelnden Schritten aus dem Hintergrund den drei ihm unbekannten Gästen. „Mein Name ist Bernard und ich bin der aus Lyon in Frankreich stammende Chef de Cuisine." „Chapeau moi monsieur" die Freude praktisch seinen gesamten Französisch-Wortsatz auf einmal unterzubringen ist Lars anzusehen. „Sie haben magnifique gekocht, Gratulation!" In Restaurants dieser Kategorie ist ein Koch eher Kritik als Lob gewohnt. Zu groß ist die Zahl vermeintlicher Gourmands die Zuhause nicht einmal in der Lage sind eine Tütensuppe anzurühren. Und so entspannt sich der Chef de Cuisine innerlich. „Aber sagen sie, Maestro, wo gibt es nur so gutes Wild? Aus Gehegen oder dem Schwarzwald?" „Weder noch meine Herren. Wie unser Sommelier für Wein, so habe auch ich besondere Bezugsquellen für besondere Gäste. Das heute für sie zubereitete Wild bekomme ich exklusiv von einem Jäger aus dem Odenwald. Nur zartestes, bestes und von mir ausgewähltes Fleisch kommt auf den Tisch meiner Gäste. Mein Lieferant ist einfach der Beste auf dem Markt. Heute bestellt, morgen geliefert und morgen Abend bereits verspeist. Das ist das was wir Ihnen bieten wollen." Die Augen blitzen vor Stolz und den drei Gästen am Tisch ist klar, dass jede weitere Nachfrage geradezu verletzend wirken würde. „Dann vielen Dank, Monsieur. Richten Sie Ihrem Küchenteam unsere Anerkennung aus. Wir wissen gute Leistung zu schätzen." Nachdem der Chef de Cuisine in seinem Reich verschwunden ist, fasst Lars seinen Eindruck zusammen „Ein Mann wie eine deutsche Eiche. Weiß was er will, was er kann und was seine Gäste wollen. Der könnte auch bei uns sitzen." Während die Drei zum Schwarzwälder Kirschwasser übergehen, schreit der Chef de Cuisine beim Eintritt in die Küche „Jetzt geben wir mal richtig Gas! Die Gäste sind noch nicht zufrieden." Sollten die Drei das gehört haben, so wären sie umso mehr überzeugt, dass er gut an ihren Tisch passen würde.

34

„Ich habe bis jetzt überhaupt nichts kapiert, Müller. Es ist schon spät und vielleicht bin ich ab 20 Uhr schwer von Begriff" Kriminalrat Bauer schlägt sich an den Kopf. „Kann mir das jemand mal in einfachen Worten erklären? Und dem Staatsanwalt auch? Klein bitte, sie finden doch schon von Natur aus die richtigen Worte."

„Dann will ich es mal versuchen" beginnt Rike ihre Ausführungen. Nach der ausführlichen Darstellung des Sachverhaltes kommt sie zu dem jetzigen Ermittlungsstand der wohl eher dem Spekulativen zuzuordnen ist. Aktuell klären wir ab, ob der Tote in Meckesheim tatsächlich Heinz-Adalbert Protze ist.

Wenn dem so ist, ist es wahrscheinlich, dass er ein Zufallsopfer wurde. Dies deshalb, weil er eigentlich erst Donnerstag für die Treibjagd, die ein Freund von ihm organisiert, zur Anreise angemeldet war. Vielleicht war er früher in der Gegend und wollte sich das Revier und den Treffpunkt Jagdhütte anschauen. Das wissen wir aber nicht.

Wenn dem aber so wäre, so galt der Anschlag eher der Hütte als dem Toten. Das müssen wir aber noch genau ermitteln um Ermittlungsfehler auszuschließen.

Bei dem erschossenen Manfred Hauweg sind wir auch noch nicht so richtig weit. Hauweg ist ein offensichtlich beliebter Wirt gewesen, der außer seiner Jagd nur den Gasthof als Lebensinhalt kannte. Geliebte hatte er die letzten Jahre keine. Frau Hauweg scheidet als Täterin aus, sie hat zum Tatzeitpunkt das Regiment im Restaurant geführt.

„Wenn ich Sie richtig verstehe, wissen wir eigentlich nichts Genaues und haben erst recht bisher weder einen Verdacht oder auch nur einen Hauch einer Spur“ die Unzufriedenheit ist aus Walter Knopf, dem zuständigen Staatsanwalt, heraus zu hören. „So könnte man es sehen“ kommt es zerknirscht von KHK Müller. „Dann wünsche ich Ihnen Erfolg bei ihren Ermittlungen und dass es nicht noch weitere Todesfälle gibt. Anscheinend ist der so friedvolle Wald in der heutigen Zeit ein gefahrvoller Ort“ mit diesen Worten verlässt der Staatsanwalt die Sitzung und zeigt damit deutlich, wem im Bedarfsfalle der Schwarze Peter untergeschoben wird.

35

„Nein, ich kann morgen früh nicht liefern." Pause „Wie soll das gehen? Fünf Rehrücken und zwei Wildschweine?" Pause „Wie, dann bin ich draußen?" Wieder hört Jörg Keitel den längeren Ausführungen am Telefon zu. „Also gut, ich sehe was ich machen kann. Aber hör zu, das wird nicht so billig wie das letzte Mal" wieder Pause. „OK, morgen früh bis 9 Uhr bei Dir. Richte schon mal die großen Töpfe." In einer Mischung aus Zorn über die ultimative Forderung und des erhabenen Gefühls heute Nacht wieder auf die Jagd zu gehen, schreitet Jörg Keitel die Stufen ins Obergeschoss hinauf wo er den Schlüssel für seinen kleinen Erdbunker verwahrt. In diesem Versteck hält er Waffen und Ausstattung bereit, auf die die Bundeswehr auch bei der Zeitenwende neidisch wäre.

36

Wenn Alex, der Freund von Daniel Schubert, von seinem Spätdienst in einem Waldhöfer Fitnesscenter nach Hause in die Wohnung am Tattersall kommt, ist dieser gewöhnlich zu Hause. Aber heute ist es Alex, der von ihrem Kater Kamikaze stürmisch gegen 22.30 Uhr begrüßt wird.

Kurze Zeit später liegt Kamikaze gesättigt und zufrieden auf Alex`s Bauch, der vor dem Fernseher nach wenigen Minuten eingeschlafen ist. Nach einer langen Besprechung mit Kriminalrat und Staatsanwalt und einer noch längeren anschließenden Krisensitzung mit Klaus Müller und Rike Klein ist es bereits kurz vor Mitternacht, als dieser sanft eine wärmende Decke über den schlafenden Freund legt und sich dann für eine kurze Nacht zur Ruhe begibt.

37

„Und ihr habt überhaupt keine Ahnung?“ mit hochgezogenen Augenbrauen kann Erik der Barkeeper des „Aix en Provence“ kaum glauben was er gehört hat. „Nein“ Rike schüttelt energisch mit dem Kopf. „Sonst dürfte ich es ja gar nicht sagen. Ermittlungsergebnisse sind geheim, aber wenn wir überhaupt nichts wissen, kann ich ja auch nichts verraten.“ „Das hat irgendwie auch eine Logik“ Michael, Rikes Verlobter kann dieser These folgen, obwohl er bereits das dritte Pils vor sich stehen hat. „Das ist das Blöde in unserem Job“ Rike ist heute sehr redselig „Keiner erwartet, dass sein Fahrraddiebstahl aufgeklärt wird. Kriegt aber einer ordentlich auf die Mütze oder wird gar erschossen, so brüllt die Presse schon am dritten Tag, dass wir Ermittler alle zu blöde und überbezahlt sind.“ „Dann haben wir ja was gemeinsam“ Michael, der normalerweise dem Alkohol wenig zugeneigt ist, hat bereits eine leicht lallende Aussprache angenommen. „Wenn bei uns in der Schule was nicht kapiert wird, sind nie die Schüler daran Schuld sondern immer die Lehrer. Damit musst Du erst mal klarkommen“ und nimmt nochmals einen tiefen Schluck Pils. Nachdem Rike ihren Freund nach Mitternacht in die gemeinsame Wohnung am Philosophenweg gebracht hat, fragt sie ihn sehr deutlich, was denn eigentlich los sei. „Los sei? Da schmeißen meine zwei besten Schülerinnen ein halbes Jahr vor dem Abi hin, nur weil sie an einer so blöden Casting-Show im Fernsehen teilnehmen wollen. Deren Eltern fällt nichts Besseres ein, als mir daran die Schuld zu geben. Das nur, weil ich meinen Schülern mit auf den Weg gebe, dass sie ihre Träume im Leben nicht vergessen sollen.“ Kurze Zeit später versinkt Michael traumlos in einen komaähnlichen Schlaf, während Rike im Bett liegend die Frage verfolgt, wer einen jagenden Gastwirt umbringt, der eigentlich keinem Menschen was zuleide tun kann.

38

„Und nun?“ Klaus Müller versucht aufmunternd seine zwei Ermittler zu Vorschlägen aufzufordern, wie die nächsten Schritte aussehen können. Die Aufmunterung ist heute auch dringend notwendig. Selten kommt es vor, dass das inzwischen eingespielte Team dermaßen ratlos ist. Rike bringt es mit einem Satz auf den Punkt: „Welche Überlegungen wir auch immer angestellt haben, es gibt einfach keinen logischen Sinn." „Dann müssen wir nochmals von vorne beginnen" Daniel Schubert, der ebenfalls heute Nacht lange über den Fall nachgedacht hat, bringt sich ein. „Die erste Frage ist doch, ob beide Tote miteinander in Verbindung stehen. Ich werde später nochmals die Kollegen in Dresden kontaktieren. Die sind seit gestern dabei, das Umfeld von dem Toten Herrn Proske abzuklären. Aber das aus unserer Sicht einzig Gemeinsame ist doch, dass der jeweilige Tatort im Wald liegt. Während in Eiterbach eindeutig mit Tötungsabsicht geschossen wurde, war der Meckesheimer Tote möglicherweise einfach zur falschen Zeit am falschen Ort. Sozusagen der Pechvogel des Jahres." „Da hast Du möglicherweise Recht Schubert, wir wissen es aber nicht genau." KHK Müller hat seinen Mitarbeitern genau zugehört. „Auch ich habe den Eindruck, dass es zwar Parallelen, aber nicht unbedingt einen Zusammenhang zwischen beiden Toten gibt. Haben wir eigentlich schon was von Yildirim und der KTU gehört?" Sowohl Rike Klein als auch Daniel Schubert schütteln den Kopf. „Dann gehen wir jetzt wie folgt vor: Daniel, Du rüttelst die Dresdner Kollegen aus dem Schlaf, und wir Beide Rike, besuchen den KTU-Kollegen im Keller. Wenn wir schon im Keller sind, besuchen wir anschließend noch unseren Dr. Terhoven, von dem, was den Meckesheimer Toten angeht, auch noch nichts zu hören war." „Mit einem gemeinsamen „Jawohl Chef" sind die nächsten Schritte abgestimmt.

39

Jonas, der überzeugte Veganer und Tierschutz-Aktivist, sitzt bereits auf einer Bank an der Heidelberger Neckarwiese als Malte Sennfeld dort mit seinem alten Fahrrad, das er immer in der Stadt nutzt, ankommt. Malte ist geradezu in depressiver Stimmung. Hat sich unmittelbar nach der Brandlegung ein emotionales Hochgefühl des Triumphs eingestellt, so ist dieses ein Gefühl der inneren Leere und der Verzweiflung gewichen. „Wie konnte das passieren?" fragt er sich immer wieder seitdem er die Nachricht über den Tod des aus Sachsen kommenden Menschen vernommen hat. Jonas und Malte sind heute die einzigen Menschen, die in der morgendlichen Novemberkälte den Bänken an der Neckarwiese bei der Theodor-Heuss-Brücke in Heidelberg einen Besuch abstatten. „So eine Scheiße" beginnt Malte. „Ich verstehe nicht, warum der Typ von uns nichts mitbekommen hat. Der hätte doch immer noch raus kommen können, auch nachdem wir das Feuer gelegt haben. Heute Nacht habe ich mir immer und immer wieder die Situation in Erinnerung gerufen. Wir konnten doch nicht wissen, dass der drinnen war. Die Tür war doch auch abgeschlossen.“ Es tritt eine lange Gesprächspause ein bei der beide Brandstifter auf die Wellen des Neckars schauen, die ein einsamer Ruderer geschaffen hat. „Das habe ich mich auch inzwischen hundertmal gefragt“ die Stimme von Jonas klingt, als würde er jeden Moment in Tränen ausbrechen. „Aber egal, was auch immer „wir sind schuld an seinem Tode und müssen damit für immer leben.“ Jetzt bricht er tatsächlich in Tränen aus.

Malte, der sichtlich nervös ob des Verhaltens seines Freundes ist, schlägt vor, gemeinsam ein Stück zu laufen. „Das wird uns gut tun. Komm, wir gehen entlang des Treidelpfades Richtung Alte Brücke.“ Als sie die ersten hundert Meter gegangen sind, kommt das Gespräch wieder in Fahrt. „Und Du glaubst wirklich Malte, dass es das Beste ist, wir behalten das Ganze für uns? Kein Wort an die Anderen?“ „Ganz sicher, Jonas. Glaube mir, dass ist der einzig gangbare Weg. Solange wir darüber schweigen wird niemand auch nur auf die Idee kommen, dass wir etwas damit zu tun haben. Denk doch mal dran, wie wir unserer Bewegung schaden würden, wenn raus käme, dass wegen uns ein Mensch sterben musste.“ Nach einigen weiteren Minuten in denen sie still und jeder für sich nachdenkend den friedlichen Neckar entlang gehen, hört Malte seinen Freund sagen „Stimmt, wir müssen für unsere Bewegung für immer schweigen."

40

„Glaabt ihr eigentlisch, dass wir zaubere kenne?" Hakan Yildirim, eingefleischter Kurpfälzer und Chef der KTU, blickt entgeistert auf die Ermittler Klein und Müller. „Ihr jagd uns mitte in de Nacht ind Provinz, mir finne dort enn Saulade vor und donn wollt ihr ä paar Schtunde später enn schriftlische Bericht?" „Jetzt krieg dich mal wieder ein, Hakan" Rike versucht mit all ihrem Charme den aufgeregten Kollegen wieder einzufangen. „Ich sagte zu Klaus, dass Ihr hier super seid und sicher schon einige Infos für uns bereit habt." Die Charmeoffensive zeigt erste Erfolge. Der Kriminaltechniker hatte schon immer eine Schwäche für gutaussehende Frauen und wenn so eine charmante Entschuldigung kommt. „Naa guud, donn verzähl ich Eich mol, was ihr schpäter im Bericht lese werd" und damit war sich Hakan Yildirim der Aufmerksamkeit seiner Besucher für die nächsten Minuten sicher.

41

Schon als Rike Klein und Klaus Müller die Kantine der Heidelberger Polizei betreten wird klar, dass es heute Currywurst mit Pommes geben muss. Nur dann ist es hier, genauso wie in den meisten Kantinen Deutschlands, voll und die Zufriedenheit mit den Köchen groß. „Typisch“ Rike, die eigentlich gesundheitsbewusst lebt, zieht die Augenbrauen hoch, „immer wenn`s Currywurst gibt ist die Bude voll. Wenn sie dagegen das mediterrane Grillgemüse mit Tofubällchen anbieten, musst du froh sein, überhaupt jemanden in der Kantine anzutreffen.“ „Apropos antreffen“ Klaus Müller fällt ihr ins Wort bevor sie sich weiter über die Kollegen auslassen kann. „Da drüben sitzt Daniel. Wir gehen gleich hin, da können wir uns die spätere Abstimmung schenken.“

Während einer der Kantinen-Beiköche mit den Worten „Einmal das Currywurst-Ragout“ Klaus Müller einen Berg voll Pommes, auf dem die geschnetzelten Teile einer Currywurst in einer rotbraunen Soße schwimmen, ohne jede weitere Emotion über die Theke schiebt, strahlt der Küchenchef Rike an. „Und was kann ich Dir heute Gutes geben?“ „Bitte einen großen Salatteller mit den Putenstreifen und deinem hausgemachten Dressing. Gibt es Freitag wieder den Schellfisch?“ Der Küchenchef, der für Rike nicht nur Sympathie wegen ihrer Ernährungsgewohnheiten empfindet, strahlt sie an. „Du bist eigentlich die Einzige, die schätzt, was wir hier leisten. Schon deshalb gibt`s natürlich den Fisch. Ich lege Dir eine schöne Portion zurück, falls Du später kommen solltest.“ „Das ist aber nett.“ Während Rike Klein und KHK Müller gemeinsam zu Daniel Schuberts Tisch gehen, flüstert Klaus ihr zu. „Wenn Du den nächste Woche fragen würdest, ob er nur für Dich ein ganzes Buffet anrichten könnte, würde der auch noch ja sagen. Es ist unglaublich. Der muss verliebt in dich sein.“ Rike kann sich ein Lachen nicht verkneifen „ja Klaus, wir Frauen werden in mancher Hinsicht euch immer um den Finger wickeln können.“ Nur wenige Augenblicke später, wenden sie sich gemeinsam mit Daniel Schubert den unschönen Dingen des Lebens zu.

„Das Gespräch mit den Dresdner Kollegen war wirklich interessant“ Daniel Schubert berichtet den Kollegen während er die Reste seiner Pommes genussvoll durch die Currysoße zieht. „Heinz-Adalbert Protze war denen zu meiner Überraschung sofort ein Begriff. Geboren ist Protze am 13.4.1946 in Dresden. Er hat dort Zeit seines Lebens gewohnt. Zunächst im Stadtteil Neustadt, dann, seit Mitte der 90er Jahre in der Dresdner Collenbuschstraße. Die Straße sagt Euch bestimmt auf Anhieb genauso wenig wie mir. Die Collenbuschstraße liegt im Wohngebiet „Weißer Hirsch“, das ist die Top-Adresse von Dresden. Der Kollege sagte irgendwas wie „er würde auch gerne neben einer Sternwarte wohnen.“ Auf jeden Fall hat unser Tote in den 90er Jahren bei der Wende die ein oder andere Chance ergriffen ordentlich Geld zu verdienen. Die Kollegen wussten auf Anhieb, dass er einige Firmen von der damaligen Treuhand erworben und kurze Zeit später wieder an West-Investoren verkauft hat. Das Geschäft lief wohl so gut, dass Protze bereits im Alter von 50 Jahren seine beruflichen Aktivitäten beendet hat und sodann als Privatier das Leben genoss. Eine ostdeutsche Boulevardzeitung brachte über ihn mal einen Bericht mit dem Titel „Der Dresdner Oberjäger." Da begleitete ihn ein Reporter nach Ostafrika, wo Protze Gefallen darin fand, die sogenannten „Big five" über den Haufen zu schießen." „Big five?" Rikes Augen richten sich fragend auf den Kollegen. „Das sind Löwe, Elefant, Nashorn, Büffel und Leopard" beantwortet Schubert die Frage. „Eine völlig idiotische Art der Jagd, die leider auch heute noch von den Superreichen der Welt ausgeführt wird. Aber egal, zurück zu Protze. Der Artikel hat ihm so viel Gegenwind gebracht, dass er für einige Zeit aus der öffentlichen Wahrnehmung verschwand. Jahre später engagierte er sich in Stiftungen, die genau den Schutz dieser Tiere zum Ziel haben. Er wurde als namhafter Spender geschätzt und sein Jagdhobby verlagerte sich auf heimische Tiere. Das wissen die Kollegen übrigens, weil einer ihrer Oberen gemeinsam mit Protze auf der Jagd war und sie ihnen im Rahmen einer Kontrolle 1999 im Wald begegnet waren." „Das wissen die auf Anhieb noch heute?" „Ja" grinsend verschwindet jetzt auch das letzte Stück Wurst in Daniels Mund. „Unser jagender Kollege war nämlich mit einer illegalen, halbautomatischen

Jagdwaffe unterwegs und wenig später deshalb aus dem Polizeidienst entlassen."

„Protze wurde auch erwischt?" Müller hakt nach, während er versucht, einen kleinen Rest Pommes aus einer Zahnlücke zu entfernen. „Nein, der war sauber" Daniel Schubert berichtet weiter. „Protze ist auch bis heute nie negativ aufgefallen. Er engagierte sich irgendwann im Sächsischen Landesjagdverband und hielt flammende Plädoyers über die Notwendigkeit einer strengeren Waffenkontrolle. Damals war er klarer Befürworter einer Neufassung des Waffengesetzes, welches aber nicht nur in Sachsen, wenn überhaupt nur marginal verändert wurde. Durch den Jagdverband hatte er Kontakt zu Jägern in anderen Bundesländern und so wurde er immer wieder zu Treibjagden anderswo eingeladen." „Vermutlich kam er auch so nach Meckesheim, das müssen wir aber noch überprüfen" stellt KHK Müller klar.

„Hat er Familie?" Schubert führt fort. „Protze war ein Einzelgänger. Im Zusammenhang mit dem Bericht aus Afrika erhob Jahre später der Reporter den Vorwurf, Protze habe sich an ihn rangemacht. Es kam aber nie zu einem Verfahren, es wurde offenbar so geregelt. Es könnte aber durchaus sein, dass Protze homosexuell veranlagt war. Auf jeden Fall hat er nie geheiratet und auch die Kollegen hatten nie eine weitere Person unter der Meldeadresse ausfindig machen können.

Protze`s Eltern sind natürlich schon lange tot. Geschwister gab es keine."

„Dann fassen wir mal zusammen" Rike`s Stirn legt sich beim Nachdenken in Falten. „Also, wir haben einen Toten der Sorgenfrei lebt. Seine Geschäfte sind schon lange vorbei, er genießt das Leben und geht gerne auf die Jagd. Niemand profitiert von seinem Tod, da es wahrscheinlich nicht einmal Erben aus dem Familienkreis gibt. Der Tote haucht sein Leben rund sechshundert Kilometer von Zuhause aus indem er in einer Jagdhütte schläft, die in dieser Nacht in Flammen aufgeht." „Bis dahin alles korrekt und logisch" bestätigt ihr Chef. „Kann es sein, dass wir dann innerhalb eines Tages einen zweiten Pechvogel haben? Einen weiteren Menschen, der einfach zur falschen Zeit am falschen Ort ist?" „Unwahrscheinlich, aber nicht ausgeschlossen" während er diese Worte ausstößt fragt sich KHK Müller, wie er diese Theorie Kriminalrat Bauer und Staatsanwalt Knopf beibringen kann.

„Und was gab`s bei Yildirim?" Spannung liegt im Gesicht von Daniel Schubert, als er den Worten seiner Kollegen lauscht.

42

„Die Route wird berechnet“ tönt es aus dem kleinen Lautsprecher des GPS von Garmin während Jörg Keitel seinen betagten dunkelgrünen Caddy-Transporter startet. Während er die ersten Meter der rund 80 km langen Strecke nach Scheibenhardt in unmittelbarer Nähe des Bienwaldes zurücklegt, geht er nochmals gedanklich seine Ladeliste im doppelten Boden des Autos durch:

- Verschiedene Lampen mit Blendwirkung
- Eine Landmann Preetz-Halbautomatik mit 150 Schuss Munition
- Zielfernrohr mit Restlichtverstärker für das Gewehr
- Zwei Kurzwaffen zur Tötung aus kurzer Distanz mit weiteren 100 Schuss Munition
- Messer zur waidgerechten Tötung und Ausweidung des Wildes
- Ein von einem US-Soldaten erworbenes Nachtsichtgerät
- Zwei Tarnnetze für Fahrzeug und Liegeplatz

„Dann sollte ich alles haben“ ist sein letzter Gedanke bevor er beim Heidelberger Kreuz von der A 656 auf die A 5 Richtung Karlsruhe wechselt. Gegen

Einbruch der Dunkelheit erreicht er den ihm bereits bekannten kleinen Parkplatz am Rande des Bienwaldes. Eines Waldes der traurige Berühmtheit zu Beginn des 2. Weltkrieges errang und auch heute noch neben zahlreichem Wild die ein oder andere Hinterlassenschaft aus dieser Zeit aufweisen kann. Und auf einem dieser Hinterlassenschaften, genauer gesagt einem alten Wehrmachtsbunker, legt sich der Wilderer auf die Lauer um am nächsten Morgen seinen Kunden frische Ware anbieten zu können.

43

„Lena, jetzt krieg Dich doch mal wieder ein“ beschwörend richtet Anne Müller die Wörter an ihre Tochter. „Natürlich passen wir auch heute Abend auf Jana auf. Aber es kann doch nicht sein, dass das jetzt jeden Abend unsere Daueraufgabe als Oma und Opa wird.“ „Ihr gönnt mir mein Leben nicht“ Anne Müller trifft fast der Schlag bei dem Vorwurf. „Nur weil ich ein Kind habe kann es doch nicht sein, dass ich immer an dieses gefesselt bin“ Lena wird langsam wieder etwas ruhiger. „Schau, Mama, ich bin jetzt noch nicht mal zwanzig und da kann doch das Leben nicht vorbei sein, nur weil ich einmal ein Kind bekommen habe.“ „Ach Kind“ Anne nimmt ihre Tochter in den Arm. „Dann hau endlich ab und schau zu, dass dir dein Traummann vielleicht heute Abend über den Weg läuft.“ „Danke, Mama, Du bist die Beste“ mit einem befreienden

Lächeln spurtet Lena nach oben während Anne Jana aus der alten Familienwiege hebt. „Und Du, Kleine? Freust Du Dich heute wieder bei Oma und Opa zu sein und das Neueste zu hören, was das Verbrechen jetzt in Heidelberg zu bieten hat?“ Mit einem Summen auf den Lippen, welches entfernt an „Schlaf, Kindlein schlaf“ erinnert geht sie mit Jana in die Küche um ihr den abendlichen Brei vorzubereiten.

44

„Das was ihr mir vorhin beim Essen gesagt habt, steht jetzt tatsächlich im vorläufigen Bericht der KTU so drin“ Schubert kommt mit dem frischen Ausdruck in sein und Rike`s Büro. „Yildirim schreibt, dass sie von einem Brandbeschleuniger in erheblicher Menge ausgehen. Es fehlt zwar noch ein kleiner Teil der Analyse, die anderen Auswertungen zeigen aber eindeutig, dass es Benzin war. Sie gehen davon aus, dass es mehrere Liter gewesen sein müssen, da die Jagdhütte offensichtlich rundum angezündet wurde.“ „Gibt es Hinweise, dass die Hütte auch drinnen angezündet wurde?“ Rike fragt nach einem ganz wesentlichen Aspekt für eine spätere Anklage. „Nein, sie folgern, dass die Fremdentzündung ausschließlich im Außenbereich erfolgte.“ „Das stützt unsere Theorie, dass nicht der Tote sondern die eigentliche Hütte Ziel des Anschlags war. Und würde dann bedeuten, dass wir in diesem Falle nicht wegen Mordes sondern Brandstiftung mit Todesfolge ermitteln würden." „Das ist richtig. Was aber nichts daran ändert, dass ein Mensch dabei gestorben ist und es sich um ein Kapitalverbrechen handelt" stimmt aus dem Hintergrund Klaus Müller zu, der den Ausführungen seiner Mitarbeiter aus dem Türbogen lauschen konnte.

„Yildirim schreibt aber noch anderes, was für uns interessant sein kann. Wir haben doch auch das Auto von Protze als möglichen Tatort behandelt und da gibt es Spuren." Interessiert horchen Rike Klein und Klaus Müller auf. „Die KTU ist sich ziemlich sicher, dass das Auto von Protze durch ein Fahrrad gerammt wurde. Kratzer und Lackspuren am Auto sowie eine Fahrrad-Reifenspur die direkt daneben in einen Graben führt lassen nur einen Schluss zu. Da ist ein Radfahrer, in der Zeit als Protzes Wagen auf dem Waldweg stand, gegen sein Auto gefahren und hatte so viel Schwung, dass er davon abprallte und dann direkt in den Graben gedonnert ist. Der eigentliche Hammer ist, dass sie glauben das Fahrrad aufgrund der Lackreste und des Reifens im Idealfall zweifelsfrei identifizieren zu können." „Das ist echt ein Hammer" Rike, die sich aufgrund ihrer norddeutschen Herkunft eher mit Booten als mit Rädern auskennt, ist begeistert. „Das heißt, wir suchen einen möglichen Brandstifter der mit einem jetzt wahrscheinlich beschädigten Fahrrad, gestern im Meckesheimer Wald unterwegs war und Benzin über die Jagdhütte schüttete“ fasst sie das Ergebnis zusammen.

„Das passt irgendwie zusammen“ auch Klaus Müller muss innerlich zustimmen. „Mein Besuch bei Terhoven, dem Gerichtsmediziner, war auch aufschlussreich. Das Auto als Tatort scheidet aus. Terhoven sagt, dass der Tote eindeutig erstickt ist und nichts darauf hindeutet, dass er zuvor eine Gewalteinwirkung durch Dritte erlitten hat. Folglich gehen wir davon aus, dass er durch die Brandstiftung ums Leben kam. Unsere bis zur Mittagspause sehr vage formulierte Theorie, dass er einfach zur falschen Zeit am falschen Ort war, hat dadurch wieder ein paar zusätzliche Prozentpunkte an Wahrscheinlichkeit gewonnen.

„Dann lasst uns mal den Radfahrer suchen“ KHK Müller`s gefürchtetes Jagdfieber ist erwacht. „Schubert, du kümmerst dich morgen um Videoaufnahmen der Tankstellen. Radfahrer die Super tanken müssen auffallen. Du Rike um die Radläden in und um Heidelberg. Vielleicht haben die gerade ein Fahrrad in Reparatur wozu unser Lack passt.“ „Und du, Klaus?“ Daniel Schubert stellt eine naheliegende Frage. „Ich kümmere mich mal um meine Tochter und die Frage, ob deren Szenekontakte ausreichen um uns etwas auf die Sprünge zu helfen.“

45

„Aber Papa, ich bin doch keine Denunziantin. Nur weil Du einmal auf meine Tochter aufpasst bedeutet das doch nicht, dass ich jeden von meinen Freunden für die Kripo aushorche" Lena ist gerade entsetzt, als ihr Vater Klaus seine Bitte vorträgt. "Lena, jetzt hör mir doch mal genau zu" Klaus Müller nimmt einen zweiten Anlauf. „Es geht ja nicht darum, dass ich wissen will wer sich auf die Straße klebt oder auch wer meint nachts Hennen aus Legebatterien retten zu müssen. Du weißt, dass wir nichts eingewendet haben, als Du Dich statt nur um Jana zu kümmern auch entschlossen hast die Welt, das Klima und Tiere zu retten. Das ist ein lobenswertes Ziel und deshalb passen wir in der Zeit auch auf deine Tochter auf. Aber es kann doch auch nicht in eurem Sinne sein, wenn möglicherweise ein radikaler und völlig durchgedrehter Irrer anfängt diejenigen zu killen, deren Ziele nicht mit ihm übereinstimmen. Deshalb nochmals meine Bitte, dass du dich mal vorsichtig umhörst, ob irgendeiner möglicherweise völlig abgedreht ist und selbst euch mit seinen Vorschlägen unheimlich wird." Lena, die ihrem Vater sehr genau zugehört hat, fragt nochmals nach. „Also nur den Namen eines möglicherweise völlig Irren der extrem radikal denkt? Ich höre mich mal um, aber kann mir nicht vorstellen, dass einer von uns zum Mörder wird." Bevor Klaus Müller auch nur Danke sagen kann, ist seine Tochter aus der gemeinsamen Küche auch schon wieder verschwunden.

46

Seit der Tankbetrug, das heißt das Entfernen von einer Tankstelle ohne Bezahlung, in den letzten Jahren auch aufgrund steigender Benzinpreise deutlich zugenommen hat, haben die Tankstellen auch in der Region um Heidelberg mit Videoüberwachung deutlich aufgerüstet. Daniel Schubert hat, dank staatsanwaltlicher Hilfe, die Videoaufzeichnungen von 18 Tankstellen übermittelt bekommen, die im 15 Kilometer Umkreis um Meckesheim anzutreffen sind. Daniel hat entschieden zunächst die Aufnahmen des vergangenen Montags, also des Vortags des Brandanschlags auf die Jagdhütte, zu sichten. Bei 18 Tankstellen mit jeweils mehreren Videokameras bedeutet das rund 500 Stunden Bildmaterial. Zunächst sichtet er die im Umkreis von 5 km von der Brandstelle entfernten Aufnahmen. Die Tankstellen in Mauer, Meckesheim, Lobbach und Eschelbronn waren sehr kooperativ und so konnte er bereits um kurz nach 8 Uhr mit den ersten Sichtungen auf beiden Bildschirmen seines Arbeitsplatzes beginnen.

Es ist 10.15 Uhr als er die erste Pause einlegt. Auf dem Weg zur Kaffeemaschine trifft er Rike, die sich nach seinen Ergebnissen erkundigt. „Man merkt, dass die Tankstellen auf dem Land sind“ beginnt Schubert seinen Bericht. Alle fünf Minuten fährt irgendeiner mit Auto, Traktor oder einem LKW vor und füllt einen Kanister mit Benzin.“ „Und was machst Du konkret?“ „Ich zeichne alle Kennzeichen auf, bei denen ein Kanister betankt wird. Bisher sind auf der Liste nur alleine für Montag 16 Betankungen und das bei fünf Tankstellen. Ich glaube, dass ich mich mit der hierfür notwendigen Nacharbeit gründlich getäuscht habe“ Schubert nimmt seinen ersten Schluck „Bei uns in der Mannheimer Innenstadt ist das Tanken eines Kanisters so selten wie ein Rolls-Royce vorfährt. Aber hier hat wohl jeder einen Rasenmäher, eine Motorspritze oder eine Motorsäge. Und natürlich fährt jeder an die Tanke mit den entsprechenden Kanistern“ Daniel schüttelt noch immer darüber den Kopf. „Dann schau mal schön weiter“ Rike schickt ihm ein aufmunterndes Lächeln zu. „Ich geh derweil nochmals zur KTU. Yildirim will mir was über die Radspuren verraten. Bin schon gespannt.“ „Dann ans Werk“ Daniel spricht sich selbst Mut zu und geht nach einem weiteren Schluck des nach Meinung vieler Kollegen ungenießbaren Kaffees zurück an seine Bildschirme.

47

„Ahhh Kollegin, des isch awer schee, dass du vorbei kummsch“ Hakan Yildirim, Leiter der

Kriminaltechnik und echter Kurpfälzer, legt sein schönstes Lächeln auf. „Unn wenn isch dir zeig wass mir rauskrigt hawe, wirsch begeischtert soi“ macht er Rike, die inzwischen die Kurpfälzische Mundart in Fragmenten versteht, Hoffnung. „Dann lass mal hören Hakan.“

„Also, des isch sou“ und um die Leser mitzunehmen, die des Kurpfälzischen Dialekts nicht mächtig sind, erfolgt die Dokumentation des folgenden Gesprächs in Hochdeutsch. Yildirim fährt fort „Wir haben die Stelle an der der Wagen des Toten stand, akribisch untersucht. Wie Euch bereits berichtet gingen wir von Anfang an davon aus, dass möglicherweise ein Radfahrer mit dem Wagen an der dortigen Stelle kollidierte. Die Annahme von gestern könnt ihr jetzt als gesichert ansehen. Wir haben eindeutige Spuren gefunden, die auf eine Vollbremsung mit blockierenden Reifen hinweisen. Die hat allerdings nicht verhindert, dass das Fahrrad mit dem Auto auf Höhe dessen vorderen linken Kotflügels kollidierte. Gefunden haben wir entsprechende Dellen, Kratzer und auch Lackabrieb der mit sehr hoher Wahrscheinlichkeit vom verunfallten Fahrrad stammt“ Yildirim holt tief Luft. „Jetzt sag mir bloß nicht, dass ihr wisst von was für einem Rad“ Rike kann an diesen Sechser mit Zusatzzahl kaum glauben. „Dazu später mehr“ der Leiter der KTU berichtet weiter. „Wir sind überzeugt, dass der Radfahrer bei der Kollision die Kontrolle über sein

Rad verloren hat und dann in den daneben verlaufenden Graben gedonnert ist. Der ist 1,20 Meter tief, hat aber so etwas wie eine Abflachung, sodass das schon ein ziemlicher heftiger Einschlag, aber eben kein freier Fall war. Genau hier, an diesem Rand, konnten wir Reifenspuren des Fahrrads sichern die uns einen Rückschluss auf die Reifengröße und möglicherweise sogar den Reifentyp erlauben" erwartungsvoll schaut Yildirim seine Kollegin an. „Jetzt, lieber Hakan, sag mir einfach, was das genau zu bedeuten hat" Rike kann es vor Spannung kaum aushalten.

„Ja, liebe Rike, jetzt kommt`s. Wir suchen ein Fahrrad der Marke Flyer, die Farbe ist vintage-brass und nach einem Telefonat mit dem Hersteller wissen wir, dass diese Farbe in der von uns gesicherten Art beim Model go.roc2 Typ 2.10 eingesetzt wurde. Außerem, oh Wunder, rollt d Bike auch auf Reifen, die wiederum zu 100 % zu den sicher gestellten Profilen im Wald passen.

Rike bleibt vor Überraschung der Mund offen stehen. „Jetzt sag mir bitte noch, dass das kein Allerweltsmodell ist." „Nein, das ist es nicht. In der Rhein-Neckar Region gibt es nur eine Handvoll Händler die das Bike zum Verkauf erhalten haben. Und es ist sehr unwahrscheinlich, dass hiervon bei uns mehr als 50 verkauft wurden."

„Hakan, ich könnte Dich knutschen“ und mit einem für Nordfriesinnen ungewöhnlich intensiven Gefühlsausbruch der Freude und dem Wissen, endlich so etwas wie eine Spur zu haben, beeilt sich Rike schnellstmöglich zu den Ermittlerkollegen zwei Stockwerke höher zu kommen.

48

„War nicht einfach deine Bestellung auf die Reihe zu kriegen, Lothar“ Jörg Keitel, der gerade von seinem erfolgreichen Ausflug aus dem Bienwald zurückkommt, lädt ein weiteres Reh aus seinem Kofferraum auf seine Schulter. „Du weißt genau, dass ich im Herbst normalerweise mehr Zeit brauche um rechtzeitig liefern zu können.“ Lothar, Besitzer eines Pfälzer Restaurants, welches mit „Wildwochen“ im weiten Umfeld Werbung macht, zückt seine prall gefüllte Brieftasche. „Keine Sorge Jörg. Du kriegst einen Aufschlag. Dafür brauche ich aber nächsten Mittwoch bereits die nächste Lieferung. Und wie gehabt, nur ein- und zweijährige Rehe. Das sind die Zartesten.“ Keitel reißt ihm förmlich die fünfhundert Euro aus der Hand. „Geht klar, wir sehen uns dann nächste Woche. Und keinen Ton, dass Du die Viecher von mir hast.“ „Keine Sorge, ich bin ja nicht verrückt.“ Und mit einem verschwörerischen Augenzwinkern entlässt der Restaurantbesitzer seinen besten Lieferanten.

49

„Treffer" Daniel Schubert springt von seinem Stuhl förmlich auf. Auf dem Video einer Bammentaler Tankstelle, die aber eigentlich in einem anderen Ort steht, sind zwei Radfahrer zu erkennen, die jeweils einen Fünf Liter Kanister betanken.

Als am späteren Nachmittag Kriminalkommissarin Klein und Kriminalhauptkommissar Müller bei ihrem Mitarbeiter sitzen ist dieser sich sicher, dass er der Einzige ist, der Konkretes zur Suche nach den Brandstiftern beitragen kann.

„Staatsanwalt Knopf und Kriminalrat Bauer habe ich auch dazu gebeten" beginnt KHK Müller die Besprechung. „Schließlich scheint es inzwischen die ersten Ergebnisse zu geben." Rike und Schubert schauen überrascht ihren Chef an. Schließlich waren sie es, die ihn mit den ersten Ergebnissen überraschen wollten.

„Guten Tag die Dame, guten Tag die Herren" die gutgelaunte Stimme Kriminalrats Bauer tönt durch den Raum. „Ich hoffe, dass es für Staatsanwalt Knopf und mich lohnt alles stehen und liegen zu lassen um ihren Worten zu lauschen" Rike hört aus seiner Stimme eine Mischung aus Neugierde und stiller Hoffnung, dass endlich ein Ansatz für Ermittlungen gefunden wurde.

„Gewiss“ bestätigend nickt KHK Müller den zwei Vorgesetzten zu. „Wir beginnen dann mal zu berichten. Rike, lege du als erste los.“ „In wenigen Sätzen berichtet Rike über die von der KTU entdeckten Spuren und die Folgerung, dass möglicherweise einer der Brandstifter mit einem bestimmten Fahrrad der Marke Flyer unterwegs ist, welches wahrscheinlich beschädigt ist. „Und was haben sie mit diesen Informationen angefangen?“ erkundigt sich Staatsanwalt Knopf neugierig. „Zunächst habe ich mit der Firma Flyer Kontakt aufgenommen. Die wissen welche Radhäuser sie mit entsprechenden Rädern bei uns beliefert haben. Zudem sind viele der Inhaber bei ihnen als Nutzer registriert. Nur die Daten, die wollen die Schweizer uns nur dann übermitteln, wenn ein Schweizer Staatsanwalt sie entsprechend anweisen wird“ hoffnungsvoll blickt sie zu dem deutschen Staatsanwalt auf. „Das wird schwierig“ dem Staatsanwalt bilden sich schon erste Schweißtropfen auf der Stirn, wenn er auch nur an den damit verbundenen Aufwand denkt. „Die Schweiz ist wie ein Bollwerk. Da kommen weder Munition für die Ukraine noch Daten für eine deutsche Staatsanwaltschaft raus. Gibt,s einen anderen Ansatz?“ „Glücklicherweise ja“ Rike berichtet weiter „Der Verkauf der Räder wird ziemlich gut dokumentiert. Ist auch nicht so schwierig, das beschädigte Rad ist bei uns kein

Massenprodukt. Wir können versuchen über die Radhändler die Käufer der Räder zu ermitteln. Da diese noch nicht lange auf dem Markt sind, ist die Hoffnung groß, dass diese überwiegend noch bei den ursprünglichen Käufern in Nutzung sind. Wenn wir dann ein Beschädigtes gefunden haben, dann ..."
„Haben wir ihn" Kriminalrat Bauer, der seiner Mitarbeiterin ins Wort gefallen ist, schlägt vor Begeisterung die Hände zusammen. „Wunderbar Kollegin! So gehen wir vor."

Er wendet sich bereits mit dem Staatsanwalt zum Gehen, als er die Stimme von Daniel Schubert vernimmt: „Herr Kriminalrat, wir sind noch nicht fertig zu berichten." Zehn Minuten später verlassen die Herren Bauer und Knopf das Besprechungszimmer des Kriminaldezernats. „Das Team ist echt klasse" anerkennend klopft der Staatsanwalt dem Kriminalrat auf die Schulter. „Passen sie gut auf sie auf. So was kriegen sie so schnell nicht wieder" und fröhlich pfeifend nimmt er auf dem Rückweg in sein Büro jeweils zwei Stufen auf einmal.

50

„Mein lieber Schwan, das war heute aber eine Sternstunde für uns" Rike schüttet etwas Olivenöl „extra vergine" über das Grillgemüse mit den Kartoffeln, welches die letzten Minuten in ihrem Dampfgarer verbringt. „Wie geht ihr jetzt weiter vor?“ Michael Bannings, der beschlossen hat bei dem Metzger seines Vertrauens heute richtig Geld zu lassen, sieht dass die Kerntemperatur von 65 Grad für das „medium“ in Kürze erreicht ist. „Eigentlich ganz einfach“ Rike berichtet weiter „Wir von der Kripo klappern die Radläden ab und erkundigen uns, ob zufällig ein Rad dieses Typs zur Reparatur da ist oder angemeldet wurde. Die Kollegen vom Streifendienst besuchen gleichzeitig die Inhaber entsprechender Fahrräder im Bereich zwischen Darmstadt, Bruchsal, Mannheim und Mosbach. „Und wo fangt ihr an?“ dampfend serviert Michael die Steaks auf den Teller. „Wir in Heidelberg und die Kollegen konzentrisch um Meckesheim. Parallel fährt Daniel morgen früh gleich an die B 45 um weitere Aufnahmen der Tankstelle zu sichten und zu klären, ob die Radfahrer ihren Sprit mit einer Kreditkarte bezahlt haben.“

Jetzt lass uns aber das Thema wechseln. Was machen die Abi-Vorbereitungen deiner Schülerschaft?“

51

„So, Herr Sennfeld. Das macht dann 126,50 € für den neuen Lenker inklusive Montage“ schockiert von den Ersatzteilpreisen seines Schweizer E-Bikes fällt Malte die Kinnlade herunter. „126,50 € ? Besteht der Lenker aus Carbon?“ zweifelnd ob des Preises geht seine Frage an den Servicetechniker des Radhauses. „Nein, aber natürlich können wir auch einen gewichtsoptimierten Lenker anbringen. Da sind sie dann aber schnell so bei rund zweihundert Euro.“ Malte streicht gedanklich das Trinkgeld für den Monteur und nimmt entschlossen Kurs auf die Kasse. „Nein danke, dann lassen wir es doch wie es ist“ Wenige Minuten später verlässt er mit der seinem Fahrrad, an das nur noch Kratzer am Rahmen an den kleinen Unfall erinnern, das Radgeschäft im Norden von Heidelberg.

52

„Guten Tag Herr Kommissar, hier ist Frau Hauweg“ KHK Müller braucht einige Sekunden um sich in Erinnerung zu rufen, dass er wohl gerade mit der Witwe seines zweitletzten Mordopfers telefoniert. „Guten Tag Frau Hauweg, was kann ich für sie tun?“ Die Stimme von KHK Müller gegenüber der Witwe des ermordeten Schönauers wirkt verunsichert. Schlagartig wird ihm bewusst, dass er der Aufklärung dieses Mordfalls in den letzten Tagen zu wenig Aufmerksamkeit hat zukommen lassen.

„Ich wollte mich erkundigen, ob sie etwas herausfinden konnten“ selbst im 20 km entfernten Heidelberg ist zu hören, dass Martina Hauweg mit den Tränen kämpft. „Die Gerichtsmedizin hat die Leiche von Manfred freigegeben. Kommenden Montag ist die Beerdigung. Ich fürchte, da werde ich sicher tausendmal gefragt, ob sie wissen, wer's war." Die Hoffnung eine Antwort zu erhalten ist mit den Händen zu spüren. „Tut mir leid Frau Hauweg, aber wir sind noch immer am Anfang unserer Ermittlungen" dem Kriminaler aus Neckargemünd fällt es schwer, die richtigen Worte zu finden. „Sie müssen wissen, dass wir parallel noch einen zweiten Todesfall im Wald verzeichnen mussten. Möglicherweise gibt es hier einen Zusamenhang. An dem arbeiten wir jetzt um auch eine Spur zu dem Mörder ihres Mannes zu finden." „Bitte versprechen sie mir, dass sie alles tun werden um ihn zu finden." „Darauf können sie sich verlassen, Frau Hauweg. Ich werde nächste Woche auch nochmals bei ihnen persönlich vorbeikommen. Vielleicht kann ich ihnen dann mehr berichten." „Das wäre schön Herr Kommissar. Dann sehen wir uns nächste Woche." „Ja, Frau Hauweg. Nächste Woche. Auf Wiederhören." „Auf Wiederhören Herr Kommissar." Klaus Müller will gerade auf „Ende" drücken da hört er noch Frau Hauweg aus dem Hintergrund sagen „Er sagt, sie haben eine Spur." Mit einem noch schlechteren Gewissen als er das Gespräch begonnen hat, legt er jetzt das Telefon zur Seite.

53

„Unser Chef wird langsam auch ungeduldig“ Rike antwortet auf die Frage von Erik, dem Barkeeper des „Aix en Provence“ in Heidelberg, wie es denn bei den Ermittlungen vorangehe. „Irgendwie sind wir einfach zu wenig Leute. Auf meiner Insel würde man sagen, dass man einen Wal nur auf das Schiff ziehen kann, wenn nicht nur ein Harpunier sondern auch viele Matrosen an Bord sind. Und wir drei Ermittler haben inzwischen zwei Todesfälle an der Backe, bei denen wir nicht einmal ein Motiv finden können.“ Erik zieht die Augenbrauen hoch, Resignation kannte er bisher bei Rike noch nicht. „Aber irgendeine Spur werdet ihr doch haben?“ Rike, die Geheimnisse jeder Art bei Erik gut behütet weiß, schaut ihn hilflos an. „Ja, wenn man so will. Wir suchen im ganzen Bereich Heidelberg nach einem bestimmten Typ Fahrrad in der Hoffnung, dass dieses uns dann zu möglichen Tätern führt. Aber genau wissen wir das natürlich nicht.“ „Dann bin ich ja froh, dass ich kein Fahrrad besitze, sonst käme ich noch in Verdacht. Ah, und da kommt ja dein Fast-Göttergatte“ mit dem Fast-Göttergatte zielt Erik natürlich auf das persönliche Waterloo von Michael Bannings an. „Fang du ruhig auch noch an zu frotzeln“ Michael Bannings lächelt Erik gequält an und wendet sich dann seiner Verlobten mit einer zärtlichen Berührung zu. „Der Fast-Göttergatte bittet für die Verspätung um Verzeihung. Aber mir haben sie heute vor der Schule mein Fahrrad geklaut. Die fällige Anzeige im Revier-Nord und der anschließende Fußmarsch hierher hat etwas gedauert." Erik lacht erneut auf „Solange du dein Fahrrad nicht verstecken musst" Michael schaut ihn verständnislos an. „Den Rest kann Dir Rike erzählen. Was willst Du eigentlich trinken?"

54

Durch Daniel Schubert wird an diesem Donnerstagabend noch ganze Arbeit geleistet. Während Rike ihrem Michael erzählt, weshalb es gut ist, dass ihm ein altes Fahrrad geklaut wurde, spuckt der Drucker im Kriminaldezernat eine Liste von sechsundneunzig Käufern eines bestimmten Modells der Marke Flyer aus. „Wie gut, dass nicht jedes Radhaus damit handeln kann und die wenigen Verkäufer wissen, wer genau ein solches Modell erworben hat" denkt Daniel während er die Liste auf insgesamt 8 Polizeireviere aufteilt, die am nächsten Tag mit hoher Priorität die Käufer und deren Räder aufzusuchen haben.

Es ist bereits kurz vor Mitternacht, als die Lichter im Dezernat ausgehen und Daniel sich auf die, um diese Zeit garantierte staufreie, Fahrt über die A656 nach Mannheim macht.

Beim morgendlichen Frühstück mit seinem Partner Alex fragt ihn dieser, ob er ein Bike kaufen wolle.

Daniel habe in der Nacht mehrmals die Worte „Hardtail, goroc und vintage-brass“ ausgerufen. Nachdem Daniel ihm den Grund für seinen Traum erörtert hat, sagt Alex trocken „Schade, denn ein wenig Sport würde dir inzwischen auch guttun.“

55

Die Streifenpolizisten Klaus Neumann und Giovanni Calvagno wundern sich grundsätzlich überhaupt nicht mehr über spezifische Aufträge. So sind sie seit 8.30 Uhr zwischen Neckargemünd und Waldwimmersbach unterwegs um Fahrradkäufer aufzusuchen und sich vom unbeschädigten Zustand des jeweiligen Rades zu überzeugen. „So, das war die laufende Nummer 16“ Klaus Neumann zieht fest die Tür ihres Streifenwagens ins Schloss. „Wie gut, dass wir nur die Nummern 15-18 aufzusuchen haben.“ „Wo geht‘s jetzt hin? „Giovanni Calvagno, den sie wegen seines verwegenen Fahrstils nur „Enzo“ nennen, fährt den Streifenwagen bereits rückwärts aus der Garageneinfahrt im Spechbacher Neubaugebiet. „Meckesheim, Luisenstraße. Da steht auch so ein Teil.“

Wenige Minuten später stehen die Polizisten vor einem Mann Ende fünfzig, der gerade an einem italienischen Motorrad versucht den orangenen Lack auf Hochglanz zu polieren. „Was kann ich für sie tun?“ interessiert geht er auf die beiden Polizisten zu. „Haben Sie vor zwei Jahren ein

Fahrrad der Marke Flyer gekauft?" Enzo will die Sache so schnell wie möglich hinter sich bringen. „Ja, das ist aber nicht zu verkaufen und gestohlen gemeldet ist es auch nicht." „Um das geht es nicht" unterbricht Klaus Neumann den Redefluss. „Wir möchten uns nur ihr Fahrrad mal ansehen." „Ja, gern. Kommen Sie nur. Hier vor meinem Gartenauto steht es." Die beiden Polizisten gehen um einen sichtbar betagten, aber dennoch gepflegten alten Suzuki-Jeep herum und nehmen das Fahrrad in vintage-brass in Augenschein. „Fast keine Kratzer, nur ein paar am Akku" stellt Enzo fest. „Ja, das ist das blöde. Der Akku hat so ein unglückliches Design, dass er im Auto nicht ruhig liegen bleibt, sondern immer rutscht. Daher kommen die Kratzer. Sie sind doch nicht deshalb gekommen?" fragt der leicht grau melierte Meckesheimer. „Nein, aber wir sind jetzt schon fertig. Vielen Dank der Herr" und ohne weitere Worte zu verschwenden fahren die Herren unverzüglich vom Hof. „Was war denn das?" Enzo blickt erstaunt zu seinem Kollegen „So kurz bist Du doch sonst nicht angebunden." „Das stimmt schon. Mir ist aber gerade eingefallen, dass der Typ Kriminalromane aus unserer Gegend schreibt. Die liest zwar fast keiner, aber nicht, dass der uns irgendwann in einen seiner Krimis einbaut."

56

„Aha, und sie reparieren die Dinger auch?“ Pause „Nein, ich brauche keinen Termin. Aber haben Sie gerade ein entsprechendes Rad mit Unfallschäden in Reparatur?“ Pause „Wie, sie verraten keine Kunden? Hören sie mal zu Freundchen, wir ermitteln nicht wegen eines Blechschadens, sondern einem Tötungsdelikt. Haben sie das verstanden?“ die Stimme von Daniel überschlägt sich beinahe am Telefon. Nach einer weiteren kurzen Pause hört die gegenüber sitzende Rike nur noch die Worte „Sehr schön. Warum haben sie das nicht gleich gesagt. Wir sind in einer Stunde bei ihnen.“

„Wir fahren nach Neckargemünd“ Rike hört aus Schubert‘s Stimme das erwachte Jagdfieber. „Die haben dort heute Morgen ein Flyer in einer Bronzefarbe repariert. Der Lenker war nach einem Zusammenstoß verbogen und wurde ersetzt. Das Rad wurde inzwischen abgeholt. Der Chef von dem Laden glaubt sich zu erinnern von wem.“ „Dann nichts wie los“ Rike ergreift ihre über der Stuhllehne hängende Jacke. „Hoffen wir mal, dass er nicht an Demenz leidet und auch in einer Stunde noch weiß, wer das war.“ Wenig später stehen die zwei Ermittler vor dem bekanntesten Neckargemünder Radladen mit einem Zettel in der

Hand, auf dem der Name „Malte Sennfeld“ notiert ist.

57

Der Sitzungssaal 7 im Erdgeschoss des Amtsgerichts Heidelberg in der Kurfürsten-Anlage 15 ist ein trister Raum. Hier, wo normalerweise über Einsprüche von Kraftfahrern oder Ruhestörenden gegen Bußgelder entschieden wird, steht heute ein Exotenthema auf der Agenda. Es geht um einen Verstoß gegen das Jagdrecht. Friedberg Wolbersleben, passionierter Jäger aus Leidenschaft, hat im Heidelberger Stadtwald einen Rehbock während der für ihn geltenden Schonzeit geschossen. Der zuständige Revierförster erwischte ihn am 10. Mai beim Verladen des getöteten Wilds in den Pkw.

Nachdem der Richter den Ausführungen der Zeugen, des Vertreters der Jagdbehörde und der Anwältin des Beschuldigten zugehört hat, verkündet er nach wenigen Minuten sein Urteil. „Es ist wenig glaubhaft, dass sie Herr Wolbersleben, sich im Kalender geirrt hatten und somit fälschlicherweise davon ausgingen, dass die Schonzeit an diesem Tage abgelaufen sei“ beginnt der Richter mit der Begründung, das Bußgeld weiterhin bei der höchstmöglichen Strafe von fünftausend Euro zu belassen. Ein Volontär der örtlichen Rhein-Neckar-Zeitung notiert sich eifrig ein paar Stichworte für einen kurzen Bericht, ist aber mit den Fachausführungen zum Jagdrecht aufgrund seiner Herkunft aus der Mannheimer Rheinau schnell überfordert. So bittet er Herrn Wolbersleben beim Verlassen des Gerichtssaales noch um einen Kommentar zu dem Spruch des Richters. Der Titel des für den nächsten Tag avisierten Artikels lautete danach im Entwurf des Volontärs „Skandal, Förster stellt waidgerechtem Jagdmann nach und unternimmt nichts gegen zunehmende Wilderei."

58

„Malte Sennfeld ist der Nächste" liest der Heidelberger Streifenpolizist Josef Birnberger seinem Kollegen im bayrischen Dialekt seiner Heimat Traunstein vor. Die beiden Polizeiobermeister des Heidelberger Reviers Nord erreichen das einer Heidelberger Wohnungsbaugenossenschaft gehörende Mehrfamilienhaus in der Trübnerstraße bereits nach wenigen Minuten. Im Vergleich zu anderen Heidelberger Stadtteilen ist heute Morgen die hiesige Parkplatzsituation entspannt, sodass sie ihren Streifenwagen auf einen freien Parkplatz hinter einem im gleichen Moment ankommenden Passat abstellen können. Die Beiden staunen nicht schlecht, als sie von einem der beiden Fahrzeuginsassen des Passat mit „Guten Morgen Kollegen, was führt sie in diese Gegend" angesprochen werden. Nachdem sich die zwei Zivilpersonen als Daniel Schubert und Rike Klein vom Kriminaldezernat vorgestellt haben, stellen alle fest, dass sie das gleiche Ziel haben. Ein Malte Sennfeld in der Trübnerstraße der ein Flyer Go roc in vintage-brass nicht nur gekauft, sondern erst gestern zur Reparatur weggebracht hatte. „Dann ist es vielleicht ganz gut, dass wir gleich zu viert sind" schätzt Rike gegenüber den Kollegen die Situation ein. „Daniel und ich würden Herrn Sennfeld in der Wohnung aufsuchen und sie Kollegen sichern bitte die vorhandenen Seitenausgänge des Gebäudes ab. Nicht dass Herr Sennfeld kurzfristig beschließt das Weite zu suchen." Drei Minuten später, nachdem eine Gassi-Ausgeherin mit ihrem Terrier den Ermittlern geräuschlos den Zutritt ins Gebäude ermöglichte, stehen diese vor der Tür des Appartements Nummer acht auf deren Klingel der Name Sennfeld steht.

59

„Warte mal Andrea. Es klingelt gerade an der Tür und ich mache schnell auf" Malte Sennfeld legt seinen Hörer auf die Seite und geht zur Tür. Andrea Schmid, die sich gerade auf ein abendliches Date mit Malte geeinigt hatte, hört aus der Ferne nur die Worte „Kriminalpolizei" und „Flyer". Danach kommt ein sichtlich aufgeregter Malte an den Hörer zurück, teilt ihr mit, dass aus dem abendlichen Treffen wohl nichts wird und beendet dann grußlos das Gespräch.

60

Wie jeden Freitagabend ist auch heute viel los in den Mannheimer Quadraten. Daniel Schubert und sein Lebenspartner Alex genießen das für November ungewöhnlich warme Wetter und die damit verbundene Möglichkeit sich in den Schaufenstern über die neueste Wintermode zu informieren. Während Sie vom Paradeplatz über die Breite Straße Richtung Wasserturm bummeln erzählt Daniel von seinen heutigen Erlebnissen. „Dann wollte der mir tatsächlich die Tür vor der Nase zuschlagen. Aber nicht mit mir, nicht mit Daniel Schubert." Alex wundert sich, dass sein Freund sich noch jetzt derart darüber aufregen kann. „Also habe ich meinen Schuh in den Türspalt geschoben, mir amtlichen Einlass verschafft und wenig später saß der vorläufig Festgenommene schon im bereitstehenden Streifenwagen." „Ja und dann." „Dann verlief's unerwartet. Der junge Mann verlangte zur Befragung einen Anwalt. Er kommt wohl aus keiner verarmten Familie, sodass er einen Bestimmten verlangte. Er hat ihn angerufen und anschließend mitgeteilt, dass er jetzt bis Montag die Aussage verweigere, da sein Anwalt erst am späten Montagvormittag Zeit hätte." „Natürlich habt ihr ihn dann nach Hause entlassen?" hakt Alex nach während sie vor einem Burger Restaurant den Müllbergen auszuweichen versuchen. „Da kennst du unser Team aber schlecht. Wir unterstellten Flucht- und Verdunkelungsgefahr und da es nicht unsere Schuld war, dass wir die Befragung nicht zeitnah durchführen konnten, beantragten wir, ihn übers Wochenende bei uns behalten zu dürfen. Der zuständige Haftrichter hat dem sofort zugestimmt. Infolgedessen kann ich mit dir jetzt die zwei freien Tage bis Sonntag genießen und Rike hat die Rufbereitschaft." „Da muss ich dir, mein Lieber, eine herbe Enttäuschung bereiten. Es ist nur ein Tag, da ich am Sonntagvormittag ab 7 Uhr die Frühschicht im Fitnessstudio übernehme. Der Fachkräftemangel schlägt auch bei uns zu." Daniel nimmt seinen Freund jetzt noch etwas enger in den Arm während sie einem Club in der Augusta-Anlage zustreben. „Dann sollten wir schauen, dass wir zumindest den einen Tag so richtig genießen."

61

„So ein Mist, schon wieder streikt die Batterie" mit einem verzweifelten Drücken auf den Starterknopf versucht Michael Bannings am Sonntagmorgen seine Triumph zum Leben zu erwecken. „Lass es bleiben, nimm den Helm ab und hol das Starthilfeset" Rike, deren Motor bereits beim nach dem ersten Versuch zu starten, einen herrlichen Sound verbreitet, gibt klare Kommandos. „Das nächste Mal kaufst Du ein Motorrad, welches zuverlässig ist. Ich sollte mich eigentlich immer erst zur Abfahrt fertig machen, wenn deine Karre auch wirklich läuft." Michael verzichtet auf einen konfliktträchtigen Kommentar zur Qualität britischer Motorräder und kommt wenig später mit dem Starthilfeset zurück. Nach weiteren fünf Minuten läuft der Motor und Michael ruft seiner unfreiwilligen Dauerverlobten zu „Wo soll's denn eigentlich hingehen?" „Nach Waldmichelbach Kaffee trinken. Und wenn wir dahin durch den Wald fahren, fällt mir vielleicht noch was anderes ein."

Als sie nach einer sehr schönen Fahrt von Schriesheim über Altenbach und Hilsenhain das hoch gelegene Abtsteinach erreichen, wundert sich Michael, dass seine Freundin in Siedelsbrunn in ein Wohngebiet einfährt und wenig später vor einer kleinen Klinik anhält. „Sag mal, du warst doch auch schon mal in Reha. Was macht man da den ganzen Tag?" erkundigt sie sich bei Michael. „Na ja, kommt drauf an. Therapien und ich glaube fast überall Bewegung und Sport. Warum fragst Du?" „Nur so, mir ist da eben gerade noch eine Idee gekommen. Lass uns weiterfahren." Während Rike krachend den ersten Gang in ihr Getriebe einlegt, es gibt wohl keine Moto Guzzi wo dies geräuschlos gelingt, fragt sich Michael, was um Gottes Willen seiner Freundin und Fast-Gemahlin jetzt schon wieder eingefallen ist.

62

Wochenende. Familienzeit. So ist es auch bei Familie Müller in Neckargemünd, deren zwei ältesten Mitglieder Anne und Klaus ihre Enkeltochter im Kinderwagen auf dem schmalen Weg entlang des Neckars von Kleingemünd Richtung Neckarsteinach schieben.

„Jetzt mal ehrlich Klaus" reagiert Anne auf einen kleinen emotionalen Ausbruch ihres Mannes. „Was glaubst Du eigentlich? Unsere Tochter ist noch keine zwanzig und Du erwartest ernsthaft, dass sie sich rund um die Uhr um ihre kleine Jana kümmert und kein eigenes Leben mehr hat? Das geht doch zu weit. Freue Dich, dass du mal wieder einen Kinderwagen schieben und dich um deine Enkelin kümmern kannst." „Da hast Du natürlich recht, aber Lena ab und zu länger als zwanzig Sekunden zu Gesicht zu bekommen, wäre auch schön." „Jetzt geh schon, gönn ihr das Leben. Spätestens wenn die nächste große Liebe wieder in die Brüche geht, sitzt sie sowieso wieder bei uns." Verliebt und sich an die eigene Zeit erinnernd, als Anne und er froh waren ihre Tochter Lena in die Hände der Großeltern abgeben zu können, schaut der Kriminalhauptkommissar seine Anne an. „Entschuldige, da habe ich wohl überreagiert. Eigentlich ging es uns vor zwanzig Jahren auch nicht anders. Dann lass uns heute Abend mit unserer

Enkelin den Tag schön beenden und lecker Essen gehen." Zur Freude von Anne wird seine Laune auch nicht mehr schlechter, als eine Gruppe Radfahrer laut klingelnd und mit markigen Worten freie Fahrt auf dem zu schmalen Radweg fordert.

63

„Der Odenwald ist ein tolles Ausflugsziel. Das kleine Mittelgebirge, welches sich im Schwerpunkt zwischen Darmstadt, Heidelberg und Mosbach befindet, zieht Ausflügler aus nah und fern an." Die Gedanken von Michael Bannings werden unterbrochen, als er einer Gruppe Radfahrer ausweichen muss, die offensichtlich den Radweg zwischen Rimbach und Weinheim nicht gefunden haben. Da die Tage im November bereits sehr kurz sind, schlägt der seit der Klinik vorne fahrende Michael bei nächster Gelegenheit südlichen Kurs Richtung Heidelberg ein. So steht er wenig später bei Zotzenbach vor einem Verkehrsschild, das die Durchfahrt für Motorräder an Sonntagen verbietet. „Das hätte ich Dir auch gleich sagen können" meckert es von der mit Abstand folgenden Rike. „Hier stand ich schon mal mit Jens, meinem Fahrlehrer, als ich den Führerschein gemacht habe. Wir drehen und ich zeige Dir den Weg." Ohne eine Antwort abzuwarten wendet Rike mit ihren leichten Motorrad und fährt nun Michael voran. Eine halbe Stunde später, die Sonne neigt sich dem Horizont, erreichen sie Schönau wo Rike zu Michael's Überraschung den Blinker vor einem hell erleuchteten Lokal setzt. „Wir gehen Essen" verkündet sie. „Aber Du hast doch immer gesagt, dass Du nicht im Dunkeln mit dem Motorrad fahren willst. Das sei zu gefährlich." „Da habe ich aber auch nicht gewusst, dass Lokale von Ermordeten, die gerade zwei Tage unter der Erde liegen, offen sind als sei nichts gewesen. Außerdem will ich der trauernden Witwe hallo sagen." „Na klasse, und ich dachte schon, Du willst wegen mir ein schönes Lokal aufsuchen."

Während sie ihre Motorräder am Fuße der Treppe abstellen und Handschuhe und Helme verstauen, verlässt ein sichtlich entrüsteter weißhaariger, korpulenter Endsechziger in Begleitung einer mit Berliner Schnauze ausgestatteten etwas jüngeren Dame das Lokal. „Das ist wirklich eine Frechheit" entrüstet sich der Herr. „Machen Werbung für ihr Wild, wir kommen aus dem Altmühltal, weil mein Gabilein einen tollen Bericht darüber gelesen hat und dann? Dann stehen wir beim ersten Versuch vor verschlossenen Türen und beim zweiten Mal gibt's kein Wild." „Aber Norbert" Gabilein versucht zu trösten. „Dein Schweinsbraten war doch auch sehr gut und wenn doch der Jäger gestorben ist." „dann müssen sie eben sehen, wer die nächste Wildsau schießt" ergänzt Norbert unsanft sein Gabilein, die sicherlich etwas anderes sagen wollte.

„Auf jetzt, fahren wir. Und als nächstes geige ich dem Fährmann meine Meinung, wenn der meint uns wieder abzocken zu können." Während das Auto aus Riedenburg mit quietschenden Reifen davon fährt, lacht sie herzlich auf. „Warum lachst du denn?" Michael weiß nicht, was an der Situation witzig war. „Ach, ich frage mich gerade, ob wir, wenn wir so lange wie die Zwei verheiratet sind, genauso streiten oder nicht." „Noch besteht keine Gefahr, schließlich sind wir dies noch nicht einmal."

Absolut galant, wie dies eben nur englische Gentlemen können, öffnet Michael seiner angebeteten Rike die Eingangstür in den „Hirschen".

64

Mit einem mulmigen Gefühl wählt Jonas Schmid, Freund von Malte Sennfeld und Aktivist bei Tierwacht aktiv, zum gefühlt dreißigsten Male die Nummer von Malte. Wie immer, in den letzten Tagen, antwortet dieser nicht.

„Doreen" diesmal war ein anderer Anruf sofort erfolgreich „hier ist Jonas. Hast du die letzten Tage was von Malte gehört?" Pause „Wie, hat Andrea sitzen gelassen? Nie, der ist doch viel zu verknallt in die!" Pause „Gespräch wurde unterbrochen und mehr weißt du auch nicht?" Pause „Danke, ich versuch‘s mal weiter." Jonas spürt wie ihm Schauer über die Schulter laufen. Er ist überzeugt, dass irgendetwas völlig schief gelaufen ist und es besser ist, nicht zu nahe an Malte dran zu sein. Wenig später freut sich ein Internetanbieter über eine namentliche Buchung auf Jonas Schmid für einen Lufthansa-Flug auf die Kapverdischen Inseln. Abflug, Montag 18.20 Uhr.

65

Es herrscht gute Stimmung im „Hirschen". Die Tische sind fast alle besetzt und nur mit Mühe erringen Rike und Michael zwei Plätze in einer Ecke des Gastraumes. „Gemütlich" Michael wirft einen Blick in das Lokal. „Würde auch in das Exmoor bei uns passen. Da gibt's viele urige Inn's die aussehen als seien sie hundert Jahre nicht renoviert worden." Rike, die bereits auf den ersten Blick registriert hat, dass der große ovale Tisch am Tresen über den ein Holzschild „Stammtisch" hängt voll besetzt ist, sieht dort nur Gäste in waidmännischer Tracht. „Ich komme gleich wieder. Bestell mir bitte eine Apfelschorle" und bevor Michael reagieren kann, steht Rike bereits neben dem Stammtisch und beginnt mit den dortigen Gästen zu reden.

Michael's Schaum auf seinem alkoholfreien Bier ist bereits nicht mehr zu sehen, als Rike zu ihm zurückkommt. „So, genug Informationen gesammelt und die Wirtin hatte auch noch zwei Minuten Zeit zu reden." „Du bist schon eine sonderbare Frau" bewundernd sieht Michael seine Rike an. „Du lädst mich zum Motorradfahren ein und eigentlich hast du nur das Ziel über deinen aktuellen Fall weitere Erkundigungen einzuholen um in Ruhe darüber nachdenken zu können." „Das stimmt nur zum Teil" so klare Augen können nicht lügen „aber wenn sich doch das Angenehme mit dem Nützlichen verbinden lässt, wäre es doch töricht, es nicht zu tun."

Der restliche Abend gestaltet sich dann für Michael und Rike privat. Während Rike, die aufgrund eines abendlichen Schauers nass gewordenen Klamotten aufhängt, berichtet Michael seinem Freund Steve in Exeter, dass er mehr denn je in seine Rike verliebt sei und jetzt doch Zeit für einen zweiten Anlauf für eine Hochzeit sei.

66

„Aufstehen, es ist 6 Uhr" mit dem verzerrten Ton eines Lautsprechers wird Malte Sennfeld aus seinen Träumen in die raue Realität einer Haftanstalt zurückgeholt.

Nach einer Katzenwäsche, die er aus Angst vor den anderen Gästen der U-Haftanstalt, in seiner kleinen Zelle ausgeführt hat, strebt er in Begleitung eines Justizangestellten der Essenausgabe zu. „Kopf hoch Herr Sennfeld" versucht der Justizwachtmeister den Studenten aufzurichten. „Mit etwas Glück war dies die letzte Nacht, die sie bei uns verbracht haben. Zumindest, wenn sie nichts ausgefressen haben."

Während der Justizangestellte herzhaft über seinen eigenen Witz lachen muss, rollen Malte die ersten Tränen über die Wangen.

67

Wie jeden Montag ist auch heute mal wieder Rushhour auf der B 37 Richtung Heidelberg. Klaus Müller, der auf einen Vorschlag seiner Frau, genau dreimal versuchte mit dem Rad nach Heidelberg zu fahren, sieht gedankenverloren einem Biker zu, der gerade auf dem Radweg locker an den Autos vorbeizieht. „Vielleicht war die Idee doch nicht so schlecht“ denkt er sich, bevor er bei der nächsten Ampel-Grünphase seinen Wagen genau sechsundzwanzig Meter weiter Richtung Innenstadt bewegte.

Es ist 8.20 Uhr als er nach nervtötenden 57 Minuten die zwölf Kilometer Anfahrt in das Kriminaldezernat im Römerkreisel hinter sich gebracht hat. Seine Kollegen Schubert und Klein sind bereits am Diskutieren und so schließt KHK Müller leise hinter sich die Türe zum Besprechungsraum.

„Natürlich müssen wir uns noch mehr um den Toten in Schönau kümmern“ hört Müller seinen Kollegen Schubert zu Rike Klein sagen „aber wir sind nur zu Dritt und jetzt haben wir den Sennfeld immerhin schon mal vorläufig festgenommen.“ „Doch, aber nur, wegen des Brandes in Meckesheim.“ „Ja, immerhin den klären wir jetzt auf und wer weiß, ob sich dann nicht vielleicht der Mord in Schönau mit aufklärt." „Genauso ist es Kollegen" die Köpfe der Diskutanten schwenken zu Klaus Müller herüber. „Wir müssen Prioritäten setzen. Wenn wir den Sennfeld schon zu Gast haben, gilt es den als erstes zu knacken. Jetzt lasst uns mal zusammenführen, was wir schon haben."

Die weitere Diskussion dreht sich um die Frage der richtigen Befragungstechnik. Nachdem klar ist, dass der Anwalt von Malte Sennfeld bei Strafverfolgungsbehörden geradezu gefürchtet ist, entscheiden sie gemeinsam, dass Klaus Müller und Rike Klein die Befragung vornehmen. Daniel Schubert soll die Befragung über die Technik verfolgen und bei Bedarf Plausibilitätsprüfungen vornehmen.

Anschließend berichtet Rike noch über ihren Ausflug im Odenwald. Als sie Klaus Müller zurechtweisen will, dass man für Privates jetzt keine Zeit habe, lässt ihn ihr Hinweis aufhorchen, dass es sich lohnen würde ihr zuzuhören. Und so erfahren Müller und Schubert, dass die Witwe, um über den Gram hinwegzukommen und wirtschaftlich überleben zu können, das Lokal bereits wieder öffnete. Ferner berichtete sie, dass die örtlichen Jäger die „Idioten von Jagdgegnern" für die Mörder hielten und es im „Hirschen", so lange die Familie Hauweg diesen bewirtschafte, kein Wild mehr gäbe.

„Das ist zwar interessant, bringt uns aber jetzt nicht weiter“ fasst KHK Müller den aus seiner Sicht jetzt unnötigen Bericht zusammen.

68

Es ist 13.56 Uhr und ein ungemein korpulenter und mit einer exzentrischen Designerbrille ausgestatteter Herr betritt den Befragungsraum drei. Ohne danach zu fragen, wirft er seinen Mantel auf einen der Stühle. Bevor Rike die eigentlich unnötige Frage stelle, wer er sei und wie er auf die Idee komme den Befragungsraum ohne Genehmigung zu betreten, fällt dieser förmlich über die Ostfriesin her: „Es ist ein Skandal. Sie halten meinen Mandanten widerrechtlich fest, haben die Frechheit eine Befragung so festzusetzen, dass mir keine Zeit der Vorbereitung bleibt und dann muss ich auf ihn warten.“ Rike, die trotz ihrer jungen Jahre schon manchen stürmischen Auftritt von Anwälten erlebt hat, bleibt gelassen. „Ich nehmen an Sie sind Herr Dr. Josef Schütz, Rechtsanwalt von Herrn Sennfeld?“ „Richtig“ bellt es von der anderen Seite des Tisches. Doch bevor der Anwalt weiterbellen kann, schneidet ihm Rike das Wort ab. „Da ich sie nicht persönlich kenne legen sie mir erstmal ihre Papiere vor. Bis diese geprüft sind, gehen sie jetzt sofort vor die Türe in unseren

Wartebereich. Wenn die Papiere durch uns geprüft wurden, sie den damit verbundenen Fragebogen ausgefüllt haben und ihr Mandant hier ist, werde ich sie holen. Bis dahin bleiben sie auf ihrem Stuhl im Wartebereich sitzen. Haben wir uns verstanden?" Der Anwalt wirkt aufgrund der für ihn ungewohnten Ansprache sprachlos. Bevor er antworten kann hört er „Dann ist es ja gut. Und jetzt raus mit ihnen in den Wartebereich. Vergessen sie ihren Mantel nicht."

Beim Ausfüllen des mehrseitigen Dokuments auf der die Daten der Rechtsvertreter von Beschuldigten erfasst werden, sitzt Dr. Schütz ein anderer Anwalt gegenüber. Auf die Frage, wie es hier im Vergleich zu Frankfurt sei, antwortet Schütz „Mein lieber Schwan. Die hier sind schon richtige Geräte. Sehen aus als könnte sie kein Wässerchen trüben, dabei haben sie Haare auf den Zähnen, dass es sich gewaschen hat. Passen Sie ja auf Kollege."

69

Auszug aus dem Protokoll der Befragung von Malte Sennfeld, Beschuldigter in Sachen Brandstiftung mit Todesfolge im November 2023 in Meckesheim:

Anwesende:

Malte Sennfeld, Student und Beschuldigter

Dr. Josef Schütz, Anwalt

KHK Klaus Müller

KK Rike Klein

VA: Inge Haberkost, Protokollführung

Beginn: 14.25 Uhr

1.

Nach der Belehrung durch KHK Müller, dass Malte Sennfeld als Beschuldigter im Zusammenhang mit Brandstiftung mit Todesfolge gilt, bestätigt Herr Sennfeld seine Bereitschaft zur Aussage in Anwesenheit seines Rechtsbeistands.

2.

Der Beschuldigte gibt zu, dass er am Abend des 25.11.2023 an der Jagdhütte im Buchenwald (Gemarkung Meckesheim) vor Ort war. Er gibt weiterhin zu, dass er um eine Treibjagd zu verhindern, die Jagdhütte mittels Brandbeschleuniger (Benzin) angezündet hat.

3.

Der Beschuldigte bestreitet Kenntnis darüber gehabt zu haben, dass sich bei der Brandstiftung eine Person in der Jagdhütte befand. Er sei überzeugt gewesen, dass sich in der Hütte keinesfalls eine Person befand. Es sei weder Lichtschein zu sehen gewesen, noch sei ein

Fahrzeug im Umfeld der Hütte abgestellt gewesen. Das ganze bedauere der Beschuldigte zutiefst und er empfinde eine tiefe Reue.

4.

Die Brandstiftung habe er alleine begangen. Es sei ausschließlich seine Idee gewesen und sollte dem Tierschutz dienen.

Unterbrechung der Befragung: 16.30 Uhr

70

Am Frankfurter Flughafen ist wie immer am späten Nachmittag viel Betrieb. Jonas Schmid entsteigt dem ICE der ihn von Mannheim direkt an den Flughafen gebracht hat. Während er auf der bereits unter Denkmalschutz stehenden großen Hinweistafel des Airport seinen Zielflughafen Amílcar Cabral International auf der Insel Sal sucht, beobachtet er aus den Augenwinkeln heraus, wie zwei Bundespolizisten sich seinem Standort nähern. Schweißperlen bilden sich auf seiner Stirn, bis er erkennt, dass diese einer Tür mit der Aufschrift „Staff only" zusteuern. Wenige Sekunden später sind sie verschwunden und er kann sich wieder auf die Anzeigetafel konzentrieren.

„Terminal 1 und Check-In 128" wird angezeigt und so begibt er sich mit seinem Gepäck zum Check In. Eine freundliche Dame begrüßt ihn und stellt fest, dass der Koffer mit gut 20 Kilogramm nur knapp unter der Gewichtsgrenze für Fluggepäck liegt. „Da haben sie aber Glück gehabt“ sie lächelt, wie alle Lufthansa-Mitarbeiter, freundlich ihren Kunden an. „Normalerweise haben wir nur Kundinnen, die so viel Gepäck mit in den Urlaub nehmen, oder wollen sie auswandern?“ Gereizt antwortet Jonas Schmid „Das geht sie gar nichts an. Sind wir jetzt fertig?“ Die Dame lächelt freundlich weiter, klebt ohne weiteren Kommentar die Codes auf den großen Reisekoffer, gibt ihrem Kunden seinen Abschnitt und sagt „Fertig. Wir wünschen ihnen einen guten Flug.“ Während ihr Kunde der Sicherheitskontrolle zustrebt, versteinert ihr Lächeln auf den Lippen und sie denkt „Ich hoffe, du Arschloch, wirst diesen Flug nie vergessen.“ In diesem Moment steht bereits der nächste Fluggast vor ihr und sie hört sich selbst automatisch sagen „Herzlich Willkommen bei der Lufthansa. Was kann ich für sie tun?“

71

Die Befragung von Malte Sennfeld wird nach einer kurzen Unterbrechung um 16.45 Uhr fortgesetzt. Dr. Schütz, Rechtsanwalt aus Frankfurt, hat in der Zwischenzeit seine Frau angerufen und seine Einschätzung kundgetan, dass sie wohl heute ohne ihren geliebten Gatten den „Lohengrin“ in der Alten Oper verfolgen muss. „Du kannst Dir nicht vorstellen, was das hier für Provinzaffen sind“

ereifert er sich gegenüber seiner Angetrauten. „Die sind so geil meinen Mandanten fertig zu machen, dass die sogar ihren Feierabend vergessen." „Reg dich nicht auf Liebling, da kannst Du nichts dran ändern. Wir sehen uns, wenn ich zurückkomme. Dauert ja eh länger. Die Oper beginnt um 20 Uhr. Reine Spielzeit sind rund dreieinhalb Stunden. Wenn ich dann noch die zwei Pausen rechne, ist eh eins, bis ich nach Hause komme." „Na, bis dahin werde ich hoffentlich auch daheim sein, schließlich ist morgen 9 Uhr bereits wieder Verhandlung am Landgericht in Frankfurt." Beim Gang zurück in das Verhörzimmer überlegt Dr. Schütz zum wiederholten Mal, ob er sich tatsächlich das Richte angetan hat, als er einen Job als Richter oder Staatsanwalt ablehnte und stattdessen Anwalt wurde mit dem Ziel selbstbestimmt auf angenehme Weise schnellstmöglich reich zu werden.

„Ah, da kommt ja ihr Anwalt Herr Sennfeld" hört er beim Eintritt die selbstbewusste junge Kommissarin in ihrem norddeutschen Einschlag reden. „Wir hatten schon Sorge Herr Dr. Schütz, dass sie unsere geliebte Kurpfalz frühzeitig Richtung Hessen verlassen haben." „Keine Sorge Frau Klein, ihnen überlasse ich meinen Mandanten keine Sekunde ohne Beistand. Wer weiß, was sonst dabei herauskommt" entgegnet ein sichtlich angespannter Dr. Schütz.

„Nachdem wir jetzt die Nettigkeiten ausgetauscht haben, führen wir die Befragung fort“ unterbricht KHK Müller das Duell. „Herr Sennfeld, kommen wir nochmals auf ihren Mitradler zurück, der an der Tankstelle mit ihnen gemeinsam Benzin gekauft hat.“

72

Nicht nur im Kriminaldezernat, sondern auch im Wohnzimmer der WGD Doreen Rieger, Aktivistin bei „Tierwacht aktiv“, herrscht eine angespannte Stimmung. Die Sechs, zwischen 20 und 36 Jahre alten radikalen Tierschützer, diskutieren wild durcheinander. Die Nachricht von der Festnahme von Malte Sennfeld hat sie völlig überrascht. Und die Stimmung wird auch nicht besser als Doreen berichtet, dass sich Jonas Schmid möglicherweise aus dem Staub gemacht hat, nachdem er Malte Sennfeld nicht mehr erreichen konnte. „Jonas hat mich angerufen und war völlig außer sich, dass er Malte nicht ans Telefon bekommen hat“ berichtet sie. „Er wollte mir aber partout nicht sagen, weshalb er so dringend mit Malte reden wollte.“ „Vielleicht weil er in irgendeiner Sache mit drin hängt“ vermutet Wolle. „Ihr lest ja keine Zeitung deshalb habe ich Euch den Artikel über den Brand der Jagdhütte mit dem Toten in Meckesheim geschickt. Ihr wisst doch, dass Malte genau dort was gegen die Treibjagd machen wollte. Was, das liegt ja jetzt auf der Hand.?" „Wolle hat recht" Sonja, Psychologiestudentin im sechsundzwanzigsten Fachsemester, meldet sich zu Wort. „Weil Jonas immer mit Malte zusammenhängt, ist ja klar, dass der dabei war. Garantiert hat der jetzt kalte Füße und ist auf der Flucht. Wir sollten überlegen, wie wir den Beiden helfen können." „Das stimmt Sonja. Genau das ist das, was wir tun müssen. Sie brauchen unsere Hilfe und da müssen wir ran." Die Worte sind noch nicht im kleinen Wohnzimmer verklungen, da kommen bereits die ersten mehr oder minder brauchbaren Vorschläge.

73

Es ist ein langer Weg von der Sicherheitsschleuse im Terminal 1 zu Gate A 40. „Na klasse" denkt Jonas Schmid, als er zu Beginn des Weges einen Hinweis liest, dass ohne die Nutzung der Passagier-Rollbänder der reine Fußweg fünfundzwanzig Minuten erfordern kann. Gute zwanzig Minuten später lässt er sich in einen der mit Kunstleder bespannten Sessel im Wartebereich des Boarding fallen. Neben ihm sitzen überwiegend junge und sportliche Menschen, deren Kleidung darauf schließen lässt, dass sie einem lang ersehnten Aktivurlaub entgegenfiebern. „Auch zum Tauchen unterwegs?" spricht ihn eine attraktive und offensichtlich allein reisende junge Frau an. „Ja, im weitesten Sinne" antwortet Jonas kurz angebunden während er normalerweise in dieser Situation eine ganze Charmeoffensive eröffnet hätte. „Na gut, dann schönen Urlaub“ enttäuscht und mit einem bezaubernden Schmollmund wendet sich die attraktive Schönheit einem neuen Opfer zu. „Auch zum Tauchen unterwegs“ hört Jonas einige Plätze weiter und ärgert sich, dass er nicht einmal mehr in der Lage ist, so klare Gedanken zu fassen, dass er einem klasse Mädchen schöne Augen machen kann.

74

Die Stimmung im Befragungsraum des Kriminaldezernats Heidelberg ist inzwischen, gelinde gesagt, aufgeheizt. Während Rike Klein und Klaus Müller in inzwischen routinierter Manier Malte Sennfeld immer mehr in die Enge treiben, wird es auch für den Anwalt Dr. Schütz ungemütlich. Malte, der inzwischen von Schweißausbruch zu Schweißausbruch gelangt, steht kurz davor einen Zusammenbruch zu erleiden. So bittet der Anwalt bereits eine halbe Stunde nach der Fortsetzung der Befragung um eine weitere Pause und die Möglichkeit, mit seinem Mandanten ein Gespräch unter vier Augen zu führen. „Aber höchstens zehn Minuten“ signalisiert Klaus Müller Zustimmung. Danach wäre es sicher gut, wenn wir einmal eine andere Schallplatte als die vom Alleintäter zu hören kriegen.“ Nach dieser klaren Ansage verlassen er, Rike Klein und die anwesende Protokollführerin den Raum, nachdem die Technik zur Aufzeichnung unter den strengen Augen des Anwalts ausgeschaltet wurde.

Während Rike den Raum als letzte verlässt hört sie noch Dr. Schütz „Herr Sennfeld, das geht so nicht weiter“ das Mandantengespräch beginnen.

75

„Petra Schneider“ erleichtert hört Doreen Rieger die Stimme am anderen Ende der Leitung sprechen. „Hallo Frau Schneider, hier ist Doreen Rieger von Tierschutz aktiv. Erinnern sie sich noch an mich?“ Ein lautes Lachen und ein „Wie könnte ich das je vergessen? So schnell wie mit ihnen bin ich noch nie aus einer Legehennen-Anlage geflüchtet“ waren die klare Antwort.

Petra Schneider, freie Journalistin die sich schon seit jeher auch an die eher politisch heiklen Themen traut, erinnert sich nur zu gut daran, wie sie mit Hilfe von „Tierschutz aktiv“ zunächst einen Discounter und danach ihren Chefredakteur in Probleme brachte. Ist es doch nicht jedermanns Sache mit Giganten des Lebensmitteleinzelhandels in Konflikt zu geraten, weil dieser Bio-Eier aus möglicherweise wenig Bio-orientierten Erzeugerbetrieben erhält.

„Das war schon eine heiße Kiste in de ihr mich damals reingezogen hat. Aber sie hat sich letztlich für euch inhaltlich und mich finanziell gelohnt" resümiert die Journalistin. „Ja, das stimmt. Jetzt bräuchten wir erneut ihre Hilfe. Wir, beziehungsweise einer unserer Aktivisten, stecken anscheinend in der Klemme." „Was kann ich für Euch tun?" interessiert folgt die Journalistin den Ausführungen von Doreen Rieger. Nachdem diese ausführlich über ihren Wissensstand berichtet hat, fasst die Journalistin wie folgt zusammen: „Ihr glaubt also, dass Malte Sennfeld ein politisches Opfer ist und für einen Anschlag verantwortlich gemacht werden soll, nur weil er bei Euch aktiv ist?" „Ja, so könnte man es formulieren. Wir haben auch einen alten Leserbrief gefunden bei dem der ermittelnde Kommissar über unsere Aktivitäten herzieht. Vermutlich sieht der jetzt eine Chance zur Abrechnung" bestärkt Doreen Rieger Petra Schneider in ihren Gedanken. „Ja, das ist vielleicht wirklich eine Story. Wenn da was dran ist, komme ich mindestens in den Spiegel" Petra Schneider sieht bereits das Ende ihrer jounalistischen Flaute kommen. Schließlich konnte sie in den letzten Monaten kaum noch Artikel verkaufen und so ist sie auch mit der laufenden Miete im Rückstand. „Doreen" entschlossen übernimmt sie das Kommando „ihr haltet euch da mal raus. Um die Geschichte kümmere ich mich und haue nebenbei euren Kameraden aus dem Feuer". Nachdem das Gespräch beendet ist, legt sie entschlossen den

Stapel unbezahlter Rechnungen auf die Seite, startet ihren Laptop und schenkt sich einen Aperol-Spritz ein, dem sie seit einigen Monaten spätestens am Nachmittag gerne zuspricht.

76

Um 18 Uhr geschehen am Flughafen Frankfurt zwei entscheidende Dinge.

In Deutschlands größter Wache der Bundespolizei nimmt Hatice Feldmann ihren Dienst auf. Die junge Polizistin ist heute für die Abfragen zuständig, bei denen aktuelle Fahndungsmeldungen mit den Buchungslisten der Airlines abgeglichen werden. Ihr Kollege hat ihr beim Schichtwesel noch drei offene Abfragen übergeben, sodass sie die um 18.16 Uhr eingehende Fahndungsmeldung der Polizei in Heidelberg sofort bearbeiten kann. Wenige Augenblicke später greift sie zu dem an ihrem Arbeitsplatz stehenden Telefon, drückt die Direktwahl für ein Zugriffsteam und beordert dieses zu einem Flug auf die Kapverdischen Inseln. Der diensthabende Verbindungsmann der Bundespolizei auf dem Tower erfährt als nächstes von dem Fahndungserfolg und wenig später bekommt der Kapitän des Airbus 319-300 mitgeteilt, dass er heute wohl etwas später und mit einem Passagier weniger die Kapverdischen Inseln erreichen wird.

Punkt 18 Uhr hört Jonas Schmid die erleichternde Durchsage, dass das Boarding für den Flug auf die Kapverdischen Inseln pünktlich beginnen kann. Er ordnet sich gezielt in der Warteschlange hinter der jungen Dame ein, die ihn vorhin noch nach seinem Urlaubsvergnügen gefragt hat. Diese hat jedoch inzwischen einen anderen Passagier gefunden der offensichtlich von Beginn an in der Lage war, ihr die notwendige Aufmerksamkeit zukommen zu lassen. So zeigt sie ihm die kalte Schulter mit der Folge, dass er, sowohl bei der abschließenden Kontrolle als auch der Suche nach seinem Sitzplatz, alleine war.

Wenig später teilt die Crew mit, dass das Boarding abgeschlossen ist und Jonas Schmid spürt bereits, dass der Airbus 319-300 von seiner Parkposition herausgeschoben wird.

Schon bevor sein Flieger die Startbahn-West erreicht fallen Jonas Schmid die Augen zu. Der heutige Tag war extrem nervenaufreibend und so bekommt er auch nicht mit, wie der Kapitän wegen eines medizinischen Notfalles erklärt nochmals zurück an das Gate zu müssen.

77

„Also Herr Sennfeld. Das hat doch gar nicht wehgetan“ mit einem freundlichen Lächeln bestärkt Rike den jetzt Geständigen in seinem Beschluss wahrheitsgetreu zu berichten. „Wir gehen natürlich weiterhin davon aus, dass bei ihnen möglicherweise Flucht- und Verdunkelungsgefahr besteht und werden vorläufig Untersuchungshaft beantragen“ die Worte von Klaus Müller hallen wie Donnerschläge im Kopf von Malte Sennfeld. „Wie, Untersuchungshaft? Aber ich wollte doch nichts Schlimmes tun.“ „Es ist noch immer Brandstiftung mit Todesfolge. Ob sie das absichtlich oder nicht absichtlich in Kauf nahmen, sollen später die Richter entscheiden.“ „Lassen sie mich aber nochmals betonen“ Dr. Schütz legt seine ganze im Studium gelernte Rhetorik in seine Sätze „das mein Mandant mit dem Verbrechen im Steinachtal nicht das Geringste zu tun hat. In Meckesheim ist alles eine Verwicklung ungünstigster Umstände, die sicher auch Jonas Schmid so bestätigen wird.“ „Und den sicher auch sie vertreten werden“ fügt Rike mit einem spitzbübischen Schmunzeln hinzu. „Ich hoffe doch sehr, schließlich habe ich dann noch etwas länger mit ihnen das Vergnügen, meine Teuerste“ kann Dr. Schütz erstmals einen kleinen Konter gegen Rike anbringen.

78

„Herr Jonas Schmid?“ In seinem Traum, in dem er gerade einer gut aussehenden jungen Dame hilft ihre Taucherkleidung auszuziehen, passt die tiefe und befehlsgewohnte Stimme irgendwie gar nicht.

„Herr Schmid, aufwachen!“ Erschrocken reißt Jonas Schmid die Augen auf und blickt in die Augen eines uniformierten Hünen der offensichtlich von weiteren Kollegen begleitet wird.

Der Uniformierte, Leiter der Zugriffseinheit IV der Bundespolizei am Frankfurter Flughafen, hat schon viele derartige Situationen erlebt. Die Reaktionen der Gesuchten reichen von rabiaten Gewaltausbrüchen bis hin zu schicksalhafter Ergebenheit. Bei Jonas Schmid lernt er etwas ganz Neues kennen. Irgendwie scheint ihre Zielperson geradezu dankbar zu sein, dass sie in Begleitung der vier Herren der Zugriffseinheit das Flugzeug wieder verlassen kann. Als sie in den am Ende der Gangway bereit stehenden VW Bus umsteigen sagt der gerade Verhaftete zu ihrer Überraschung: „Eigentlich bin ich froh, dass sie mich gefunden haben. Ich wüsste ja gar nicht, was ich nach der Landung auf den Kapverdischen Inseln eigentlich machen sollte.“ Und dies waren die einzigen Worte, die die Polizisten für heute von Jonas Schmidt zu hören bekommen.

Wenig später trifft im Heidelberger Kriminaldezernat die Meldung ein, dass der Gesuchte Jonas Schmid am Flughafen festgenommen wurde. Die Bestätigung, dass die Abholung bereits am nächsten Morgen erfolgen wird, war das Letzte, was Rike Klein am heutigen Abend noch zu erledigen hatte.

79

„Dann warst du auf jeden Fall erfolgreicher wie ich heute“ zieht Michael Bannings im „Aix-en-Provence“ ein Fazit, nachdem Rike über die erfolgreiche Ermittlung in der Brandstiftung von Meckesheim berichtete. Michael nimmt einen tiefen Zug aus seinem, von Erik frisch gezapften, Pils. „Weißt du“ führt er fort „manchmal ist mein Job ganz schön frustrierend. Da habe ich heute meiner Oberstufe versucht die Schönheit der Geschichten Shakespeare‘s zu vermitteln und was ist das Ergebnis? Nichts, zumindest keine Begeisterung über das Genie geschweige denn Neugierde ein weiteres Werk literarisch zu erörtern.“ „Welches Werk hast Du denn genommen?“ erkundigt sich Rike. „Ein Sommernachtstraum, das ist bei uns in England ein echter Klassiker für Schüler“ Michael schaut seine Dauer-Verlobte erwartungsvoll an. „Kein Wunder, dass das keine Begeisterung auslöst. Unsere Teens können sich doch da nicht mehr hineinversetzen. Nimm doch einfach Romeo und Julia. Das ist auch heute noch recht lebensnah und eine unglückliche Liebe hat schließlich jeder irgendwann mal erlebt.“

„Da hat Rike recht“ vernimmt Michael Eriks Stimme hinter dem Tresen. „Über unglückliche Liebe könnte selbst ich berichten. Aber lassen wir das lieber bevor ich depressiv werde. Rike, ihr habt doch jetzt einen Grund zum Feiern, der Fall ist doch gelöst."

Rike schüttelt den Kopf „Ganz im Gegenteil, Erik. Wenn sich das morgen bestätigt, was wir von einem der Verdächtigen erfahren haben, fangen wir in der Mordsache vom Steinachtal nochmals von vorne an. Ehrlich gesagt waren wir da aber ganz schnell am Ende unserer Ermittlungsansätze." „Dann versucht mal einen kleinen Schluck dieses herrlichen Rotweins. Da sind wir nur durch Beziehungen dran gekommen. Da kommst Du schnell auf andere Gedanken. Ein ganz edler Tropfen aus Beaune im Burgund. Das ist quasi das Epizentrum des Weinbaus an der Côte-d'Or." „Wahrscheinlich hast Du Recht, Erik" dankbar greift Rike zu dem eleganten Rotweinglas, welches Erik ihr vor ihren Platz gestellt hat. „Vielleicht sehe ich den heutigen Tag wirklich zu negativ. Immerhin haben wir die Hälfte unserer Mordfälle gelöst." „Siehst Du Rike" bestätigt Erik ihre neue Sichtweise „das ist wie bei einem guten Glas Wein. Die Einen sagen es ist halb leer und bedauern, dass sie bereits hiervon getrunken haben. Die Anderen hingegen freuen sich, dass es noch halb voll ist und damit einem weiteren Genuss nichts im Wege steht." „Apropos Genuss" unterbricht Michael die philosophischen Überlegungen des Barkeepers „kannst Du mir noch ein Glas deines herrlichen Pils einschenken?"

80

Die Nacht ist klar und für November ungewöhnlich kalt. „Jetzt komm endlich, noch ein paar Meter“ bedächtig korrigiert Jörg Keitel seine Zielvorrichtung mit Nachtsichtfunktion an seiner Langwaffe und drückt wenige Sekunden später ab. „Blattschuss“ ist sein einziger Kommentar als Keitel sieht, wie der kapitale Hirsch umfällt und keinen Mucks mehr von sich gibt. Wenig später sitzt er bereits in seinem Auto und ist auf dem Wege nach Peterstal wo er seit vielen Jahren ein großes Grundstück mit einer Hütte besitzt, die mit einer ungewöhnlichen Ausstattung aufwartet. Hier, wo noch nie Besucher zu Gast waren, lädt Keitel den erlegten Hirsch und die ebenfalls heute geschossenen drei Wildschweine aus seinem Wagen. Wenig später hängen diese ausgenommen und gehälftet bereits an Haken, die an einer Führungsstange in der Hütte bewegt werden können. Es ist kurz vor 8 Uhr, da sind diese bereits in einem weiteren Teil der Hütte, wo dank leistungsfähiger Kühlung das Fleisch auf maximal 4 Grad gehalten wird und Jörg Keitel beginnt einen Käufer für die heute erlegte Beute zu suchen.

81

„Klaus“ Anne Müller stößt einen schrillen Schrei aus. KHK Müller, der sich gerade mit seiner elektrischen Zahnbürste versucht, lässt diese scheppernd in das

Waschbecken fallen. „Was ist passiert?“ mit großen Schritten stürmt er die Treppe hinunter. „Brauchst Du einen Arzt?“ „Nein, mir geht es gut. Aber ich glaube das solltest Du mal lesen“ wortlos und ohne weiteres Zögern drückt sie ihm ihr Handy in die Hand auf der die Website der Kurpfälzer Online-Nachrichten zu sehen ist.

Klaus Müller sieht zu seiner Überraschung ein älteres Photo von ihm auf der Titelseite. Daneben in rot und dicken Lettern „Ist unsere Polizei politisch korrupt?. Hexenjagd auf Tierretter!“ Während Klaus Müller mit hochrotem Kopf und steigendem Blutdruck lesen muss, dass er wohl deshalb einseitig ermittle, weil er sich vor Jahren in einem Leserbrief abschätzig über Tieraktivisten äußerte, die in Legebatterien eingebrochen waren, hört er im Hintergrund bereits sein Handy klingeln. Den Antworten seiner Frau, denen er die Worte „Kriminalrat“ und „er liest es gerade“ entnehmen kann, lassen ihn erahnen, dass der heutige Arbeitstag eher zu den unangenehmeren seiner Art gehören wird.

82

Bereits um kurz nach 6 Uhr ist Daniel Schubert gemeinsam mit Joachim Maier, einem Kollegen aus dem Kriminaldauerdienst, nach Frankfurt aufgebrochen, um den vorläufig festgenommenen Jonas Schmid nach Heidelberg zu verbringen. Die

Fahrt nach Frankfurt dauert nicht ganz eine Stunde und damit deutlich weniger Zeit, als es die formale Übernahme des Festgenommenen und die damit verbundene Bürokratie erfordert. Jonas Schmid ist irgendwie erleichtert als er das kurpfälzische Dialekt Joachim Maier‘s vernimmt, bedeutet es doch für ihn, dass er keine weitere Nacht mit ihm unbekannten Menschen aus aller Welt in einer sehr spartanisch ausgestatteten Zelle bei der Bundespolizei verbringen muss. „Wo bringen sie mich eigentlich hin?“ fragt er die zwei Polizisten als sie über die A 5 Richtung Darmstädter Kreuz im dichten Verkehr mitschwimmen. „Direkt zur Vernehmung zur Kriminalpolizei nach Heidelberg“ antwortet der jüngere Polizist, der sich als Daniel Schubert vorgestellt hat. „Meine Kollegen haben Sehnsucht nach ihnen. Dies umso mehr, seit wir ihren Freund Malte Sennfeld zu Gast haben.“ Bei Nennung des Namens seines Freundes und Komplizen wird es Jonas Schmid siedend heiß. Schlagartig wird ihm bewusst, dass dieser wohl seinen Namen genannt haben muss und jetzt möglicherweise er der Schuld am Tod eines Menschen beschuldigt wird. Bei der Ankunft in der Heidelberger Römerstraße kurz nach elf steigt ein völlig verängstigter und in Angstschweiß gebadeter Jonas Schmid aus dem Wagen. Dieser ist entschlossen, den Polizisten reinen Wein einzuschenken.

83

Thomas Maier liebt es in seinem Revier in den Morgenstunden alleine zu sein. Er, der neben einem stressigen Beruf und seiner jungen Familie noch weitere Ehrenämter inne hat, genießt die Stille im Wald und die Möglichkeit mit seiner Jagdhündin durch den Wald zu streifen und so etwas Ablenkung vom Alltag zu finden. „Luna", seine Deutsch-Kurzhaar Hündin, ist wie immer an seiner Seite und durchstreift mit ihrer feinen Nase die Umgebung. Als sie Laut gibt und einige Meter neben dem von Maier genutzten Pfad stehen bleibt, ist ihm gleich klar, dass er einen Blick auf die Stelle werfen sollte. Die Spuren sind eindeutig! Ein großer Blutfleck und eine deutliche Schleifspur zeigen, dass hier vor kurzem Beute erlegt und weggeschliffen wurde. „So ein Schwein" den Jäger und Revierpächter ergreift die Wut. „Da hat schon wieder einer in meinem Revier gewildert. Komm Luna, wir sehen mal, wo die Schleifspur hinführt. Nachdem das Paar der nicht zu übersehenden Spur bis zu einem noch feuchten Waldweg gefolgt ist, greift Hess zum Telefon und meldet im Polizeirevier Neckargemünd, dass in seinem Revier Wilderer am Werk sind.

„Wir schicken ihnen einen Streifenwagen" ist die routinierte Antwort des Polizisten an der dortigen Anrufannahme. „Ja, und bringen sie auch etwas mit, damit die Reifenspuren gesichert werden können. Die sind nämlich ausnahmsweise klar zu erkennen."

84

„Also Herr Kriminalhauptkommissar Müller" Kriminalrat Bauer ist angesichts der daneben sitzenden Kommissarin der „Internen Ermittlung" heute sehr förmlich „ich fasse zusammen: Sie haben vor sechs Jahren einen Leserbrief an eine regionale Zeitung verfasst, indem sie die Aktivitäten einer Gruppe von Tieraktivisten heftig angreifen. Sie schildern darin, dass sie den Einbruch und den Diebstahl von hunderten Legehennen verurteilen und es für sie keinen wesentlichen Unterschied macht, ob Kriminelle mit einem guten Vorsatz oder böser Absicht einbrechen und Werte stehlen." „Das ist richtig" bestätigt KHK Müller. „Wissen sie, letztlich ist beides illegal und auch wenn eine Aktion einem eigentlich aus Sicht der Täter guten Zweck dient, ist und bleibt sie dennoch illegal. Wo kommen wir als Gesellschaft hin, wenn wir Taten aus gutem Willen tolerieren und andere Taten, nur weil wir keinen guten Willen erkennen, strafrechtlich anders handhaben. Natürlich ist mir klar, dass der Leserbrief unter den jetzigen Umständen so gewertet werden kann, als sei ich grundsätzlich gegen Tieraktivisten. Das ist aber nicht der Fall. Damals hatte ich nur eine Grundsatzdiskussion mit meiner Tochter Lena und daraus ist dann auch meine öffentliche Stellungnahme entstanden. Außerdem habe ich nicht als „Kriminalhauptkommissar" sondern als Privatmann Klaus Müller geschrieben und damit meiner Privatmeinung Ausdruck verliehen. „Wobei das Dienstrecht der Beamten in Baden-Württemberg diesen, und damit auch ihnen Herr Kriminalhauptkommissar, Zurückhaltung in politischer Meinungsäußerung gebietet" weist die Mitarbeiterin der „Internen" ihren Kollegen Müller zurecht. „Meine Herren, ich glaube hiermit können wir es belassen. Ich habe mich davon überzeugt, dass der Vorwurf einer parteiischen Ermittlung durch den Hauptkommissar Müller nicht gerechtfertigt ist. Ihre Argumente Herr Kollege Müller kann ich alle nachvollziehen, ganz im Gegensatz zu den kruden Mutmaßungen des Internetmagazins. Herr Polizeirat Bauer: Maßnahmen gegen den Kollegen Müller oder Änderungen in der Ermittlungsarbeit personeller Natur sind nicht erforderlich. Ich schreibe einen entsprechenden Bericht an den Herrn Polizeipräsidenten und zur Kenntnis an die Oberstaatsanwaltschaft und gehe davon aus, dass die Pressestelle des Polizeipräsidiums über das Ergebnis unserer internen Ermittlung kurz berichten wird. Meine Herren, ich darf mich dann verabschieden." Kurze Zeit später sind die Dame der Internen Ermittlung wie auch Kriminalrat Bauer aus dem kleinen Besprechungsraum des Dezernats verschwunden. Klaus Müller schreibt seiner Frau eine kurze Messenger-Nachricht die lautet „Weißer Rauch. Ich schreibe nie mehr einen Leserbrief!" Die Nachricht endet mit einem dicken roten Herz und Anne Müller kann beim Lesen der Nachricht förmlich die Steine fallen hören, die ihrem Mann vom Herzen gefallen sein müssen.

„Ich bin suspendiert" der entsetzte Blick von Rike zeigt Müller, dass seine Worte wie Blitze eingeschlagen sein müssen. „Das erhoffen zumindest diejenigen, welche versucht haben mich auf eine so perfide Weise abzuschießen. Aber nicht mit mir, nicht mit Klaus Müller. Es geht weiter, und jetzt mit verschärftem Tempo." Erleichterung macht sich im Gesicht seiner Kollegin breit. „Mach nie mehr einen solch makabren Scherz mit mir" ist ihr erster Kommentar um danach fortzufahren „Daniel wartet schon mit unserem Gast Jonas Schmid im Vernehmungszimmer. Ich bin gespannt, was der uns jetzt für eine Geschichte auftischt."

Eine Stunde später ist klar, dass die Geschichte sich nur unwesentlich von der Geschichte Malte Sennfelds unterscheidet. Jonas Schmid redet wie ein Wasserfall seine Last von der Seele. Vielleicht sogar wie eine Stromschnelle, schließlich hat der arme Protokollführer mehrmals darum gebeten langsamer zu sprechen, er können nun mal lediglich 360 Zeichen in der Minute tippen, was normalerweise mehr als ausreichend sei.

Beim Verlassen des Vernehmungszimmers raunt KHK Müller seinen Mitarbeitern zu „Den Rest erledigt der Staatsanwalt. Wir haben zwar jetzt die Brandstiftung mit Todesfolge in Meckesheim aufgeklärt, mit der Tötung im Eiterbacher Wald stehen wir aber wieder völlig am Anfang.“ „Nicht ganz Chef, wir wissen zumindest schon mal, was wir nicht nochmals ermitteln müssen“ versucht Schubert seinem Vorgesetzten Mut zu machen.

85

„Jetzt mal ehrlich Thomas“ Streifenpolizist Peter, den Maier vom gemeinsamen Sport kennt, schüttelt den Kopf. „Du meinst also wirklich, wir sollen die Autospuren sichern und intensiv ermitteln, obwohl dir höchstens eine Wildsau geschossen wurde. Das ist doch übertrieben und kommt doch eh nichts raus“ er schüttelt nochmals mit dem Kopf. „Peter, das ist mir völlig egal. Du machst jetzt deinen Job und dann sehen wir, ob irgendwann was raus kommt. Ich lasse mir nicht mein Revier leer schießen und bin zum Schluss nur noch für die Suche nach angefahrenem Wild und der

Wildfütterung im Winter zuständig. Wilderei in meinem Revier, das lasse ich mir nicht gefallen."

„Dein Wunsch sei mir Befehl" resigniert wendet sich Peter seinem Kollegen im Streifenwagen zu. „Also, dann sichern wir mal die Autospuren und stellen diese ganz tief in den Asservatenkeller. Brauchen wird die eh nie mehr ein Mensch."

86

Es ist noch immer trüb an diesem Novembertag als Malte Sennfeld und Jonas Schmid gemeinsam das Dezernat der Kriminalpolizei in der Römerstraße unter Auflagen verlassen dürfen. Vor der Türe werden sie von Doreen und Wolle in die Arme genommen, welche auf sie gewartet haben. „Gott sei Dank, dass ihr wieder draußen seid" bringt Doreen ihre freudige Stimmung zum Ausdruck. „Sicher hat da auch der Aufmacher im Internet dazu beigetragen, da konnte euch auch der Kriminaler nicht mehr festhalten" ergänzt Wolle. „Ihr Knallköpfe wart das?" Doreen und Wolle vernehmen ungläubig die Worte von Malte. „Bis gestern waren die absolut umsichtig im Umgang mit uns. Ich glaube, dass die uns nie im Verdacht hatten jemanden umbringen zu wollen. Selbst der Staatsanwalt der heute Morgen noch dabei war sagte, dass wir uns bei den Beamten bedanken sollten, da sie die Ermittlungen außerordentlich fair und professionell betrieben hätten. Wenn eure blöde Kampagne Erfolg gehabt hätte, dann wären wir jetzt noch in Haft und irgendein anderer Ermittler müsste von vorne beginnen. Wer weiß, was der uns dann noch alles unterstellt hätte. Schlimmstenfalls wäre es gezielter Mord gewesen. Komm Jonas, wir gehen einen trinken. Und ihr, denktam Besten mal drüber nach, was ihr für einen Stuff gemacht habt." Ohne ein weiteres Wort zu sagen gehen Malte und Jonas schnellen Schrittes auf ein gegenüberliegendes Cafe zu. Wolle und Doreen schauen ihnen sprachlos nach, schauen sich schweigend an und gehen tief in Gedanken versunken zurück Richtung Heidelberger Weststadt wo beide ihre Wohnungen haben.

87

„Zunächst lassen sie mich ihnen danken, dass wir die Brandstiftung in Meckesheim so zügig aufgeklärt haben" Kriminalrat Bauer eröffnet die nachmittägliche Besprechung. „Die Staatsanwaltschaft hat signalisiert, dass sie lediglich die Brandstiftung als vorsätzlich betrachtet und davon ausgehen wird, dass der Tod des Herrn Protze – verzeihen sie den Ausdruck – eher ein Kollateralschaden war. Mit etwas Glück kommen die beiden jungen Herren mit einer geringen Freiheitsstrafe davon, sie sind ja beide noch keine 21 und unterliegen damit dem Jugendstrafrecht." „Sehen sie die Gefahr einer Wiederholungstat?"

stellt er noch eine abschließende Frage an die Ermittler. „Eindeutig nein“ Kriminalhauptkommissar Müller weiß sich hier mit Rike Klein und Daniel Schubert einer Meinung.

„Wir halten es für ausgeschlossen, dass Malte Sennfeld oder Jonas Schmid nochmals so etwas tun werden. Ihre Erfahrungen der letzten Tage werden das sicherlich verhindern.“ „Das war eine absolut dumme Aktion“ ergänzt Rike Klein „das haben die Beiden inzwischen erkannt und vermutlich tausendmal bereut.“ „Ja, gut. Dann sind wir uns ja einig“ resümiert der Staatsanwalt „somit können wir uns ja der wesentlich härteren Nuss wieder zuwenden.“

„Das ist wohl die richtige Bezeichnung“ KHK Müller stimmt seinem Vorgesetzten zu. „Wir müssen selbstkritisch zugeben, dass unsere Ermittlungen hier aufgrund der Duplizität der Ereignisse sehr schnell von der Tat in Meckesheim überschattet wurden. Natürlich hatten wir alle die Hoffnung, dass die Taten in Verbindung stehen und die Täter beider Taten identisch sind.“ „Was ja genauso leider nicht ist“ fügt Daniel Schubert unnötigerweise hinzu. Nach einem tadelnden Blick auf seinen Ermittler führt der Klaus Müller fort: „Jetzt wissen wir, dass wir zwei unabhängig voneinander stattfindende Verbrechen untersuchen müssen. Auch das ist, bei genauer Sichtweise, schon einmal ein gewisser

Fortschritt. Die Tatsache, dass beide Taten nicht miteinander im Zusammenhang stehen, schließt außerdem die Tat aus dem Milieu radikaler Tierschützer aus. Wenn es aus diesem Kreise andere Täter gewesen wären, so gehe ich davon aus, dass uns Sennfeld oder Schmid bei ihrer Auskunftsfreudigkeit hierauf Hinweise gegeben hätten.“ „Ja, sie waren ja offensichtlich die radikalsten Mitglieder ihrer Gruppe“ stimmt Rike Klein zu.

„Nach wie vor bin ich davon überzeugt, dass bei Manfred Hauweg keine Beziehungstat im klassischen Sinne vorliegt. Dies ist zwar nach wie vor das Hauptmotiv in Tötungsdelikten, ein übergewichtiger Gastwirt der rund um die Uhr arbeitet und nur selten auf seinen geliebten Hochsitz kommt, wird erfahrungsgemäß nicht nebenbei noch die Zeit für eine Geliebte haben.“ „Noch dazu, wo wir hierauf nicht die geringsten Hinweise gefunden haben“ ruft Daniel Schubert die bisherigen Fakten in Erinnerung. „Folglich liegt das Motiv für die Tat in einem anderen Bereich. Wir sollten, bevor wir nach dem Wochenende erneut in die Detailarbeit einsteigen uns die bisherigen Ergebnisse und Protokolle in Erinnerung rufen. Irgendwie ist das zwar erst ein paar Tage her, aber in meinem Hirn schon ziemlich weit hinten abgelegt.“ „Eine gute Recherche beginnt nun mal meist mit dem Aktenstudium“ pflichtet Rike ihrem Chef bei.

Während die beiden bereits nach wenigen Minuten in Tatortfotos, Berichten der Kriminaltechnik und den rechtsmedizinischen Gutachten Dr. Terhovens vertieft sind, räumt Schubert von den großen Tafeln im Besprechungsraum die zahlreichen Charts und Lagepläne zu dem Fall in Meckesheim in einen großen Karton. Auf dem darauf aufgeklebten Ordnungsblatt notiert er fein säuberlich Tat, Datum und das Aktenzeichen der Ermittlungen, sodass die spätere Archivierung und Aufbewahrung der Unterlagen im Archiv des Polizeipräsidiums Mannheim so erfolgen kann, dass eine weiterer Zugriff auf die Unterlagen jederzeit möglich ist. Mit dem aktuellen Datum und einer geschwungenen Unterschrift beendet Schubert den penibel geregelten Verwaltungsakt. Abschließend gibt er die Daten der Unterlagen in das DV-System der Kripo ein. Kurz darauf, ist der Karton in der Poststelle und wartet auf seine Abholung.

Zeitgleich mit dem Transporter, der die gut gesicherten Unterlagen der abgeschlossenen Ermittlungen abholt, hat Schubert die drei Whiteboards bereits neu mit Lagekarten, Bilder des Tatorts und den Fakten beschrieben, aufgrund derer die Ermittler Montagmorgen erneut mit ihren Ermittlungen bei „0“ beginnen.

„Endlich Wochenende“ in freudiger Erwartung stürmt Rike in die Wohnung am Heidelberger Philosophenweg, die sie sich seit einiger Zeit mit Michael Bannings teilt. „Ich ertrinke in Arbeit“ resigniert schaut Michael auf einen Berg von Unterlagen, die sich auf seinem Schreibtisch, mit Blick auf Schloss und Heidelberger Altstadt, vor ihm türmen. „Ich verstehe das nicht“ führt er fort „immer, wenn es langsam auf Weihnachten zugeht, ertrinken in Deutschland wir Lehrer in Arbeit. Jeder außer mir im Kollegium meint, zwingend noch schnell eine Klausur schreiben zu müssen. Natürlich kommt dann Druck von der Schulleitung, dass dies bitte auch für den Herrn aus England gilt, der ja lediglich seine Muttersprache vermitteln muss.“ „Du willst gar keine Klausur schreiben?“ Rike drückt sich eng an ihren Freund. „Eigentlich schon, aber was hat das für einen Sinn Klausuren so zu terminieren, dass die Schüler nur noch Terminstress haben und sich nicht mehr auf die einzelne Klausur vorbereiten können?“ Rike nickt verständnisvoll und schaut ihn dann aus tiefen Augen an. „Dann zeige ich Dir jetzt einmal, weshalb du heute keinen Terminstress haben solltest“ und während sie sich graziös Richtung Schlafzimmer bewegt bemerkt Michael, dass sie bereits einen Teil ihrer Kleidung verloren hat. Plötzlich sind auch für ihn die Klausuren von völlig untergeordnetem Interesse und er auf dem Weg seiner Rike zu folgen.

89

„Endlich Wochenende" Klaus Müller hat noch nicht richtig sein Haus betreten, da kommt ihm auch schon seine Frau entgegen. „Prima, dann kannst du dich ja sofort um Jana kümmern. Schließlich bist du der Opa und hast bei der Entscheidung, Lena das Kind zu ermöglichen, auch mitgewirkt." Ohne weitere Worte überreicht sie ihm seine Enkelin aus deren Windel ein unangenehm intensiver Duft kommt. „Was schaust du so?" seine Frau Anne rollt mit den Augen „ich habe es auch erst eben gemerkt. Windeln wechseln steht auch einem Opa gut an. Schließlich sind wir alle emanzipiert. Wenn du damit fertig bist, kannst du sie auch gleich füttern. Der Brei steht im Kühlschrank und muss nur etwas warm gemacht werden. Ich bin dann mal beim Qi Gong in der Stadt" und bevor Klaus Müller ein Wort erwidern kann, ist seine Frau bereits aus dem Haus verschwunden. „Dann erzähle ich wenigstens dir, Jana, wie der Tag gelaufen ist. Wenigstens hörst Du mir immer gebannt zu" und während der Kriminalhauptkommissar seiner Enkelin beim Windel wechseln stolz seine heutigen Erfolge erzählt, bemerkt er, dass diese bereits selig eingeschlafen ist. „Vielleicht sollte ich mir doch noch einen Hund holen, das wäre dann wenigstens einer der mir ab und zu zuhört“ denkt Opa Müller als er seine Enkelin dann zärtlich in den Kinderwagen legt und sanft mit einer von Oma gesteppten Decke zudeckt.

90

„Endlich Wochenende“ in bester Stimmung betritt Alex, der Freund von Daniel Schubert, die recht beengte Wohnung in der Mannheimer Innenstadt. „Ja, endlich Wochenende“ pflichtet Daniel ihm bei, „und weißt du was? Ich habe schon gepackt, wir fahren gleich los.“ Irritiert blickt Alex seinen Freund und Geliebten an. „Wie, was hast Du denn vor? Ich muss doch morgen früh wieder arbeiten.“ Daniel lächelt schelmisch „Das denkst auch nur du. Morgen und Sonntag hast du frei. Von deinem Chef genehmigt.“ „Warum? Ich verstehe überhaupt nichts mehr.“ „Hast du schon einmal auf den Kalender geschaut? Morgen vor genau zwei Jahren sind wir uns erstmals über den Weg gelaufen. Oder besser gesagt übereinander gestolpert und anschließend hergefallen. Und das werden wir feiern! Kamikaze kann bleiben, die Nachbarin mit dem Kater von unten versorgt ihn mit. Wir können dann das ganze Wochenende machen was wir wollen.“ Glücklich und noch immer verliebt schaut Alex seinen Partner an. „Na wenn das so ist, dann sollten wir mit der Abfahrt nicht zu lange warten. Wo geht‘s denn genau hin?“ „Ich habe ein schönes kleines Hotel am

Rhein in Köln gebucht. Genau das Richtige für uns. Vier Sterne mit allem Drum und Dran. Und in der Altstadt sind wir auch in ein paar Minuten." „Dann nichts wie los" die Begeisterung ist Alex anzuhören. „Köln Alaaf, wir kommen."

91

Die Stimmung am Jägerstammtisch kleiner Odenwald ist gedrückt. Noch immer sitzt der Schock um den Mord an Michael Hauweg tief. Genauso tief ist die Enttäuschung, dass von der Kripo bisher nicht die geringsten Ergebnisse zu hören sind. Die Stimmung auf den Punkt bringt mit wenigen Worten der Neckargemünder Andreas Fuchs, der Manfred Hauweg gefunden hatte „Isch werd verrickt. Jeden Dag wach isch morgens nassgschwitzt uff un denk an den Monfred. Unn immer frog isch misch, welles Arschloch des dem ongeton hot." Verständnisvoll nicken die anderen sechs Jäger ihrem Kameraden zu. Der aus der norddeutschen Tiefebene stammende Heinrich meint „Ja Kameraden. Es kann doch nicht sein, dass von Seiten der Polizei überhaupt nichts zu hören ist. Ich meine, zwei tote Jäger in einer Woche und niemand ist da, der sich um uns kümmert. Müssen wir warten, bis der dritte von uns hingemordet wurde?" „Do hosch gonz recht, Heiner" Jürgen aus dem Gammelsbachtal meldet sich zu Wort. „Des isch jo e reini Jägerjagd. Unn mir solltet selwer dofür sorge, dass net der Nächschte von uns umkummt." „Was wir brauchen ist keine Bürgerwehr, sondern eine Jägerwehr" Heinrich sieht seine Kameraden nicken „und wenn einer uns zu nahe kommt, wird er es schnell bereuen." Entschlossenheit macht sich in der Hütte in Schönbrunn breit und nach hitziger Diskussion über die Umsetzung der Jägerwehr wird Heinrich beauftragt den Jagdverband zu informieren, dass ab sofort der Odenwald scharf bewacht wird immer mindestens zwei Jäger gemeinsam auf die Pirsch in den Wald gehen.

92

Klaus Müller hat sich wie selten auf einen Montagmorgen gefreut. Irgendwie war das Wochenende überhaupt nicht so gelaufen, wie er sich das vorgestellt hat. Lena hatte sich auf ihre Eltern verlassen, dass diese sich um Jana kümmern werden. Offensichtlich war sie gerade wieder dabei, sich Hals über Kopf in den nächsten Traummann zu verlieben. Das Problem war bisher nur, dass sich jeder Traummann angesichts ihrer kleinen Tochter Jana oder des nicht einfachen Wesens von Lena selbst, schnell verabschiedet hat. Leider hält es Lena nicht mehr für erforderlich, ihre Eltern über ihren jeweiligen Gefühls- oder Lebensstatus zu unterrichten was diese teils sorgenvoll zu vielfältigen Spekulationen veranlasst.

Deshalb war der jungen Mutter klar, dass Jana praktisch von Freitagabend bis Montagmorgen von den Großeltern Klaus und Anne betreut wird. Auch Müller's Frau Anne hat sich zu dessen Enttäuschung dezent dieser Aufgabe entledigt. Nach Qi Gong am Freitag, gab es Samstagvormittag das Frauenfrühstück der Kleingemünder Saarstraße, welches bis zum späten Nachmittag andauerte. Abends war sie bei ihrer Freundin Helga eingeladen und Sonntagvormittag wegen des sympathischen Pfarrers in der Kirche. So war es Klaus Müller überlassen, sich um seine kleine Enkelin zwei Tage am Stück zu kümmern. Und das war, wie er rückblickend resümieren muss, anstrengender wie zwei Tage nonstop auf Verbrecherjagd zu gehen.

Nun ist es froh um kurz nach acht die Stimmen seiner engsten Mitarbeiter Klein und Schubert zu vernehmen, die bereits intensiv diskutieren:

„Ich meine, dass wir nochmals die Familie Hauweg unter die Lupe nehmen müssen" Schubert trägt engagiert seine Auffassung vor. „Schließlich ist die Witwe Alleinerbin eines großen und gut gehenden Gasthofes und damit, sollte sie jemals welche gehabt haben, alle finanziellen Sorgen los. Denke nur an die Lebensversicherung! Alleine hiervon kommen mehrere hunderttausend Euro, und wäre der Mord als Unfall eingestuft worden, würde sich die Summe nochmals verdoppeln." „Da hast du schon recht,

Daniel. Meiner Einschätzung nach hat die Ehe wohl zu den glücklicheren gehört. Dazu kommt, dass Frau Hauweg schon vorher keine finanziellen Sorgen hatte. Bildhaft gesprochen kommt durch die Lebensversicherung ein Haufen Geld zu einem bereits bestehenden Haufen Geld dazu. Geld, das sie eh bei ihren Arbeitszeiten nicht ausgeben kann. Zudem war sie zu der Zeit der Tat nachweislich im Gasthof. Kinder haben sie keine, weitere Verwandte die als Erben in Frage kommen auch nicht. Also, vergiss die Theorie zumindest solange, bis wir andere Überlegungen ausschließen können." „Was wären das für Überlegungen?" gespannt mischt sich Klaus Müller in die Diskussion ein. Schließlich muss er sich eingestehen, dass seine bisherigen Ideen zu den nächsten Lösungsschritten sehr limitiert sind.

„Wir müssen nicht den Ermordeten selbst, sondern das räumliche Umfeld untersuchen" bringt Rike einen neuen Aspekt ein. „Für mich stellt sich die Frage, ob unser Toter möglicherweise einfach zur falschen Zeit am falschen Ort war. Für wen kann es so eminent wichtig sein, dass Hauweg ein Zusammentreffen nicht überlebte? Gibt es solche Personen? Wenn ja, welches Motiv haben diese? Das muss unser Ansatz sein! Zugegeben, ein Motiv das für uns jetzt noch absolut im Dunkeln liegt" Rike atmet nach diesem überzeugenden Monolog tief durch.

„Wenn ich dich richtig verstehe, Rike, bedeutet das, wir suchen zuerst ein Motiv welches quasi im Wald begraben liegt. Danach kümmern wir uns um die Frage, wer hiervon profitiert und hierfür auch einen Mord in Kauf nimmt. Mit diesen Fragen versuchen wir dann uns an den Mörder heranzutasten." „Ja, so in etwa" stimmt Rike zu, die selbst aber noch keine Ahnung hat, wie und ob das funktionieren könnte. „Jetzt lasst uns mal eine Pinnwand holen und wir tragen mal unsere Gedanken zusammen, wer oder was sich alles in unserem einsamen Odenwälder rumtreibt" ist Daniel bereits im Jagdfieber und von der Idee überzeugt.

„Zuerst ziehe ich aber den Mantel aus, hole mir einen Kaffee und dann, dann fangen wir nochmals von vorne an" stimmt KHK Müller der Vorgehensweise erleichtert zu.

93

„So schön ist es nur im Herbst an der Nordsee" denkt Arnd von Wiehlen, Unternehmer und Vorsitzender der Heidelberger Jägervereinigung, als er sich in seiner Lieblingsdecke eingehüllt in den von der Sonne beschienenen Strandkorb seiner Ordinger Ferienwohnung kuschelt. „Liebling geh ran, dein Handy klingelt" unterbricht die Idylle ein Ruf seiner Frau. Während von Wiehlen normalerweise Wert darauf legt für seine Firmen und Ehrenämter rund um die Uhr erreichbar zu sein, gilt dies für den traditionellen Nordseeurlaub nicht. Sein normales Mobiltelefon liegt im heimischen Schreibtisch und so weiß lediglich ein sehr kleiner Kreis, wie er in Notfällen an der Nordsee erreicht werden kann. Susanne, seine Frau, verfolgt interessiert das Gespräch und hört wiederholt Worte wie „unglaublich", „Das gibt es nicht" oder „Die spinnen doch Alle." Als Arnd von Wiehlen nach gut fünf Minuten das Gespräch beendet, schüttelt er nochmals ungläubig den Kopf. „Was ist denn los, Arnd? Probleme in der Firma?" „Nein, nein. Da läuft alles wie geplant. Die Odenwälder Jäger spinnen. Die Geschäftsstelle unseres Verbandes wurde heute informiert, dass die Jäger Angst haben. Sie haben nach den zweiten Toten beschlossen eine Jägerwehr zu gründen und Jeden zu stoppen, der aus ihrer Sicht nichts im Wald zu suchen hat. Und Notfalls mit Gewalt!" „Was willst Du machen?" „Keine Ahnung, ich muss erst mal selbst überlegen. Nur Eines ist schon mal sicher. Nichts machen, ist verkehrt."

94

„Jawohl Herr Polizeipräsident, natürlich Herr Polizeipräsident, selbstverständlich können Sie sich auf uns verlassen, Herr Polizeipräsident" gleich kriecht er noch devot durch das Telefon denkt die Mitarbeiterin einer Zeitarbeitsfirma, die als Aushilfe das Sekretariat von Polizeirat Bauer führt. „Bin dann mal weg“ hört sie den ungewohnt kurzatmigen Polizeirat rufen, als dieser eiligst dem Korridor zustrebt, der ihn in die Räume der Kripo führt.

„Wir sollten systematisch beginnen und uns zunächst fragen, welche Gruppen oder Interessen sich im Wald wiederfinden. Danach stellt sich natürlich die Frage, wer oder zumindest was für Personen sich hierunter befinden“ Rike steht vor der großen Pinnwand während sie ihren Kollegen Müller und Schubert ihre Überlegungen vorträgt. „Ja, das können wir so machen“ KHK Müller signalisiert Zustimmung und auch Schubert nickt seiner Kollegin zu.

„Tut mir leid Kollegen, dass ich sie unterbrechen muss, aber es gibt ein Problem“ atemlos kommt Kriminalrat Bauer ohne jede Form eines Grußes in den mit Tafeln und Flipcharts vollgestellten Besprechungsraum.

In den nächsten zehn Minuten erfahren die Kriminaler die Inhalte des Telefonats zwischen ihrem Chef und dessen obersten Vorgesetzten. Der Polizeipräsident sei wohl auch passionierter Jäger und habe vom Vorsitzenden der Heidelberger Jägervereinigung einen beunruhigenden Anruf erhalten. Demnach gründeten einige Jäger im Odenwald eine Art Bürgerwehr um sich vor weiteren Anschlägen zu schützen. Sie seien von der Polizei völlig enttäuscht und würden sich jetzt selbst mit ihrer eigenen „Jägerwehr“ schützen. Gleichzeitig hätten sie die Hoffnung, dass sie möglicherweise den Mörder ihres Freundes Hauweg im Wald zufällig stellen könnten. Der Polizeipräsident habe sie angewiesen, diese Aktivitäten zu unterbinden und jede Form von Selbstjustiz definitiv zu verhindern.

„Das Präsidium hat sofort die Leiter der Polizeireviere in Neckargemünd und Eberbach informiert und dringend gebeten, dass ihre jeweiligen Jäger eine sofortige und direkte Gefährderansprache erhalten. Die ersten Gespräche sind wohl bereits am Laufen. Auch die für das Neckartal zuständigen hessischen Kollegen wurden informiert. Wir, wir Kollegen brauchen jetzt schnellstmöglich Ergebnisse, sonst läuft noch alles aus dem Ruder“ sprach der Kriminalrat und verließ eiligst den Raum um den Polizeipräsidenten zu informieren, dass er und seine Mitarbeiter alles im Griff haben und er persönlich ohne Zweifel, erfolgreiche Maßnahmen, eingeleitet hat.

„Dann lasst uns mal fortfahren“ versucht KHK Müller seine Mitarbeiter wieder in die Tiefen der Kurpfälzer Wälder zu entführen. „Wer oder was treibt sich alles in unseren Wäldern herum? Bitte noch niemand aussortieren nach dem Motto, „die bringen ja niemanden um. Die Auswahl treffen wir dann in einem der nächsten Schritte.“

95

„Jetzt wird's doch langsam lächerlich" Giovanni Calvagno ist auch auf dem Weg zu ihrem Streifenwagen vor dem Neckargemünder Revier noch völlig entrüstet. „Erst schicken sie uns mit dem blödsinnigen Auftrag bronze lackierte Fahrräder zu überprüfen und dann können wir wegen diesen Lackaffen aus Heidelberg noch fünfzehn Jäger besuchen, um sie vor Selbstjustiz zu warnen. Unsere Jäger, die im Normalfall nicht einmal eine Wildsau richtig treffen oder gar schießen können. Das ist ja lächerlich." „Komm schon Giovanni" Klaus Neumann, sein etwas älterer Kollege, versucht ihn zu beruhigen. „Wir schauen jetzt bei denen auf der Liste vorbei, reden drei Worte mit jedem, lassen ihn das jeweilige Protokoll unterschreiben und dann ist's gut. Ich weiß gar nicht was Du hast, ist doch allemal besser wie Klimakleber in Heidelberg von der Straße zu tragen." „Da hast du auch wieder recht. Los geht's, wer ist der Erste?" erkundigte sich Calvagno als er sich in den Verkehr Richtung B 45 und Bammental einreiht.

Bevor sich die Beiden der Oberdorfstraße in Bammental nähern um einem eingetragenen Jäger den Besuch abzustatten, erreicht sie ein Funkspruch aus der Zentrale. Als Klaus Neumann, der als Beifahrer für die Bedienung des Funks zuständig ist, den Funkspruch bestätigt nickt er seinem Kollegen zu. „Gib erst mal Gas. Familiärer Zwist in Wilhelmsfeld. Unser zweiter Streifenwagen steht wieder einmal wegen eines Auffahrunfalles auf der B 45 in Meckesheim und somit nicht zur Verfügung. „Zu Befehl" bestätigt Calvagno, drückt die Taste für die Sondersignalanlage und wenige Sekunden später schießt der Mercedes in der blau-silbernen Lackierung in umgekehrter Richtung auf der Bundesstraße dem Ziel Wilhelmsfeld entgegen.

96

Vor dem heutigen Schultag hat es Michael Bannings, eigentlich Lehrer für Englisch und Sport am Heidelberg College, förmlich gegraut. Sind bei seinen normalen Fächern inhaltliche Überraschungen von Seiten der Schüler eher selten zu erwarten, so ist das bei sogenannten Projekttagen grundsätzlich anders. Der heutige Projekttag seiner 11. Klasse widmet sich dem Thema „Windkraft im Wald – Sinnhaft oder Wahnsinn?" Er hätte sich lieber einem wesentlich weniger politischem Thema gewidmet, aber Themenauswahl und auch das methodische Vorgehen zur Wissensvertiefung an Projekttagen hat die Schule zur Kompetenzvertiefung an die Schülerschaft übertragen. Michael Bannings hatte bereits bei der ersten Themenbenennung des Projekttages damit gerechnet, dass er möglicherweise nicht nur Mentor, sondern auch ganz schnell Buhmann der Veranstaltung wird. Nicht zuletzt aufgrund der Annahme, dass seine Schülerinnen und Schüler wieder einmal die bisherigen Generationen für die Klimakrise verantwortlich machen werden und er schon aufgrund seines aus ihrer Sicht biblischen Lebensalters von Mitte dreißig für diese geradezu als Blitzableiter prädestiniert ist.

Auf Vorschlag von Lisa und Katharina, zwei Schülerinnen die sich auch bei Fridays for Future engagieren, hat sich die Klasse entschlossen, Windkraft aus der Nähe anzuschauen. So findet das Projekt heute zunächst auf dem „Greiner Eck" und danach auf dem „Lammertskopf" statt. Einwände von Michael, dass das Thema doch durchaus auch im warmen Schulgebäude statt im spätherbstlichen Wald durchgeführt werden kann, konterten die Aktivisten mit dem Hinweis, dass nur die reale Welt einen richtigen Eindruck geben könne.

So stehen die 22 Schülerinnen und Schüler gemeinsam mit ihrem Lehrer nach einer langen und natürlich Co^2 neutralen Anreise per Bus und S-Bahn nach Neckargemünd, Bus nach Darsberg und einem einstündigen Fußmarsch zum Greiner Eck jetzt unter den sich drehenden Windrädern von fast zweihundert Metern Gesamthöhe. „Zwischen zwei und drei Gigawatt bringt so ein Windrad im Idealfall" erklärt Lisa ihren Mitschülern, die gebannt ihre Blicke nach oben gerichtet haben. „Ja, immerhin 0,25 % des Blocks eines AKW“ entfährt es aus der hinteren Reihe Alexander, der sofort mit tödlichen Blicken durchbohrt wird. „Wollte das ja nur sagen. Ihr wisst doch, dass ich gut rechnen kann.“ „Aber sonst keine Ahnung hat“ bringt Katharina noch eine Blutgrätsche an, die sicherstellt, dass Alexander heute keine blöden Berechnungen mehr anbringen wird.

„Was meinen Sie Herr Bannings? Wie sehen die meisten Menschen ihrer Generation Windräder?“

Bevor Michael auf die Frage antworten kann hört er nur noch rechts von ihm aus dem Wald einen Schrei „Achtung“, danach hört er einen Schlag und dann nur noch einen verzweifelten Schrei einer Schülerin „Herr Bannings!“

97

„Na, das ist doch schon mal was“ KHK Müller ist selbst überrascht, wie viele Gruppen und individuelle Menschen selbst beim ersten Nachdenken, im Wald zu finden sind.

Die Pinnwand ist voll mit Ideen und damit möglichen Lösungsansätzen für das Team. Daniel Schubert liest nochmals laut die einzelnen Gruppen vor: Jäger, Jogger, Radfahrer, Wanderer, Holzfäller, Brennholzaktivisten, Förster, Jagdaufseher. „Da haben wir ja eine ganze Latte. Und ich bin sicher, dass wir noch die ein oder andere Gruppe nicht auf dem Schirm haben" fasst er seinen Eindruck zusammen. „Da stimme ich dir zu, Daniel" Rike will gerade Luft für den nächsten Satz holen, da meldet sich ihr Mobiltelefon. „Entschuldigung, aber das ist das Schul-Sekretariat von meinem Freund." Lächelnd und ohne Nachfrage wer dran ist hören die Kollegen die Worte „Hallo Frau Schweikert, sie wollen mir sicher sagen, dass der Projekttag meines Freundes länger dauert." Müller und Schubert können an der wechselnden Gesichtsfarbe und dem starren Gesichtsausdruck sofort erkennen, dass etwas nicht stimmt. „Ich komme sofort. Chirurgie, sagten sie?" Während Rike bereits aus dem Büro rennt, hören sie nur noch die Worte „Michael hat einen Unfall. Ich muss sofort in die Chirurgie."

98

Giovanni Calvagno kriegt sich noch immer nicht über den letzten Auftrag seines Reviers ein: „Da zerlegt ein wütender Elfjähriger die komplette Wohnzimmereinrichtung und geht auf seine Mutter mit einem Baseballschläger los. Hallo, geht`s noch? Dann kommt irgendwann endlich die Truppe vom Jugendamt und erklärt, dass der Junge jetzt in therapeutische Hände gehört, während gleichzeitig die Mutter mit dem Rettungsdienst nach Heidelberg gebracht wird. Der Knabe sollte mal eine Woche zu meiner sizilianischen Familie gebracht werden, da würde er wissen was er an seiner Mutter und dem Leben hier hat. Da wäre mit diesem Tun ganz schnell „basta“.“ „Reg Dich ab Giovanni. Immerhin war er doch schlagartig ruhig, als du ihm mir nichts, dir nichts den Baseballschläger aus den Händen gerungen hast. Gut gemacht kann ich da nur sagen. Jetzt hoffen wir doch einfach, dass die vom Jugendamt wissen was sie tun und der Knabe nicht unser künftiger Dauerkunde wird.“ Giovanni nickt konzentriert während er die scharfen Kurven mit den herrlichen Ausblicken von Wilhelmsfeld hinab nach Ziegelhausen fährt. Nachdem sie die endlose Ortsdurchfahrt von Ziegelhausen mit den unzähligen Tempo 30 Schildern passiert haben, meldet Klaus Neumann seinem Kollegen in der Neckargemünder Zentrale, dass sie jetzt wieder auf dem Weg nach Bammental in Sachen Gefährderansprache sind.

99

Eine der berühmtesten Einrichtungen in der Stadt Heidelberg ist seit 1381 die Universität mit ihrem medizinischen Lehrstuhl. Das Universitätsklinikum in Heidelberg ist mit über 2.500 Betten eine der größten medizinischen Einrichtungen in Deutschland und auf der aktuellen Newsweek-Hitliste auf Platz 14 der weltbesten Kliniken. Zu einem dieser Betten, genauer gesagt einem Bett der Station E01 der Chirurgischen Klinik, war Rike auf dem schnellsten Weg mit ihrer Moto Guzzi von der Römerstraße zum Neuenheimer Feld unterwegs. Das Motorrad konnte sie unmittelbar vor der Chirurgie abstellen, sodass sie bereits wenige Minuten nach dem Anruf im Zimmer von Michael Bannings stand.

Michael war kaum mehr wiederzuerkennen, sodass sie zuerst zweifelte, welcher der zwei Patienten in dem geräumigen Zimmer ihr Michael ist. Dicke Bandagen bedecken sein Gesicht, das linke Bein ist in einer Art Gipskorsett höher gelegt und zwei Infusionen bahnen sich on einem Gestänge ihren Weg in seine Venen.

„Michael" schluchzend geht die eigentlich nicht nah ans Wasser gebaute Nordfriesin an sein Bett „Was ist denn passiert? Hat Dich ein Bus überfahren?" Michael, der aufgrund der starken Schmerzmittel und der Auswirkungen seiner Narkose nur zeitweise bei Bewusstsein ist, hat nur den zweiten Teil der Frage mitbekommen. „Nein, kein Bus. Es war so ein absolut beschissener Mountainbikefahrer. Ich habe keine Ahnung wie`s genau passierte. Der kam aus dem Nichts, mitten aus dem Wald. Es hat gekracht und dann bin ich im rumpeligen Krankenwagen aufgewacht, der mich nach Heidelberg gebracht hat." „Du Ärmster, was kann ich für Dich tun?" Rike wird wieder einmal bewusst, wie sehr sie sich in Michael verliebt hat.

„Nichts" hört sie ihn noch sagen „einfach schlafen." Und schon war Michael für die nächste Zeit wieder ins Reich seiner Träume abgetaucht.

„Es tut mir so leid." Fragend wendet sich Rike dem etwas älteren Zimmernachbarn von Michael zu, dessen Körper mit zahlreichen Pflastern und Binden versorgt ist und dessen Kopf einen geradezu grotesken Turbanverband trägt. „Was tut ihnen leid?" eher desinteressiert stellt Rike die Nachfrage, überzeugt jetzt einen langen Vortrag über Gesundheitsthemen zu erhalten. „Na, dass ich ihn überfahren habe. Eigentlich habe ich ihn auch eher nicht überfahren, sondern angesprungen. Wissen sie, ich habe seit neuestem ein tolles Fully, also ein Mountainbike, das auch für harte Trails geeignet ist. Das wollte ich heute Morgen mal richtig ausprobieren. Ich wusste, dass es im Wald oberhalb von Grein so einen richtig guten Trail gibt. Mit erhöhten Kurven, Sprüngen und richtig geilen Abfahrten. Der endet genau auf der Lichtung vom unteren Windrad. Also bin ich erstmals mit vollem Speed runter. Ich werde nächste Woche sechzig und wollte mir einfach nochmal beweisen, dass ich nicht zum alten Eisen gehöre. Also ran an den letzten Sprung, dem Fully das Letzte abgefordert und dann ab in die Luft. Ich springe einige Meter und bei der Landung sehe ich dann diese Kids mit ihrem Lehrer. Ich habe versucht noch auszuweichen, es hat aber nichts genutzt."

„Sie haben meinen Michael über den Haufen gefahren“ Rike wird innerhalb weniger Sekunden zur Furie „und haben dann noch den Mut, gemeinsam mit ihm in einem Zimmer zu liegen?“ „Das war doch die Idee der Notaufnahme. Sie meinten, da wir Beide eh längere Zeit da bleiben müssen, hätten wir so die beste Gelegenheit Freunde zu werden. Es tut mir ja so leid.“

100

„Es hilft nichts, wir werden noch externen Sachverstand an Bord holen müssen“ sagt Kriminalhauptkommissar Müller nachdem er zum wiederholten Male auf die Pinnwand geschaut hat, auf der Daniel Schubert ihre Ideen versucht hat systematisch zu ordnen. „Es gibt sicherlich noch andere Interessengruppen am Wald. Holz und Land sind schließlich knappe und wertvolle Ressourcen. Wir sollten sichergehen, dass wir zu Beginn unserer Überlegungen wirklich alle Möglichkeiten einbezogen haben.“ „Wer kann uns da weiterhelfen?“ Daniel Schubert, für den das Landleben immer ein Graus war, wirkt ratlos. „Ich schau mal bei unserem Kriminalrat vorbei. Zur Not kann der ja nochmals den Polizeipräsident anrufen und um noble Kontakte in die Welt der Wald- und Jagdbesitzer bitten. So wie ich den kenne, ist das für ihn kein Problem.“

Keine zehn Minuten später tritt KHK Müller mit den Worten „Herr Kriminalrat, ich bräuchte einmal ihre Hilfe“ in dessen Büro ein um das allseits bekannte Vitamin „B“ einmal für seine Ermittlungen zu nutzen.

101

„Das kann doch nur ein Irrtum sein“ fragend blicken die beiden Polizisten des Revier Neckargemünd auf den großen Bau, der sich unter der Wohnadresse des ersten zu ermahnenden Jägers verbirgt. „ Hermann-Löns-Weg in Bammental steht da. Und die Hausnummer stimmt auch“ bestätigt Klaus Neumann seinem Kollegen. „Also, dann gehen wir mal rein“ entschlossen nimmt Giovanni Calvagno die ersten Stufen der Eingangstreppe.

Sie haben kaum die automatisch öffnende Eingangstüre erreicht, da kommt ihnen auch schon eine in weiß gekleidete und sehr freundliche junge Dame entgegen. „Wie kann ich Ihnen helfen?“ erkundigt sie sich und fügt lachend hinzu „hat einer unserer Bewohner mal wieder einen Diebstahl der Kronjuwelen gemeldet?“ „Nein, nein keine Sorge. Sie können uns gerne zu Herrn Friedrich Espenhaus bringen. Wir haben erfahren, dass er bei ihnen wohnt und möchten gerne mit ihm reden.“ „Dann kommen Sie mal mit“ mit einem Fingerzeig zeigt die junge Dame, dass es einen Stock höher geht. „Unsere Chefin möchte sich sicherlich mit Ihnen vorab unterhalten, schließlich haben wir die Polizei so oft nicht im Haus."

Einen Kaffee und zwanzig Minuten später verlassen die beiden Polizisten wie begossene Pudel das freundliche Haus. Giovanni Calvagno schnappt auf der Treppe hörbar nach Luft bevor er seiner Meinung freien Lauf verschafft. „Diese Idioten. Schicken uns zu einem 87 jährigen Herrn, der seit 5 Jahren im Pflegeheim lebt und hochgradig an Demenz erkrankt ist. Selbst wenn der wollte, der könnte weder eine Knarre halten noch würde den einer mit auf eine Streife nehmen. Lass uns endlich fahren, sonst platze ich vor Wut noch hier auf der Treppe."

Nachdem sich der erste Rauch auch bei Klaus Neumann verzogen hat, meldet er sich per Funk bei der Leitstelle in Neckargemünd. Die Rückmeldung ist kurz „Gefährderansprache Espenhaus erledigt. Wir fahren jetzt weiter nach Gauangelloch."

102

Krimimalrat Bauer ist als gebürtiger Pfälzer eher ein Anhänger von Straußenwirtschaften, Wanderhütten oder rustikalen Gasthäusern. So ist er heute das erste Mal in einem der aussichtsreichsten Restaurants in Heidelberg. Dieses ist jedoch weder auf dem umliegenden Königsstuhl oder Hohen Nistler zu finden, sondern mitten in der Stadt. Die

„Galeria Kaufhof", also das Kaufhaus welches alte Heidelberger noch heute „Horten" nennen und das unmittelbar am vielbelebten Bismarckplatz in bester Lage zu finden ist, beheimatet im obersten Stockwerk ein während des Tages viel besuchtes Restaurant. Dieses bietet eine tolle Aussicht über den Platz und die umliegende Stadt. Der Panoramaaufzug ist, wie so oft, außer Betrieb und so erreicht er das fünfte Stockwerk um 13.32 Uhr.

Schon von der Rolltreppe sieht er seinen Freund Frank, den er vor zwei Stunden um ein Treffen und informelle Unterstützung gebeten hat.

Frank, ein von der Sonne gebräunter Endfünfziger mit bereits leicht ergrautem Haar und dazu im Kontrast stehender roter Brille, winkt ihm schon von weitem zu. Sowohl er, als auch Kriminalrat Bauer, haben sich in ihrer Schulzeit in Speyer kennengelernt. Danach haben sich Beide während des Studiums aus den Augen verloren und sind sich zufällig vor drei Jahren auf dem Dürkheimer Wurstmarkt im Festzelt begegnet. Kriminalrat Bauer, der eine mustergültige Karriere innerhalb der Polizei absolviert hat, wurde damals geradezu neidisch, als sein alter Freund Frank über seinen Lebenslauf berichtete. Dieser absolvierte zunächst eine Ausbildung zum KFZ-Mechaniker. Nachdem er seine erste Lohnabrechnung erhalten hatte, reifte ganz schnell der Entschluss einen anderen Beruf mit höheren Verdienstmöglichkeiten zu ergreifen. So wechselte er zunächst als Zeitsoldat zur Bundeswehr, später zum damaligen Bundesgrenzschutz und lernte auf einer Auslandsmission seine spätere Frau kennen. Diese war Diplomatin und so wohnte Frank zeitweise in Ländern wie Benin, der Elfenbeinküste oder auch Somalia. Nach einem Regierungswechsel wurde seine Frau, die damals deutsche Botschafterin in einem afrikanischem Land war, mit achtundvierzig Jahren in den einstweiligen Ruhestand versetzt. Es erfolgte ein Umzug zurück in die Pfalz, wo Franz sich heute mit vielen Umweltthemen beschäftigt und seine Frau sich der Rosenzucht widmet.

Nachdem Kriminalhauptkommissar Müller ihn um Hilfe gebeten hatte, überlegte der Kriminalrat lange, wer ihm möglicherweise helfen könnte die Frage zu beantworten. Dabei fielen ihm zwei Namen ein. Neben dem Leiter seines heimatlichen Forstreviers war das Frank. Dieser engagiert sich seit seiner Rückkehr aus Afrika für den Schutz der heimischen Wälder. Bei einem gemeinsamen Besuch des Dürkheimer Wurstmarktes hatte Frank weingeschwängert ihm einmal seine Eindrücke über den Wald geschildert. Es sei unfassbar, was sich da alles abspiele. In Erinnerung an dieses Gespräch hoffte der Kriminalrat, dass sich sein Schulfreund auch im nüchternen Zustand daran erinnere und verwertbare Hinweise geben könnte.

Frank hat bereits einen Pott Kaffee und zwei große Stücke Sahnetorte auf seinem Tablett vor sich stehen. Kriminalrat Bauer, der nach Ansicht seiner Frau etwas mehr auf seine Linie achten sollte, verzichtet auf die Sahnetorte und greift stattdessen zu einer trockenen und weniger schmackhaften Brezel zum Kaffee.

„Mensch Frank, das ist aber klasse, dass das so schnell geklappt hat" beginnt der Kriminalrat den üblichen Smalltalk. Wenige Minuten später ist der Ex-Diplomatinnen Gatte über die Hintergründe des dringenden Gesprächswunsches informiert. Bedächtig rührt er zum wiederholten Male mit dem Löffel seinen Kaffee und sieht sich dabei um, um sicherzustellen, dass ihnen niemand zuhören kann.

„Ach Babbel" er benutzt den alten Spitznamen seines Freundes „ihr habt wirklich keine Ahnung, wie es heute im Wald wirklich zugeht. Das ist, glaube ich, wie beim Meer. Der nichtsahnende Tourist sitzt am Strand, schaut glücklich auf das blaue Meer und ist überzeugt, dass die Welt in Ordnung ist und tatsächlich tobt dort ein Kampf. Mensch gegen Natur und natürlich Mensch gegen Mensch. Es wird gefischt was das Zeug hält, Tauchroboter suchen Rohstoffvorkommen am Meeresgrund, Offshore Windparks sprießen wie Spargel aus dem Boden und die Schifffahrt stößt mehr Schadstoffe aus, wie der gesamte übrige

Verkehr auf dem Festland. Im Ergebnis ist es inzwischen in unserem Wald genau das gleiche.“ „Jetzt übertreibst du aber“ Kriminalrat Bauer will vermeiden, dass sein Schulfreund ihn versehentlich auf falsche Fährten lockt. „Nein, nein. Absolut nicht“ mit einer abwehrenden Geste verstärkt sein alter Schulfreund die Wirkung seiner Worte. Du musst mir jetzt leider nur etwas länger zuhören“ beginnt er eine Exkursion in den Wald, die sich der Kriminalrat inhaltlich so sehr anders vorgestellt hat.

103

„So, jetzt wird`s interessant“ Klaus Neumann dirigiert Giovanni Calvagno mit seinem Streifenwagen in Neckargemünd in eine kleine Seitenstraße. „Hier steht, dass wir nochmals verdeutlichen sollen, was unsere Kollegen dem Sprecher der Jägerwehr schon mal gesagt haben. Den besuchen wir nämlich jetzt und der gilt als ziemlich schwierig.“ Die zwei Kollegen sind noch nicht aus ihrem Fahrzeug ausgestiegen, da blickt bereits ein älterer Herr aus dem zweiten Stock eines mit einem hohen Zaun umgebenen Hauses. „Was wollen Sie hier?“ tönt es nicht gerade freundlich von oben herab. „Sind Sie Heinrich Sure? Gespannt blickt Klaus Neumann nach oben. „Selbst wenn, das geht sie gar nichts an“ ändert sich der Tonfall des aus dem Fenster herauslehnenden Mannes keinesfalls.

„Sie sind die Büttel eines nicht existierenden Staates und gehen mich damit überhaupt nichts an.“

„Herr Sure, lassen sie uns doch mal vernünftig reden“ versucht Polizeihauptmeister Calvagno dem Gespräch an Schärfe zu nehmen. „Ich bin vernünftig“ tönt es umgehend von oben. „Die Einzigen die unvernünftig sind, sind die Regierenden dieses Kunststaates Bundesrepublik und die, die sich zu deren Sklaven machen“ Blick, Ton und nicht zuletzt der Tatsache, dass sich der Sprecher der Jägerwehr noch immer nicht von seinem Fenster nach unten bewegt, zeigt, wen Heinrich Sure für die Sklaven der Regierung hält. „Wenn sie keinen richterlichen Beschluss haben, lassen Sie mich einfach in Ruhe“ grußlos schlägt der Neckargemünder sein Fenster zu und lässt die zwei Polizisten unverrichteter Dinge auf der Straße ratlos zurück.

„Was jetzt?“ Klaus Neumann schaut seinen Kollegen ratlos an. „Was schon, wir schreiben ein Protokoll, dass der Angesprochene nicht bereit war eine Ansprache zu akzeptieren und wahrscheinlich der Reichsbürger-Szene angehört. Und danach machen wir Feierabend. War eh ein beschissener Tag.“

Als Giovanni Calvagno einiges später sein heimeliges Zuhause betritt, erkundigt sich seine Frau Angelika bei ihm, wie denn der Tag gelaufen sei. „Wie immer. Es ist schon erstaunlich, welche Tiere im Zoo Gottes manchmal anzufinden sind.“

Kurze Zeit später widmet er sich der neuesten Ausgabe des Mitgliedermagazins der Deutschen Polizeigewerkschaft. Der Titel der Ausgabe lautet „Attraktiver Polizeiberuf – Was ist zu ändern?“

104

Es ist bereits früher Abend, als Rike ihre gemeinsame Wohnung im Heidelberger Philosophenweg betritt. Sie ist noch immer ganz aufgewühlt. Zuerst der Schockanruf, als sie von Michael's Unfall erfuhr, dann der in ermittlungstechnischer Sicht wenig positive Tag im Dienst und zuletzt noch die Feststellung, dass Michael genau mit dem Mensch in einem Zimmer liegt, der ihn am Vormittag über den Haufen gefahren hat. Entspannung findet sie weder im heißen Bad in der Wanne noch vor dem überdimensionalen Fernseher im Wohnzimmer. Dieser bietet zwar überragende Bilder und einen klasse Sound, kann aber leider das abendliche Programm auch nicht besser machen.

Nach einer halben Stunde endlosen Zappens findet Rike endlich den Ausschalter, wirft sich eine warme Jacke über und betritt wenige Minuten später das „Aix-en-Provence“ um ihrem Frust gegenüber Erik freien Lauf zu lassen.

Unter Tränen fasst sie für Erik nach dem zweiten Glas Côtes du Rhône ihre aktuelle Situation wie folgt zusammen: „Dann lässt er sich mitten im Wald von einem Rentner überfahren, ich bin zu blöde einem Mörder auf die Spur zu kommen und dann, dann lässt man uns nicht mal heiraten, nur weil irgendein blödes Formular fehlen würde." Ohne ein Wort zu sagen, stellt Erik seiner Freundin ein weiteres Glas des erstklassigen Rotweins auf den Tresen.

Es ist kurz nach 24 Uhr als Jack-Russel „Quincy" in Begleitung seines Herrchens einer angeheiterten und sichtlich aufgewühlten jungen Dame in der Neuenheimer Bergstraße begegnen. Beim Passieren der attraktiven Schönheit hört dessen Herrchen die Worte „Nicht mal heiraten will er mich" und denkt still vor sich hin „Also, wenn die einen Ersatzmann sucht, würde ich mich nicht zweimal bitten lassen."

105

Der Tag beginnt für Daniel Schubert schlecht. Während sein Freund Alex im Reich der Träume verweilt, macht Kater Kamikaze Sorgen. Normalerweise ist er der Erste, der laut miauend auf unstillbaren Hunger aufmerksam macht aber heute liegt er noch in seinem Körbchen als Daniel bereits die Kaffeemaschine gestartet hat. Selbst das Scheppern des Futternapfes bringt keine Bewegung in das Tier. „Kamikaze, Frühstück" laut erschallt sein Ruf in das benachbarte Zimmer. „Was schreist du denn so?" kommt die einzig nennenswerte Reaktion von Alex. Fünf Minuten später knien beide sorgenvoll vor dem weiter in seinem Körbchen liegenden Kater, der sie mit großen Augen ansieht. „Wir müssen zum Tierarzt“ der Satz von Alex ist keine Frage, sondern eine Feststellung. „Ja, und zwar sofort“ bestätigt Daniel die Einschätzung.

Keine zwanzig Minuten später startet Alex mit Katzenkorb zu dem nächstgelegenen Veterinär, während Daniel sich sorgenvoll durch den Regen auf den Weg nach Heidelberg macht. Sein Chef hat gestern noch eine Nachricht verschickt und gebeten, dass sich die Ermittlungsgruppe um 8.30 Uhr zu einer Besprechung trifft.

106

„Dicke Luft“ ist sein erster Eindruck, als er um 8.28 Uhr offensichtlich als Letzter den Besprechungsraum im Heidelberger Dezernat betritt. Neben Klaus Müller und Rike Klein sind zu seiner Überraschung Staatsanwalt Knopf, Kriminalrat Bauer, der Leiter der Kriminaltechnik Yildirim und der Gerichtsmediziner Dr. Terhoven anwesend. Zusätzlich hat sich neben Staatsanwalt Klein eine junge Dame platziert, die der Staatsanwalt als Praktikantin im Rahmen des Jurastudiums vorstellt, deren Name aber nicht nur Schubert nach wenigen Sekunden wieder vergessen hat.

„Kollegen“ eröffnet der Staatsanwalt die Besprechung. „Nochmals herzlichen Glückwunsch zur schnellen Lösung des Verbrechens in Meckesheim und der Festnahme der Täter. Sicher ein tragischer Fall und keine Mordabsicht, es ist aber für uns und das Sicherheitsgefühl der Bevölkerung unverzichtbar, dass solche Verbrechen schnell und lückenlos aufgeklärt werden.“ Bedeutungsvoll blickt er in die Runde. „Damit kommen wir zum eigentlichen Problem.“

„Problem ist die richtige Umschreibung für das, was sich aktuell über uns Allen zusammenbraut“ übernimmt Kriminalrat Bauer, der offensichtlich die Dramaturgie der heutigen Besprechung mit dem Staatsanwalt abgestimmt hat. „Staatsanwalt Knopf hat mich am späten gestrigen Abend angerufen um sich zu versichern, dass wir alles unternehmen um die Täter am Mord von Manfred Hauweg zu ermitteln. Offensichtlich gibt es auch auf höherer Ebene Befürchtungen, dass eine aktive Jägerwehr mit einem Ansatz zur Selbstjustiz zu einer hohen Verunsicherung im Land beitragen kann. Es gibt keinen Zweifel, dass eine solche Wehr geradezu das Vertrauen in unseren Rechtsstaat und nicht zuletzt uns, Kolleginnen und Kollegen, erschüttert. Wir mussten erfahren, dass es wohl im Innenministerium eine Anfrage aus Hessen gab, wie wir denn damit umgehen wollen. Da unsere Ministerialen natürlich von nichts wussten, gab es ganz schöne Irritationen." Kriminalrat Bauer holt gerade Luft um fortzufahren, als ihm nochmals Staatsanwalt Knopf dazwischen redet: „Irritationen ist geradezu eine Untertreibung. Das IM hat sofort unseren eh zur Cholerik neigenden Oberstaatsanwalt angefragt. Dieser wusste natürlich auch von nichts und so kam die gemeinsame Anfrage von IM und Oberstaatsanwaltschaft wie eine Lawine auf mich zu. Im Ergebnis habe ich einen Einlauf hinnehmen müssen, wie ein Schuljunge der gerade seine Hausaufgaben vergessen hat. Ich brauche Ihnen nicht zu beschreiben, was Adjektive wie unfähig, inkompetent oder auch kommunikationsunfähig bei mir auslösen. Auf jeden Fall war das Telefonat eines von jener Sorte, welches ich nur einmal im Leben führen will. Letztlich konnte ich mich nur dadurch aus der Affäre retten indem ich versicherte, dass wir natürlich weitere Spuren verfolgen und davon überzeugt sind den oder die Täter in den nächsten Tagen zu ermitteln." Während des ungewohnt offenen Berichts sind Staatsanwalt Knopf, in Erinnerung an die zurückliegenden Stunden, Schweißperlen in Massen ausge-brochen. So können die erfahrenen Ermittler auch ohne weitere Nachfrage sehen, wie sehr der von ihnen geschätzte Staatsanwalt unter Druck steht. Erst nach einer fast unerträglichen Zeit der Stille ergreift KHK Müller das Wort. „Nun, Herr Staatsanwalt. Wir können sie und natürlich auch ihre Vorgesetzten absolut verstehen. Es wäre sicher falsch, wenn wir uns jetzt einer absolut optimistischen Einschätzung hingeben würden." „Wie meinen sie das?" fragt Kriminalrat Bauer nach. „Kriminalhaupt-kommissar Müller meint sicherlich, dass unsere Ausgangslage im Falle Hauweg wirklich schlecht ist" Rike Klein springt mit all ihrem Charme ihrem Chef bei. „Konkrete Spuren am Tatort oder im Beziehungsgeflecht des Toten konnten wir nicht ermitteln. Nachdem dann der zweite Tote in Meckesheim aufgetaucht ist, war unsere Hoffnung, dass beide Morde in einem Zusammenhang standen. In Meckesheim konnten wir ja doch schnell Indizien finden, die letztlich zu den Tätern führten. Das bedeutet aber im Umkehrschluss, dass wir im Falle Hauweg bisher nicht nur wenig, sondern überhaupt keine erfolgversprechenden Ermittlungsansätze gefunden haben. Im Klartext – wir mussten nochmals bei null anfangen."

„Genau Frau Klein. Und damit dies schnellstmöglich besser wird, sitzen wir heute alle zusammen bis wir die ersten möglichen Ansätze haben" gibt Staatsanwalt Knopf das einzige Ziel des Tages vor, das ihm helfen kann, seinen Kopf aus der Schlinge zu ziehen.

107

„Das ist echt das beste Nachtsichtgerät , welches auf dem Markt zu haben ist?“ die Zweifel sind aus der Stimme von Jörg Keitel herauszuhören. „Auf jeden Fall“ die Stimme des Händlers für Jagdbedarf aus Niederbayern und dessen Zuversicht ist klar am Telefon zu vernehmen. „Du musst wissen Jörg, dass das in Amerika inzwischen ein echter Burner ist. Die kaufen die Dinger wie verrückt. Ich konnte über gute Beziehungen zwei dieser Teile ergattern. Damit entkommt dir nachts kein Wild mehr.“

Jörg Keitel vertraut seinem Lieferanten. Ist dieser doch bestens in Wirtschaft und Politik vernetzt und daher schon immer in der Lage Dinge zu liefern, von denen Andere die Finger lassen würden. Er lernte Helmut vor vielen Jahren kennen. Gemeinsam waren sie bereits mehrmals auf der Pirsch und bei einer solchen Gelegenheit ließ Helmut durchblicken, dass er aufgrund verwandtschaftlicher Gegebenheiten nichts zu befürchten hätte. „Die Dinger kommen von einem Hersteller aus Alaska. Das Beste vom Besten und normalerweise nur in der Army im Einsatz. Wenn die damit ihre Scharfschützen ausrüsten, sollte es auch für dich gut genug sein“ mit einem dröhnenden Lachen bestärkt der Niederbayer seine Auffassung.

„Gut, überzeugt. Du schickst mir eines in der nächsten Woche. Bezahlung wie gewohnt nach Sichtung der Ware. Und bevor ich's vergesse, lege noch fünfhundert Patronen vom Kaliber 8x57 IS bei. Die brauche ich auch die nächsten Tage." „Du ballerst zur Zeit ganz schön um dich" Anerkennung ist aus dem Tonfall des Bajuwaren zu entnehmen.

Als der Niederbayer mit dem prominenten Nachnamen die Bestellung in sein, in einem separaten Tresor aufbewahrtes, kleines rotes Notizbuch einträgt fällt ihm auf, dass die letzte Patronen Bestellung desselben Kalibers von seinem Kunden erst drei Monate her ist. „Entweder du bist jede Woche auf dem Schießstand oder ich will nicht wissen, wo und auf was du häufig auf der Jagd bist." Wie es aber in seinem Metier üblich ist beschließt er die Frage für sich zu behalten und sich eher zu freuen so gute und zuverlässige Kunden zu haben.

108

Die neuen Patientenzimmer in der Chirurgie Heidelberg sind großzügig bemessen. Ob allerdings die Architekten des Gebäudes je damit gerechnet haben, dass ganze Schulklassen als Besucher in ein Zimmer auf Station E01 kommen, sei dahingestellt. Jedenfalls ist Juliane Ewerts, Krankenschwester in der Chirurgie sichtlich überrascht, dass sie wegen Überfüllung des Patientenzimmers den Wagen mit den Patientenmedikamenten nicht in das Zimmer fahren kann. „Was isch donn do los?“ bringt sie in einwandfreiem Kurpfälzer Dialekt ihr Erstaunen zum Ausdruck. Kurze Zeit später weiß die komplette Station E01, dass im Zimmer 3 ein offensichtlich sehr beliebter Lehrer liegt und dessen Gesundung anscheinend zahlreichen Schülern und noch mehr Schülerinnen sehr am Herzen zu liegen scheint.

Nachdem die Schülerinvasion beendet ist, atmet Michael erleichtert auf. Die vielfältigen Fragen nach seinem Gesundheitszustand, ob ihm etwas fehlen würde und was er sonst noch alles gebrauchen könne, waren auf die Dauer doch anstrengend. Und dann noch der fast-Eklat mit Schwester Ewerts. Nur mit Mühe konnte er die normalerweise sehr freundliche Krankenschwester davon abhalten, seine Schüler vor die Türe zu setzen bzw. ganz aus der Chirurgie zu verbannen.

„Mein lieber Schwan, Michael, du scheinst ein richtig beliebter Löwenbändiger zu sein“ Anerkennung ist aus den Worten von Artur Schmitt, seinem unfreiwilligen Zimmernachbarn zu vernehmen. „Wie meinst Du das Artur?“ Michael, der mit seinem Unfallgegner und unfreiwilligen Zimmergenossen inzwischen „per Du“ ist, versteht die Bemerkung nicht sofort. „Na ja, wenn meine Enkel erzählen, wie ungern sie eigentlich die Schule besuchen und was sie von ihren Lehrkräften halten, scheinst Du schon ein besonderer Typ zu sein. Meine Enkel würden ein Freudenfeuerwerk abbrennen, wenn sie ihre Lehrer mal einige Wochen nicht sehen würden. Und bei dir? Da stehen Schülerinnen fast weinend vor Deinem Bett und Jungs fragen allen Ernstes, ob sie für Dich Rasen mähen oder was anderes erledigen sollen? Das bringt mein Bild der heutigen Generation gehörig ins Wanken. Als dann doch tatsächlich der eine Junge mich gefragt hat, ob er mein Fahrrad reparieren soll, sind mir fast die Tränen gekommen."

„Brauchst keine Sorgen zu haben, Artur" Michael versucht seinen Zimmergenossen wieder auf den Boden der Tatsachen zu bringen. „Normalerweise sind sie nicht immer nur nett. Spätestens, wenn sie für „Fridays for Future" mal wieder nicht in der Schule sind oder für die „Letzte Generation" sich auf die Straße kleben, wirst Du ganz schnell wieder anders über die Jugend von heute denken."

„Vielleicht" Artur denkt lange über seinen nächsten Satz nach „aber vielleicht waren wir als Schüler auch nicht anders."

109

In vielen Unternehmen und Behörden sind die Kaffeeautomaten der wichtigste Treffpunkt. So ist es auch im Dezernat der Kriminalpolizei in Heidelberg. Während Daniel Schubert seine 50 Cent einwirft um einen Café au lait zu erhalten, widmen ihm die umstehenden Kollegen anderer Dezernate sofort alle Aufmerksamkeit. Wolle, ein langjährig gedienter Suchtexperte, kann seine Neugierde kaum im Zügel halten. „Was ist denn bei Euch los? Seit drei Stunden hockt ihr nonstop im Besprechungsraum. Alle Prominenz anwesend und jeder zieht ein Gesicht, als ob drei Wochen Regenwetter angesagt sei." „Wenn es das nur wäre" mit einem Seufzer lässt Daniel die Kollegen einfach stehen und wendet sich wieder seinem Dezernat zu. „Wenn es das nur wäre" denkt er noch immer, während er die Klinke zum Eintritt in das Besprechungszimmer nach unten drückt.

Die Luft ist inzwischen zum Schneiden. Bei dem, normalerweise sehr auf Etikette achtenden, Staatsanwalt Knopf hängt die Krawatte nur noch auf Höhe des zweiten Hemdknopfes. Auch Kriminalrat Bauer hat sich seines Sakkos entledigt und dunkle Flecken unter seinen Achseln zeigen, wie emotional er in der Sache engagiert ist. Als Daniel seinen direkten Vorgesetzten Klaus Müller erblickt, macht er sich erstmals Sorgen um die Gesundheit seines Chefs. Eine tiefrote Gesichtsfarbe lässt auf höheren Blutdruck schließen und die zahlreichen Schweißperlen auf Stirn und im Gesicht sind deutliche Stresssymptome.

„Danke Herr Yildirim für ihre Zusammenfassung. Es ist zwar wenig Neues dabei herausgekommen, aber so haben wir zumindest in Erinnerung gerufen bekommen, dass die Munition, mögliche Reifenspuren und die Entfernung des Schützen zum Toten in Summe doch sinnvolle Hinweise ergeben können. Ich möchte jetzt Dr. Terhoven bitten uns seine Ergebnisse nochmals zusammenzufassen."

„Gerne Herr Staatsanwalt. Bevor ich aber starte möchte ich anregen, dass wir uns 10 Minuten Pause gönnen und einmal kräftig durchlüften. Ich glaube, das kann uns allen auch aus medizinischer Sicht nur guttun." Staatsanwalt Knopf wirft einen kritischen Blick in die Runde. „Nein, wir pausieren sechzig Minuten. Ich glaube, das können wir jetzt alle gut gebrauchen."

110

„Die Bullen waren bei mir" Heinrich Sure, Jäger aus Neckargemünd und Sprecher der neu gegründeten Jägerwehr, zeigt bereits im Tonfall für wie verachtend er die Vertreter der Exekutive hält. „Die habe ich vor meinem Tor abserviert. Wir lassen uns nicht verbieten, wie wir uns und unseren Wald beschützen." Auch heute ist die kleine Jagdhütte in der Nähe von Schönbrunn Treffpunkt der Jäger. Die Jägerwehr ist an diesem Nachmittag vollständig versammelt. Sieben erfahrene Waidmänner und eine Frau hören den Worten ihres Sprechers zu.

Obwohl die Mehrheit von ihnen denkt, dass Heinrich mit seiner Einschätzung zu unserem Staat und seinen Helfern völlig falsch liegt, widerspricht ihm an diesem Nachmittag niemand. Zwei weitere Jäger aus dem Neckargemünder Umland berichten über Besuche der Polizei und deren dringenden Aufforderung nicht als Jägerwehr aktiv zu werden. „Bei mir waren sie noch nicht“ berichtet der beinahe 70 jährige Kurt, der seinen Wohnsitz in Epfenbach und damit im Bereich des Polizeireviers Sinsheim hat. „Die kommen noch, kannst sicher sein. Die Sinsheimer waren noch nie die Schnellsten.“ Lautes Gelächter ist die Reaktion auf den flotten Spruch eines Hirschhorners, der offensichtlich überzeugt davon ist, dass er nie von der hessischen Polizei angesprochen wird.

„Was machen wir jetzt“ Martina, die einzige Dame in der Runde mit einjähriger Jagderfahrung stellt die eigentlich entscheidende Frage. „Was wohl?“ geradezu empört reagiert Heinrich auf die Frage. „Natürlich machen wir weiter. Wenn einer von uns in seinem Revier was bemerkt, ruft er die Anderen als Verstärkung oder regelt die Sache selbst.“ Der kalte Ton in dem Heinrich Sure die letzten Sätze gesprochen hat, lässt nicht nur der anwesenden Dame kalte Schauer über den Rücken laufen. „Wie meinst du das?“ fragt ein Neckargemünder, der kein eigenes Revier sondern lediglich Begehungsrecht bei einem vermögenden Jagdpächter hat. „Ganz einfach" Sure legt eine kurze Kunstpause ein. „Ihr glaubt doch nicht, wenn mir ein komischer Kauz über den Weg lauft, dass ich warte bis der mich vom Hochsitz schießt."

111

Nach dem Regen der letzten Nacht wabert dichter Nebel durch das beschauliche Steinachtal. Martina Hauweg, Witwe des erschossenen Manfred Hauweg, und seit gestern nach amtlicher Mitteilung des Nachlassgerichts in Heidelberg, alleinige Erbin seines gesamten Vermögens, geht gemeinsam mit ihrer Freundin Paula den Radweg Richtung Neckarsteinach hinab. „Du kannst Dir gar nicht vorstellen, wie froh ich bin, den Lutz in der Küche zu haben. Ohne ihn, wäre ich völlig aufgeschmissen." Verständnisvoll nickt Paula ihr zu, verzichtet jedoch auf jede andere Form einer Kommentierung. „Ich werde ja bald noch verrückt" fährt die Witwe fort. „Jeder will was von mir. Der Bestatter, die Gemeinde, die Kripo und natürlich die Mitarbeiter. Jeden Tag kommt massenhaft Post als sei es das Wichtigste, nicht den Mörder zu fassen, sondern mich mit irgendwelchem Mist auf andere Gedanken zu bringen." „Kann ich Dir dabei helfen?" Paula, die eigentlich von Beruf Schreinerin ist und nie was mit Papierkrieg zu tun haben wollte, macht ein überraschendes Angebot." „Nein, lass mal" die Absage komm prompt. „Ich bin ja froh, wenn mir jemand nur mal zuhört. Du kannst Dir nicht vorstellen wie es ist, den Laden zu führen und gleichzeitig zu denken, dass wir vielleicht dem Mörder von Manfred gerade sein Bier hinstellen. Es ist furchtbar, die Kripo muss ihn fassen. Sonst komme ich nicht zur Ruhe."

Bei ihrer Rückkehr ins Gasthaus stellt Martina Hauweg zum wiederholten Male fest, dass sie sich auf ihr Team verlassen kann. Fast alle Plätze sind auch heute Nachmittag besetzt und offenbar haben auch die Stammgäste akzeptiert, dass es bis auf weiteres kein frisches Wildbret aus dem Odenwald geben wird.

„Ich lege mich etwas hin" flüstert sie ihrer Mitarbeiterin Silke zu, die heute den Service in ihren Händen hat. „Ist gut Chefin, wir kommen klar." In ihrer Wohnung angekommen, findet sie jedoch keine Ruhe. Wenige Minuten später hat sie eine Mitarbeiterin der Kripo am Ohr, die ihr berichtet, dass sie heute mit Sicherheit Kriminalhauptkommissar Müller oder sein Team nicht erreichen wird.

Enttäuscht beendet sie ohne weitere Worte das Gespräch. Obwohl sie normalerweise nicht gläubig ist, faltet sie die Hände zu einem Gebet. „Wenn mir niemand mehr hilft, vielleicht bist du doch zur Stelle." In einer kurzen Pause schaut Silke kurz nach ihr und findet ihre Chefin tief und fest schlafend auf der Couch vor. Unten im Gastraum macht sie dann eine klare Ansage „Sollte einer es wagen, die nächsten drei Stunden unsere Chefin zu wecken, bekommt er oder sie es mit mir zu tun." Der Ton in der Stimme lässt keinen Zweifel zu, dass dem auch tatsächlich so ist.

112

Obwohl Staatsanwalt Knopf ein großer Anhänger von Pünktlichkeit und Disziplin ist, übt der doch Nachsicht, dass die Besprechung erst nach fünfundsechzig Minuten beginnt. Grund ist, dass der Gerichtsmediziner Dr. Terhoven ihn in der Pause anrufen ließ und um eine kurze Verlängerung bat. Er sei noch in der Gerichtsmedizin und komme sogleich.

Natürlich hatte der Staatsanwalt die Hoffnung, dass Dr. Terhoven mit neuen Infos zum Mordfall Hauweg ums Eck kommen würde. Leider berichtete der Gerichtsmediziner beim Eintritt, dass nicht der Mordfall, sondern der spontane Ohnmachtsanfall einer Medizinstudentin bei ihrer ersten Autopsie der Grund für sein späteres Erscheinen ist. „Die junge Dame hatte kaum das Skalpell in der Hand, da wurde sie grün im Gesicht und fiel dann um wie ein Sack" beschreibt er ziemlich bildhaft die Situation. „Dann lassen sie uns von der hoffentlich wieder quicklebendigen Studentin zum leider dauerhaft toten Herr Hauweg wechseln. Herr Dr. Terhoven, ich darf ihnen gleich das Wort erteilen, geht der Staatsanwalt zielführend voran.

Während der Gerichtsmediziner unerwartet ausschweifend beginnt, seine doch recht dürren Ergebnisse zu berichten, ist Rike mit anderen Gedanken beschäftigt. Auf dem Flur hat ihr eine junge Kollegin berichtet, dass die Wirtswitwe angerufen habe. Sie habe diese freundlich abgewiesen und auf morgen vertröstet. Rike, die durch den Unfall von Michael erfahren hat, wie schnell sich Lebenssituationen grundlegend ändern können, drückt deshalb ein schlechtes Gewissen. „Ich werde sie heute noch anrufen“ sind ihre letzten Gedanken, bevor sie sich gerade wieder rechtzeitig auf den Bericht von Dr. Terhoven konzentrieren kann.

„Ich komme jetzt zur Zusammenfassung“ hört sie diesen sagen. „Wer auch immer Michael Hauweg erschossen hat, war ein geübter Schütze. Bei einem Hirsch oder Reh würde man sagen „Blattschuss“. Bei Michael Hauweg war es ein einziger gezielter Schuss, der genau mittig in der Stirn einschlug. Dies kann meines Erachtens kein Zufall sein. Wir reden also keinesfalls über eine verirrte Kugel oder einen Zufallstreffer, sondern nach meiner Einschätzung einem gezielt tödlichen Schuss, der vom Gehirn nicht mehr viel übrig ließ. Wenn die KTU, aufmerksam wendet sich der Kopf von Hakan

Yildirim ihm zu, berichtet, dass der Schuss aus mindestens hundertzwanzig Meter abgegeben wurde, so haben wir es hier mit einem Präzisionsschützen zu tun.

„Uff die rund hunnerdzwonzisch Meder könne sie sich verlosse“ bestätigt Hakan Yildirim. „Mir häwe des genau nochvollziehe kenne. Die Kugel war jos onzische was sisch im Kopf noch gfune hot. Und doraus konnte ma ja den Standpunkt vom Schütze durch Versuche ziemlich genau bstimme. Wi de Dokter sescht, des war schun en Kunschtschütze.“

Rike, noch immer nicht mit den Tiefen des Kurpfälzer Dialekts vertraut, schaut ihren Chef mit großen Augen an. „Das übersetze ich dir später“ flüstert er ihr zu.

Kriminalrat Bauer fasst zusammen: „Also, das ist doch schon was. Wir suchen also jemanden der sich im Wald, zu welchem Zwecke auch immer, rumtreibt, ein Präzisionsgewehr dabei hat, mit diesem aus hundertzwanzig Meter genau schießen kann und keine Skrupel hat, auf diese Entfernung auch noch einen friedlichen Jäger in die ewigen Jagdgründe zu befördern.“ „Und der möglicherweise einen Wagen dabei hatte, dessen Reifenspuren wir in Tatortnähe sichern konnten“ ergänzt Yildirim einen für ihn wichtigen Aspekt. „Letzteres ist nur Vermutung Kollege. Sie glauben doch nicht, dass nachdem wir einen Brandstifter mit Radspuren überführen konnten, wir gleich danach noch einen Mörder mit seinen Autospuren überführen können" bremst KHK Müller die Euphorie des Kriminaltechnikers.

„Wir haben jetzt nach 15 Uhr." Staatsanwalt Knopf sieht vor seinem geistigen Auge seine weiter wachsenden, unbearbeiteten Aktenberge. „Wie wollen wir weiter vorgehen?" „Bevor wir diese Frage beantworten, will ich ihnen berichten, was ich an Informationen zu unserem Fall beitragen kann." Alle Augen richten sich augenblicklich auf den Kriminalrat.

113

Mit den Worten „Ich geh noch mal raus ins Revier" steigt Kurt in seinen betagten Lada Niva auf dessen Anhängerkupplung eine für Jäger typische Wildwanne angebracht ist. In den letzten Jahren lag in dieser zunehmend weniger Beute. Kurt führte das auf den erhöhten Jagddruck auf das Wild durch Jogger, Montainbiker oder Wanderer in seinem Revier in der Brunnenregion zurück. Niemals wäre er auf die Idee gekommen, dass möglicherweise sein nachlassendes Augenlicht und eine Verschlechterung seines Hörvermögens der wahre Grund sein können.

„Das ist aber echt ein sch... Wetter heute" denkt er noch, während er den Geländewagen im strömenden Regen zu seinem neu erbauten Hochsitz quält. Wenig später ist er auf dem Ansitz und wartet geduldig auf Rotwild oder Schwarzkittel.

114

„Ich habe daraufhin einen alten Schulkameraden angerufen, der mir bereitwillig einen Einblick in die Welt des Waldes ermöglichte. Ich kann ihnen sagen, da gibt es Dinge“ inzwischen würde man eine Stecknadel im Besprechungsraum der Heidelberger Kriminaldirektion fallen hören.

„Wenn ich sie richtig verstanden habe, Herr Kriminalrat, suchen wir unseren Mörder möglicherweise unter

- radikalen Tierschützern
- Wilderern
- Waffenenthusiasten, die im Wald Schießübungen veranstalten oder
- Radikalen Windkraftgegnern.

Rike schüttelt den Kopf. „Entschuldigung, das ist doch lächerlich. Der letzte berühmte Wilderer war möglicherweise der Schinderhannes im Hunsrück oder Little John im Sherwood Forest. Und Waffenenthusiasten, die mit großem Kaliber durch die Gegend knallen? Das ist doch bei uns unvorstellbar. Das Gleiche gilt doch für radikale Tierschützer, die haben wir doch eben gerade erlebt. Die wollen Tiere befreien und keine Menschen töten. Das gilt auch für Windkraftgegner. Die rufen inzwischen zu Bürgerentscheiden auf und schießen Befürworter nicht über den Haufen.

Nein, ich sehe immer noch die Möglichkeit, dass Michael Hauweg nicht zufällig, sondern ganz gezielt erschossen wurde. Es gibt vielleicht irgendein persönliches Motiv, was wir bisher übersehen haben."

„Dann haben wir doch jetzt einen Plan wie wir weiter ermitteln werden." Du Rike, kümmerst dich nochmals um die Frage, ob wir ein persönliches Motiv übersehen haben. Daniel Schubert und ich werden versuchen Informationen über die vier Gruppen zu gewinnen um zu sehen, ob uns das weiterbringt. Ist das ein Plan?" Klaus Müller blickt fragend in die Runde. „Das ist ein Plan und ein guter Tag für uns. Jetzt an die Arbeit." Nach diesen Worten vom Staatsanwalt endet die längste Sitzung in der Geschichte der Kriminaldirektion. Inzwischen ist es beinahe 17 Uhr und der trübe Tag wird gerade durch eine dunkle Nacht abgelöst.

„Das reicht für heute, Feierabend." Klaus Müller ist noch nicht in Kleingemünd bei seiner Familie angekommen, als das Bereitschaftstelefon für ihn unmissverständlich anzeigt, dass der Arbeitstag noch lange nicht beendet ist.

115

An der Einsatzstelle eintreffend sieht Klaus Müller als erstes einen betagten Lada mit einer eigenartigen Konstruktion auf der Anhängerkupplung. Sein linker Fuß versinkt beim Aussteigen mit einem unmissverständlichen Ton mitsamt des neuen Lederschuhs im tiefen Morast. „Na klasse, wie will ich das meiner Anne erklären" denkt er noch, als ein uniformierter Kollege des Reviers Sinsheim auf ihn zukommt. „Hallo Klaus schön, dass du da bist" wird er herzlich begrüßt. „Mensch Dieter, schon lange nicht mehr gesehen." Klaus Müller freut sich seinen alten Kollegen wieder zu treffen, der mit ihm gemeinsam vor beinahe 40 Jahren in den Polizeidienst eingetreten ist. „Was liegt denn genau an?" „Eigentlich ein Jagdunfall, aber es ist schon grenzwertig. Ein etwas betagter Jäger war sich sicher, dass er in der Dämmerung einen Mann erblickt hat, der sich ihm auf seinem Hochsitz bedrohlich näherte. Er habe auch ein Gewehr in der Hand gehabt. Aber alles weitere soll er dir am besten selbst erzählen." „Gibt es Verletzte?" „Ja. Der „Mann" war eine 83 jährige Frau, die mit ihren Nordic Walking Stöcken auf dem Waldweg unterwegs war. Die Walking-Sticks waren übrigens das vom Jäger ausgemachte Gewehr.

Getroffen wurde sie an der Schulter. Glatter Durchschuss. Notarzt und Rettungsdienst sind schon auf dem Weg nach Sinsheim. Lebensgefahr für die Dame besteht nicht, an Stelle des Schützen wollte ich ihr allerdings nicht begegnen, die ist echt geladen."

„Dann mal auf zum Schützen" während auch der rechte Schuh bei den nächsten Schritten einen tiefschwarzen, stinkenden Überzug bekommt, nimmt sich Klaus Müller vor, zukünftig nur noch mit Gummistiefeln im Auto in den Einsatz zu fahren.

116

„„Little John" im Odenwald" vor Lachen fällt Michael Bannings sein Serviertablett auf den Boden. „Ihr müsst echt verzweifelt sein, wenn euch nichts Besseres einfällt. „In Deutschland gibt's doch keine Wilderei. Hier ist doch sogar geregelt, wann überhaupt ein Wald betreten werden darf" er schüttelt sich nochmals vor Lachen, während Rike die aufgeschnittenen Salamischeiben vom Boden des Krankenzimmer aufsammelt. Bevor sie Michael eine Antwort geben kann, meldet sich vom Nebenbett sein Unfallgegner Artur. „Da täusch dich mal nicht mein englischer Freund. Du glaubst nicht, was da manchmal los ist. Ich war ja nicht das erste Mal mit dem Bike im Wald. Egal um welche Uhrzeit ich unterwegs war, alleine bist du im Wald nie. Waren es im Spätsommer untertags massenweise

Pilzsammler kommen jetzt im Herbst die Wanderer und Radler aller Couleur. Bald beginnt die Zeit der Freizeit-Holzmacher und derjenigen, die mit Rückeschlepper, Motorsäge und Langholztransporter massenweise Holz aus dem Wald schlagen. Bei Einbruch der Dämmerung kommen die Nächsten. Förster, Jäger, Jagdbegeher, Jogger mit Kopflampen und Radler mit Hochleistungs-Lichtanlagen, die tagsüber arbeiten müssen. Ich kann mir schon vorstellen, dass bei dem ganzen Trubel der ein oder andere dabei sein kann, der nicht ganz legal unterwegs ist. Und dabei denke ich nicht an Mountainbiker, die quer durch den Wald düsen." „Aber trotzdem" will Michael seinen Bettnachbarn einfangen. „Artur hat recht" unterbricht seine Rike ihn. „Ich glaub ja schon, dass da viel Volk unterwegs ist., aber einen kaltblütigen Mord? Das passt irgendwie da doch nicht rein." „So Frau Bannings, es wird Zeit, dass sie gehen. Die Herren kriegen jetzt noch einen Verbandwechsel und die Besuchszeit ist schließlich auch schon eine Stunde vorbei." Rike, die zwar Klein heißt aber auch mit Bannings gut leben kann, ist der Pflegerin geradezu dankbar. Wäre sie doch beinahe der Versuchung erlegen, mit den zwei Patienten Details einer Mordermittlung zu diskutieren. Und das geht natürlich überhaupt nicht.

Bei der Ausfahrt aus dem Parkhaus der Uni-Klinik beschließt sie sich heute zum Ausgang was Gutes zu gönnen und steuert das beschauliche Sinsheim an, um in der weniger beschaulichen Badewelt noch zwei Stunden in der Sauna zu verbringen. Schließlich gilt es zu überlegen, wie sie morgen in ihren Teil der Ermittlungen einsteigen kann.

117

Daniel Schubert hat noch nicht die A 656 zwischen Heidelberg und Mannheim erreicht, als sein Freund Alex ihm eine kurze Nachricht schickt. „Kamikaze geht es schlecht. Komm sofort beim Tierarzt vorbei."

Wenig später stehen sie gemeinsam in den Mannheimer Quadraten. Der erfahrene Tierarzt weiß, dass die nächsten Minuten nicht schön werden. Mit ruhiger Stimme und gesenktem Blick berichtet er, dass Kamikaze offensichtlich an Nierenversagen leidet und die Erkrankung schon sehr weit fortgeschritten sei. Er könne nichts mehr tun und empfehle das Tier einzuschläfern um weiteres Leiden zu ersparen.

Alex und Daniel fühlen sich, als sei eine Dampfwalze über sie hinweg gefahren. Zwei Stunden später räumt Daniel die Utensilien von Kamikaze zusammen und räumt sie in den Keller. Wenig später beginnt für Beide eine unruhige Nacht. Die quälende Frage, ob es die richtige Entscheidung war und das Gefühl ein Familienmitglied verloren zu haben, lässt sie nicht los.

118

Zitternd steht ein sichtlich erschütterter Herr vor dem Streifenwagen. Klaus Müller geht zielstrebig auf ihn zu. „Sind Sie Kurt Anders?“ Der Angesprochene richtet sich auf. „ja, der bin ich.“ „Mein Name ist Klaus Müller, Kriminalhauptkommissar bei der Kripo in Heidelberg. Was ist denn passiert?“ Der Schütze berichtet stockend, dass er schon eine gute Stunde auf dem Hochsitz nach Wild Ausschau gehalten habe. Wie so oft ohne Erfolg, dann habe er Jemanden auf sich zukommen sehen. „Dann musste ich plötzlich an den Hauweg denken. Ich war mir sicher Herr Kommissar, dass das der Schütze war und er ein Gewehr in der Hand hatte. Gut, vielleicht sehe ich nicht mehr so genau wie früher, aber ich war mir sicher. Schließlich haben wir heute bei der Jägerwehr genau über die Situation gesprochen.“ Klaus Müller, der einen ersten Anflug von Mitleid mit dem Schützen verspürt, schreckt geradezu auf. „Sie sind Mitglied der Jägerwehr?“ „Ja, wir müssen uns doch verteidigen. Notwehr ist doch jedermanns gutes Recht.“ „Sie wurden doch sicher angesprochen, dass die Jägerwehr nicht rechtens ist?“ Bevor der Angesprochene antworten kann, meldet sich sein Kollege von der Streife „Tut mir leid Klaus, da sind wir noch nicht dazu gekommen. Du weißt ja, das Personal.“ Während Klaus Müller ob des Versäumnisses seinen Schock verdauen muss, gibt er nur noch Weisung den Schützen mitzunehmen und eine kostenlose Übernachtung in Heidelberg für ihn zu organisieren.

119

„Daniel geht es nicht gut. Er hat sich für heute entschuldigt. „Todesfall in der Familie“ mehr wollte er nicht sagen“ berichtet Rike ihrem Chef über ein am frühen Morgen geführtes Telefonat. „Ok, dann mache ich mich alleine auf den Weg um bei den Kollegen nachzuforschen“ ist seine Reaktion.

Wenig später ist auch Rike auf dem Weg. Sie hat sich entschlossen, nochmals bei Frau Hauweg direkt vorbei zu fahren. Während sie die lange Durchfahrt durch Ziegelhausen wieder als sehr nervend empfindet, nutzt sie die Zeit, sich telefonisch in Schönau anzukündigen. Eine Mitarbeiterin berichtet, dass ihre Chefin einkaufen sei, aber sicher in einer Stunde wieder im Gasthaus zurück ist. Um die Zeit zu überbrücken beschließt sie dem Teltschikturm bei Wilhelmsfeld mit seiner grandiosen Aussicht einen kurzen Besuch abzustatten. Hier, so ist sie sicher, wird heute die notwendige Ruhe sein um nochmals über das weitere Vorgehen nachzudenken.

Bereits am Parkplatz „Langer Kirschbaum“ ist sie überrascht, dass an diesem Arbeitstag dutzende Menschen unterwegs sind. Wanderer, Radfahrer und ganze Schulklassen ziehen Richtung Weißer Stein, Teltschikturm oder Abenteuerwald ihres Weges. Dies gilt auch für den Turm selbst. Neben ihr ist eine weitere Schulklasse dort eingetroffen und ein Trupp der Feuerwehr übt mit Atemschutzgeräten, wie oft sie bis zur völligen Erschöpfung den Turm hinauf- und wieder hinabsteigen können.

Auch auf 41 Meter Höhe über Grund ist es nicht leiser. Ein eben eintreffender Atemschutzgeräteträger pfeift wie Darth Vader aus Star Wars in seinen besten Zeiten. Bevor Rike ihn fragen kann, ob er ihrer medizinischen Hilfe bedarf stürzt dieser sich bereits wieder die Treppen hinab. „Komischer Sport“ denkt sie noch, dann zündet eine ältere Jugendliche sich den ersten Joint des Tages neben ihr an. Bevor Rike sich selbst die Frage stellen muss, ob sie als Polizistin im Dienst zum Eingreifen verpflichtet ist, beschließt sie den Rückweg anzutreten. „Wenn ich das meinen Insulanern berichte, werden sie alle nur den Kopf schütteln“ denkt sie noch an die Situationen zurück, bevor sie die Fahrt nach Schönau fortsetzt.

120

Bei der Polizei gibt es für fast alle Straftaten Spezialisten. Dies hat den Vorteil, dass konkretes Wissen gebündelt und schlagkräftig eingesetzt werden kann. Das hat gleichzeitig für andere Ermittler den Nachteil, dass möglicherweise eine intensive Recherche erforderlich ist, um die richtigen Ansprechpartner zu finden.

Die Telefonate mit den Kollegen, welche sich mit den Themen eines radikalen Tierschutzes und des radikalen Widerstandes gegen Windenergie beschäftigen, sind wenig hilfreich. Beide Kolleginnen bestätigen, dass es auch hierbei gewaltbereite Aktivisten in diesen Gruppierungen gibt. Es gibt jedoch keinerlei Erfahrungen in diesem Zusammenhang mit Schusswaffen. „Wissen Sie“ erläutert eine Kollegin „wer Tiere oder Bäume liebt, gefährdet im Extremfall sein eigenes Leben. Aber auf die Idee zu kommen, jemanden von der „Gegenseite“ zu töten, möchte ich völlig ausschließen. Wir haben in den vergangenen Jahren auch schon viele Aktivisten auf frischer Tat ertappt. Waffen, ja die haben wir dabei auch gefunden. Taschenmesser, Hand- und Akku-Motorsäge oder auch mal einen Seitenschneider. Und vielleicht fliegen auch mal die Fäuste, aber Schusswaffen? Völlig ausgeschlossen und abwegig. Das sind meistens „Gutmenschen“ und keine Mörder“ fasst sie ihre Erkenntnisse zusammen.

Wenig später sitzt Klaus Müller vor der schriftlichen Zusammenfassung der Telefonate. Nachdem diese ihren Weg in einen Aktenordner gefunden haben, geht er zu der großen Pinnwand und macht durch die Stichworte „Tierschützer“ und „Windkraftgegner“ einen dicken Strich.

Die nächsten Telefonate beginnen mit der 0711, die Vorwahl für die baden-württembergische Landeshauptstadt Stuttgart.

121

„Sie sind sich absolut sicher?“ Rike fasst nochmals nach, obwohl die Witwe Hauweg bereits jetzt um Fassung ringt. „Natürlich Frau Klein. Mein Mann hatte keine Geliebte und auch keine Feinde. Er war die Sympathie und Freundlichkeit in Person und konnte keinem Menschen ein Haar krümmen.“ „Gab es berufliche Neider?“ „Die gab es schon. Früher und in einer Zeit, als wir im Odenwald mehr Wirtshäuser als Gäste hatten. Das ist aber lange her. Heute freuen wir uns doch, wenn einer ein Lokal aufmacht. Das nimmt dann Druck von denen, die kein Personal aber viele Gäste haben.“ Bei einem Blick in den auch heute Nachmittag prall gefüllten Gastraum stimmt Rike innerlich zu. „Gab es auch mal Spannungen hier im Haus?“ sucht sie einen neuen Ansatz. „Hier“ Frau

Hauweg lacht schallend auf. „Wir sind das beste Team, das man sich denken kann. Natürlich mussten auch wir uns am Anfang, und das ist vor zwanzig Jahren gewesen, zusammen raufen. Wir wissen alle, dass wir nur gemeinsam Erfolg haben können.“ „Wer raufte sich damals mit wem zusammen?“ Rike zeigt mit der Frage, dass sie der Witwe sehr genau zugehört hat.

Beim Verlassen der Gaststätte „Hirsch“ hört Rike die Glocken vom Kirchturms zum 14 Uhr-Läuten. Im Wagen geht sie nochmals ihre kompletten Notizen des heutigen Gespräches durch. Es ist wie verhext. Keine Ermittlungsansätze wohin das Auge reicht. Selbst die von Frau Hauweg geschilderten anfänglichen Konflikte hielten der sofortigen Nachforschung nicht stand. Offensichtlich hatten sich Manfred Hauweg und der Küchenchef Lutz Feigenbutz anfänglich öfter in den Haaren. Hauweg versuchte anfangs seinem ausgebildeten Küchenmeister vorzuschreiben, wie dieser seine Küche zu organisieren hatte. Dies ließ sich dieser nicht gefallen, kündigte und wechselte für wenige Wochen zur Konkurrenz. Ein ehrliches „mea culpa“ und ein dramatisch aufgebessertes Gehaltsangebot von Seiten der Familie Hauweg ließen Lutz Feigenbutz wieder an den Herd im „Hirschen“ zurückkommen.

Seitdem waren wohl die Fronten geklärt und die Tatsache, dass Lutz Feigenbutz seither viele Jahre hier arbeitete lässt auch nicht auf Konflikte schließen. Und letztlich war er zum Zeitpunkt des Mordes nachweislich nicht im Eiterbacher Wald, sondern zwischen den Töpfen in der Wirtshausküche unterwegs, wofür es unzählige Zeugen gab.

Auf Höhe der Tankstelle in Schönau meldet auch ihr Telefon wieder Netzempfang. So nutzt sie die längere Fahrt nach Heidelberg um Klaus Müller von ihren Erkenntnissen zu berichten. Unterhalb der Burg Schadeck, die alle Einheimischen nur Schwalbennest nennen, erfuhr sie nebenbei, dass sie ihren nächsten Arbeitstag überwiegend in Stuttgart verbringen wird.

122

Nicht nur in Deutschland ist es ein trüber Tag. Regnerisch ist es heute auch im vom Brexit-geprägten Süden Englands. Steve McNamara, Mentor und väterlicher Freund von Michael Bannings, sieht bereits auf dem Display seines Telefons, dass der jetzige Anruf aus Deutschland kommt. Dem fragenden Blick seiner Frau Ellen begegnet er mit dem kurzen Wort „Heidelberg“ und nimmt dann entspannt das Gespräch entgegen. „Hallo Ihr Turteltäubchen, wie geht es euch?“ ist seine übliche Begrüßung. An seinem

Gesichtsausdruck erkennt Anne sofort, dass der Anruf nicht nur freudige Nachrichten beinhaltet. Spätestens als Steve die Frage stellt, wie lange Michael noch in der Klinik bleiben muss wird ihr deutlich, dass auf dem Festland irgendetwas passiert sein muss. Überzeugt, dass ihr Gatte sie nach dem Ende des Telefonats sicherlich über alles Wichtige informieren wird, wendet sie sich wieder ihrem geliebten Nachmittagstee mit frischen Scones und der dazugehörigen Cream inklusive der krönenden Orangenmarmelade zu. Mit einem breiten Grinsen betritt Steve fast eine Stunde später die heimische Küche. „Stell Dir vor. Es gibt Zufälle. Da fährt ein Biker unseren Michael mitsamt seiner Schulklasse mitten im Wald über den Haufen. Und was macht er daraus? Stellt fest, dass der Radler ehemals Standesbeamter war und erfährt über diesen, dass Heiraten in Deutschland für einen Briten wesentlich einfacher ist, wie für eine Deutsche bei uns. Jetzt ist Michael überzeugt, dass bald in Deutschland geheiratet wird und diesmal wirklich alles glatt läuft." Mit einem Seufzer lässt sich Steve auf ihr betagtes Mobiliar fallen. „Bin ich froh, wenn der endlich unter der Haube ist. Das ist ja sonst nicht zum aushalten Sie muss eigentlich nur noch ja sagen."

123

Der Bahnhof Stuttgart-Bad Cannstatt empfängt die beiden Heidelberger Ermittler an diesem Morgen mit einem stürmischen Wind. Der wolkenverhangene Himmel passt zu den trostlosen Graffitis der VfB-Fans, die ohne künstlerischen Anspruch fast jede Fassade und Mauer verschönern. Kaum jemand ist außer ihnen heute zu Fuß unterwegs. Klaus Müller und Rike Klein nutzen den gemeinsamen Fußweg um sich nochmals abzustimmen.

Keine 15 Minuten später stehen sie in der Taubenheimstraße 85 vor einem schmucklosen Bürobau der 70er Jahre. Ein kleines Schild am Eingang weist das Gebäude als Sitz des Baden-Württembergischen Landeskriminalamts aus. Hier werden sie um 10 Uhr erwartet um von zwei Kollegen der Abteilung Einsatzunterstützung weitere Informationen zu erhalten.

Bernd Martin, ein etwa 45 jähriger stämmiger Schwabe, begrüßt seine Kollegen aus Heidelberg. Dabei ist noch Richard Schmitt. Schmitt. offensichtlich kurz vor der Rente stehend, spricht in einer Sprache, die Rike noch nie zuvor gehört hat. So kann sie der folgenden Besprechung nur teilweise folgen, während ihr Kollege Müller wohl ungeahnte Sprachtalente haben muss.

Müller berichtet den Kollegen, dass die Ermittlungen in einem Mordfall auf ein Zufallsopfer hindeuten. Der aktuelle Ermittlungsstand deute darauf hin, dass der Ermordete möglicherweise zufällig zur falschen Zeit am falschen Ort war. Die Qualität des tödlichen Schusses aus größerer Entfernung lasse den Schluss zu, dass ein sehr geübter Schütze der Täter ist. Die Vermutung der örtlichen Ermittler ist, dass der Tote Manfred Hauweg möglicherweise Schießübungen von Waffennarren beobachtet hat oder Wilderer bei deren Aktivität gestört hat.

„Dann lassen sie uns mit ihrer ersten Vermutung beginnen" übernimmt Bernd Martin das Gespräch. „Wie sie wissen haben wir in Deutschland eigentlich eines der strengsten Waffengesetze der Welt. Warum eigentlich, dazu komme ich später. Wir gehen davon aus, dass bis in die späten 80er Jahre die Bundesrepublik eine im Vergleich zu heute geradezu waffenfreie Zone war. Neben der Bundeswehr und der Polizei waren es in erster Linie die Jäger, welche über nennenswerte Bestände an Waffen verfügten. Dazu kamen wenige Privatleute, die aus Gründen des Selbstschutzes eine Waffenbesitzkarte von den zuständigen Landratsämter erhielten.

Dann kamen die wilden 90er. Der Zusammenbruch des Warschauer Pakts, die deutsch/deutsche

Wiedervereinigung und bewaffnete Konflikte auf dem Balkan sorgten dafür, dass in Mengen Waffen in Deutschland auf den Markt kamen. Wir waren als Polizei darauf nicht vorbereitet und so gibt es seitdem einen Schwarzmarkt, der immer wieder Nachschub an Waffen aus allen Krisenregionen Europas erhält.

Seitdem stellen wir bei unseren selten Ermittlungserfolgen immer mehr fest, dass nicht nur die Zahl der Waffen, sondern auch die Qualität der Waffen immer mehr zunimmt. War früher eine Pistole schon eine Nummer, so reden wir heute über halbautomatische Waffen, Präzisionsgewehre für Scharfschützen, bis hin zum Granatwerfer. Daneben hat sich auf diesem Markt auch die angebotene Munition geändert. Es wird gefährlicher. Kugelsichere Westen durchschlagende Patronen gehören genauso ins Angebot wie ummantelte Geschosse, die auch gepanzerten Fahrzeugen zur Gefahr werden.

Aktueller Stand aus Sicht des LKA ist, dass wir auch in Baden-Württemberg noch nie so viele illegale Waffen hatten wie heute. Die Landratsämter sind schon lange nicht mehr Herr des Verfahrens und bei der Aufgabe die Einhaltung der Waffengesetze zu gewährleisten, völlig überfordert. Sie haben ja vielleicht mitbekommen, wie diese in die Kritik gekommen sind als klar wurde, dass Waffenbesitzer in den seltensten Fällen zuhause einmal kontrolliert werden. Da reden wir übrigens nur über die Menschen, die ihren Waffenbesitz ordnungsgemäß angemeldet haben.

Ich möchte ihrer Überlegung allerdings in einem Punkt widersprechen. Unsere schwäbischen und badischen Waffennarren haben diese normalerweise bei sich im Keller. Die gehen vielleicht mal nachts alleine auf einen Schießstand oder bauen sich diesen sogar auf dem eigenen Grundstück selbst. Es gibt in Baden-Württemberg bisher keine Erkenntnisse, dass diese organisiert wie in anderen Bundesländern vorgehen und sich geradezu in paramilitärischer Ausbildung begeben. Bei ihren Ermittlungen haben sie vielleicht an einen Vorfall in Mecklenburg-Vorpommern gedacht, der dort unter dem Stichwort „Nordkreuz“ bekannt worden ist. Eine solche Organisation finden sie bei uns bisher glücklicherweise nicht.“

Rike, die den Ausführungen des Stuttgarter Kollegen auch sprachlich folgen konnte, streicht gedanklich auch diese Möglichkeit für ihre Ermittlungen.

„Gut“ hört sie Klaus Müller sagen „dann reden wir einmal über die Wilderei.“

124

Jörg Keitel ist an diesem Tag selten gut gelaunt. Das Geschäft läuft schlecht, obwohl seine Kunden so viel

Wild bestellen wie lange nicht. Jetzt im November ist besonders das Rotwild gefragt. Egal wie er sich anstrengt, es gelingt ihm dieser Tage nicht, genug hiervon zu erlegen.

Gerade hat wieder ein Lokal aus Ettlingen angerufen und Wildschweine aus dem Schwarzwald geordert. Das Lokal, welches mit „Wild aus den heimischen Wäldern wirbt" ist schon lange nicht mehr bereit den heimischen Wildlieferanten den von ihnen geforderten Preis zu zahlen. Da lohnt es, die Telefonnummer von Jörg Keitel zu kennen.

„Dann geh ich morgen früh mal wieder hoch ins Kleingemünder Naturschutzgebiet. Mit etwas Glück laufen mir die richtigen Schweine dort über den Weg" denkt er sich während er die Bestellung notiert „ob die Sauen aus dem Schwarzwald oder Odenwald kommen, ist denen zum Schluss doch egal. Hauptsache billig."

Bevor er zu Ende geschrieben hat, meldet sich erneut sein Handy. Diesmal ist es ein Lokal aus Eberbach das fragt, ob er auch billige Forellen besorgen kann. „Das fehlt gerade noch" ziemlich unfreundlich bescheidet er die Frage seinem Kunden negativ. „Was denken die denn? Soll ich einen Fischteich überfallen?"

Wenige Stunden später, es ist noch stockdunkle Nacht, klingelt bereits sein Wecker wieder. Er nimmt sich seine Ausstattung, steigt in seinen geländegängigen Toyota und steuert dem Ortsende von Neckargemünd entgegen um dort, möglichst ungesehen, seinem Treiben erfolgreich zu frönen.

125

„Ja die Wilderei" der kurz vor der Pensionierung stehende Richard Schmitt ergreift das Wort. Rike Klein allerdings versteht von nun an, wenn überhaupt, nur noch Fragmente der künftigen Unterhaltung. Sie vermutet, dass ihr Kollege einen Sprachfehler haben muss und wundert sich, dass sowohl Bernd Martin als auch Klaus Müller offenbar dessen Ausführungen folgen können.

„Wie sie sehen, gehöre ich zu den älteren Kollegen hier im LKA" hört Klaus Müller seinen Kollegen berichten. „Wilderei war bei uns jahrzehntelang überhaupt kein Thema. Dies änderte sich schlagartig am 31. Januar 2022. An diesem Montag wurden zwei Kollegen von uns im rheinland-pfälzischen Kusel Opfer eines heimtückischen Mordes. Sie erinnern sich wahrscheinlich. Sie stoppten am frühen Morgen zwecks Verkehrskontrolle einen Wagen auf einer Landstraße und wurden eiskalt mit einer großkalibrigen Waffe und ohne jede Chance erschossen. Da sie über Funk noch melden konnten, dass sie Wild im Wagen entdeckt hatten, kam sofort der Verdacht auf Wilderer auf. Dies bestätigte sich bei den weiteren Ermittlungen. Es kam zu Festnahmen im Saarland. Beide Tatbeteiligten wurden inzwischen zu sehr langen Haftstrafen verurteilt.

Im Laufe des 31. Januar 2022 erkundigte sich das Innenministerium bei uns, ob und wenn ja wie viele Fälle von Wilderei bei uns in Baden-Württemberg bekannt sind. Natürlich verbunden mit der Frage, ob es auch hier Erfahrungen mit der Gewaltbereitschaft erwischter Wilderer gäbe. Wir, also das LKA, wurden völlig auf dem falschen Fuß erwischt. Hektische Telefonate mit den Polizeipräsidien des Landes folgten und abends hatten wir eine erste, lückenhafte Übersicht. Da weder unsere Führung noch das Ministerium zufrieden mit der Datenlage waren, wurde am nächsten Tag sofort eine eigene Stelle hierfür geschaffen. Sicher war unser damaliger Präsident davon überzeugt, dass dies nur eine Kurzzeitaufgabe wird und suchte daher einen Mitarbeiter, der diese Aufgabe für einen überschaubaren Zeitraum übernehmen kann. Folglich kam ich ins Spiel. Noch maximal zwei Jahre da, nicht mehr karriereorientiert und letztlich zufrieden es nicht mehr mit der Organisierten Kriminalität beschäftigen zu müssen. Denn das war nämlich vorher mein Hauptgebiet." „Was sind ihre hiesigen Erkenntnisse?" versucht Klaus Müller seinen Kollegen aus der sehr persönlichen Perspektive abzulenken.

„Das selbst die Wilderei im weitesten Sinne eine organisierte Kriminalität ist“ ist die verblüffende Antwort des Fachmanns. „Anfangs hatte ich geradezu idealisierte Vorstellungen bei dem Thema. Ich stellte mir eine Szenerie vor, wie sie im Heimatfilm „Der Jäger vom Fall“ gezeichnet wurde. Ein einsamer, armer Mensch geht in den Wald um seinen Speisezettel anzureichern. Er holt sich ab und zu ein Reh oder eine Sau und der reiche Jäger merkt dies eigentlich nicht. Je mehr ich mich mit dem Thema beschäftige, desto mehr musste ich meine innere Einschätzung zu dem Maß an Kriminalität und der Wichtigkeit der Strafverfolgung ändern.“ Rike, die verzweifelt versucht trotz des Sprachfehlers vom Kollegen mindestens etwas zu verstehen, traut sich nachzufragen. „Wenn ich sie richtig verstanden habe, gibt es den anfangs von ihnen beschriebenen Wilderer gar nicht?“ „Den mag es schon vereinzelt geben. Unser Focus richtet sich aber auf andere Täter. Da ist Gewinnstreben und teilweise wohl Lust am Töten die Triebfeder. Lassen sie mich das weiter ausführen:“

In der nächsten Stunde erfährt das Ermittlerteam aus Heidelberg Informationen, die sie kaum für möglich gehalten hätten. Der Ermittler berichtet über Fälle bei denen Wälder geradezu systematisch leergeräumt wurden. Das LKA habe Erkenntnisse, dass Wilderer in der Regel alleine oder maximal zu zweit auf der Jagd seien. Sie kennen die Reviere. Man vermute, dass neue Jagdgebiete im vorab intensiv erkundet werden. Ein gefasster Wilderer habe berichtet, dass er regelmäßig als Wanderer oder Pilzsucher unterwegs gewesen sei. Gestört sei er bei seinen Erkundungen quer durch den Wald nie geworden.

Bei ihren Jagdgängen könnten sich die Täter an den Berichten im Internet oder den Zeitungen über Wildtierschäden orientieren. Verbiss an Jungbäumen deute auf Rotwild hin, durchwühlte Äcker auf Wildschweine. Und je lauter das öffentliche Geschrei, desto besser ist die Chance für den Wilderer auf Beute.

„Lassen sie mich aber eines betonen. Der größte Unterschied zwischen einem regulären Jäger, der die Hege und Pflege seines Waldes und der darin lebenden Tier zum Ziel hat, und eines Wilderers, ist die Art der Jagd. Wenn sie mit einem Jäger auf die Pirsch gehen, werden sie feststellen, dass nicht auf alles was zu sehen ist geschossen wird. Der Jäger hat Jagdquoten, die er erfüllen will. Diese orientieren sich aber nicht an dem, was maximal geschossen werden könnte. Hier geht es um Fragen der Nachhaltigkeit und des dauerhaft sinnvollen

Wildbestandes. Viele Jäger nutzen aus unterschiedlichen Gründen eine geradezu antiquierte Ausstattung. Flinten werden teils jahrzehntelang genutzt, das gilt auch für Ferngläser oder Sehhilfen. Möglicherweise hängt das natürlich mit dem Alter vieler Jäger zusammen, die häufig bereits das Rentenalter erreicht haben."

„Wie ist es bei den Wilderern?" Die Hoffnung hier vielleicht eine gute Spur zu finden, ist aus der Stimme von Klaus Müller herauszuhören.

„Das zeige ich ihnen am besten in unserer Asservatenkammer. Ich habe uns eine Kleinigkeit zur Visualisierung vorbereitet. Kommen Sie mit" Richard Schmitt schreitet bereits zur Tür da fügt noch sein Kollege ein „aber erst nach einer kurzen Kaffeepause. Ich glaube Frau Klein und Herr Müller können diese jetzt gut gebrauchen."

126

„Sind Sie sicher, es können dann keine weiteren Probleme auftauchen?" Artur, der das Telefonat von Michael Bannings als Zimmergenosse mithört, vernimmt dessen unglaubliches Staunen. „Das ist ja perfekt. Sie halten die Trauung und wir heiraten dann in einem, wie heißt das? Ah, Wachthäusl. Wunderbar. Ich wiederhole was wir ihnen zuschicken: Personalausweis oder Reisepass, eine beglaubigte Abschrift aus dem Geburtenregister, sowie eine erweiterte Meldebescheinigung nach dem Bundesmeldegesetz (BMG). Für mich als Brite noch ein Ehefähigkeitszeugnis, das ich von der Botschaft erhalte. Das ganze per Post an sie und nach Prüfung steht dem Termin nichts im Wege. Die Reservierung für den besprochenen Tag steht bei ihnen? Wunderbar. Was? Trauzeugen? Da kümmere ich mich drum, aber zuerst muss meine Braut ja nochmals „ja“ sagen. Wie? Nein, keine Sorge. Sie war noch nie verheiratet, aber unser erster Versuch ist in England krachend an der Bürokratie gescheitert. Nochmals vielen Dank und auf Wiederhören!“ Der anschließende Jubelruf von Michael Bannings ist bis auf den Flur der Chirurgie zu hören. „Stell Dir vor Artur, wie können heiraten. Diesmal darf nichts schief gehen. Mensch bin ich froh, dass Du mich über den Haufen gefahren hast. Ohne dich, wäre ich 100 Jahre Junggeselle.“ „Übertreib mal nicht Junge“ Artur grinst über beide Backen „Vielleicht wärest du in zwei oder drei Jahren froh, wieder Junggeselle zu sein.“

127

Die kleine Ermittlergruppe aus LKA und Kripo Heidelberg hat inzwischen das dritte Tiefgeschoss der LKA-Zentrale per Aufzug erreicht. Rike registriert, dass ihr Kollege mit dem Sprachfehler hierzu neben einem nummerischen Code zusätzlich einen Transponder nutzen muss. „Maximale

Sicherungsstufe“ denkt sie sich beim Vorzeigen ihres eigenen Dienstausweises in einer weiteren Sicherungsschleuse. Danach betreten sie eine Art Ausstellungsraum. Hier sind auf verschiedenen Tischen zahlreiche Langwaffen, Pistolen, Messer mit feststehender Klinge und Hilfsmittel wie Nachtsichtgeräte, Patronen oder Ferngläser aufgebaut. „Das was sie hier sehen“ berichtet Kollege Schmitt „ist eine Auswahl dessen, was wir im Zusammenhang mit einem Vorfall vor wenigen Tagen konfisziert haben. Einer zufällig eingerichtete Verkehrskontrolle fiel auf, dass ein Autofahrer sehr unfachmännisch eine Waffe transportierte. Sie wollten eigentlich, da er eine entsprechende Waffenbesitzkarte vorweisen konnte, kein großes Aufhebens darum machen, sondern lediglich eine Verwarnung aussprechen. Der vermeintliche Jäger war jedoch sehr Impulsiv und wenig geneigt, den Kollegen überhaupt zuzuhören. Wenig später war er mit auf dem Revier und zeigte ein psychisch sehr auffälliges Verhalten. Er wurde zunehmend aggressiv und sprach immer wieder von seinen Waffen. Langer Rede Sinn: „Es kam zu einer Hausdurchsuchung und es wurden massenweise Waffen gefunden, die weit über den normalen Bedarf eines Waidmannes hinaus gehen.“ Rike, die ein weiteres Mal den Ausführungen ihres Stuttgarter Kollegen nicht folgen kann, hört ihren Chef nachfragen. „War er Jäger oder Wilderer?“

Schmitt kann sich ein Lachen kaum verkneifen. „Sehen Sie Kollege, die Grenzen hier scheinen fließend zu sein. Ich kann mir vorstellen, dass möglicherweise auch der Mensch den sie suchen vom Jäger zum Wilderer mutiert ist." „Wir sind also auf Jägerjagd" fasst Müller die Erkenntnis zusammen.

128

Der Umgang mit dem Tod ist für die meisten unserer Mitmenschen schwierig. Seit seinem Dienstantritt heute Morgen merkt Daniel Schubert, dass seine Kolleginnen und Kollegen sich anders wie gewohnt zu ihm verhalten. In der Kantine setzt sich Christine, eine langjährige Kollegin, zu ihm und drückt ihre Anteilnahme aus. Es sei schon schlimm, wenn ein naher Angehöriger versterben würde. Wenn Daniel Trost oder Hilfe brauche, solle er sich ruhig an sie wenden. Wenig später weiß das ganze Haus, dass der verstorbene Familienangehörige Kamikaze hieß und ein getigerter Hauskater war. Ebenso schnell wie die Anteilnahme entstand, war sie auch wieder verschwunden.

Nicht verschwunden war Daniel's Gefühl, dass die Ermittler möglicherweise bei der Analyse der Unterlagen und Berichte einen wichtigen Hinweis übersehen haben. Es kann doch eigentlich nicht sein, dass ein Mörder praktisch keine Spuren hinterlässt. Als sich kurz vor Feierabend Klaus

Müller meldet, sitzt er bereits einige Stunden über Berichten, Analysen und den wenigen Zeugenbefragungen.

„Daniel, hör zu“ hört er die Stimme seines Chefs sagen, bevor das Gespräch abbricht. Wenige Minuten später weiß er, dass das Team im Regionalexpress auf dem Rückweg nach Heidelberg ist und die Ermittlungen sich tatsächlich auf Verdächtige im Zusammenhang mit der Wilderei richten werden. Da die Verbindung immer wieder abreißt, schreibt Daniel eine kurze Textnachricht: „Habe soweit alles verstanden. Abfragen und Auswertungen in Auftrag gegeben. Schönen Feierabend, Daniel.“

„Er hat‘s verstanden und sitzt bereits dran“ informiert Klaus Müller seine Kollegin über die kurze Botschaft.

„Das ist schon schade“ beginnt Rike einen besonderen Aspekt des heutigen Tages herauszugreifen. „Was ist schade?“ „Na, dass der Kollege Schmitt an so einem starken Sprachfehler leidet. Der hatte es bestimmt nicht leicht im Leben.“ Klaus Müller fällt beinahe vor Lachen aus dem Schalensitz. „Mensch Rike, der hatte doch keinen Sprachfehler“ nochmals holt ihn ein langer Lachanfall ein. „Kollege Schmitt kommt von der Alb, genauer gesagt der Schwäbischen Alb. Und zwischen Bad Urach und Reutlingen reden dort alle so. Das ist urschwäbisches Dialekt."

129

Die Lieferung kommt pünktlich morgens um sieben. Jörg Keitel sieht bereits in der Hoteleinfahrt den Chefkoch des Schwarzwälder 4-Sterne-Hotels auf ihn warten. „Na, hat alles geklappt?" erkundigt dieser sich, während Keitel seinen leicht adipösen Körper in der Dunkelheit aus dem Wagen wuchtet. „Ja, klar doch. Wie immer. Aber auf den Herkunftsnachweis werdet ihr verzichten müssen" Der Herr der Töpfe schüttelt sich vor Lachen. „Weißt du Jörg, ich habe eigentlich auch nicht wirklich damit gerechnet. Hauptsache du hast genug Sauen vor die Flinte bekommen. Unsere Gäste wollen um diese Jahreszeit am liebsten Wild. Jene, denen unser Rehragout oder die Hirschlende zu teuer ist, fragen eben Wildschwein nach. Egal ob als Gulasch, Braten oder Ravioli. Hauptsache gut und billig." „Apropos billig" meldet sich Keitel zu Wort. „Den Preis kriegst du nur, weil Du so viele Sauen abnimmst. Das nächste Mal brauche ich einen kräftigen Zuschlag." „Das sehen wir dann, Ernst. Jetzt muss ich rein, sonst bleiben die Gäste heute hungrig."

Jörg Keitel sieht den Küchenchef mühsam die Stufen in sein Reich erklimmen. Kurze Zeit später sind zwei junge und fremdländisch aussehende Küchenhelfer zur Stelle, die die Sauen ins Kühlhaus des Hotels verbringen.

„Bitte sehr, gern geschehen, gerne wieder." Zornig ruft Keitel den Jungs und ihrem Chef in Richtung Küche nach. „Die könnten wenigstens einmal danke sagen" denkt er noch, unterdessen er sich in seinen ausgefransten Autositz fallen lässt. „Zahlt praktisch nichts und verkauft mein Fleisch als Schwarzwälder Premium-Wild."

130

„Sie sind sich da sicher?" Staatsanwalt Knopf geht wie ein Tiger im Besprechungszimmer der Kripo von Wand zu Wand. „Sicher gibt es nie, Herr Staatsanwalt. Wir sind aber inzwischen davon überzeugt, dass es im privaten Umfeld von Manfred Hauweg kein Motiv für einen Mord gibt. Ebenso sind die Kollegen des LKA überzeugt, dass weder Windkraftgegner noch radikale Tierschützer zu tödlichen Schützen mutieren. Unsere Idee, dass Hauweg zufällig Zeuge von Schießmanövern oder militanten Wehrübungen geworden ist, verwerfen die Kollegen ebenso. Es gibt in Baden-Württemberg nach deren Kenntnis keine Gruppierungen, die den Odenwald oder andere Regionen für diese Zwecke nutzen. Dies gilt übrigens nach Einschätzung ihrer hessischen Kollegen auch für gesamt Südhessen" berichtet KHK Müller.

„Was bleibt“ führt Rike weiter aus „sind tatsächlich Wilderer. Wir waren anfangs der Überzeugung, dass dieses Thema im 21. Jahrhundert überholt ist. Seit dem Polizistenmord in Kusel vor zwei Jahren wissen wir aber, dass dem nicht so ist. Der im LKA hierfür zuständige Kollege hat uns berichtet, dass nach deren Einschätzungen der klassische Einstieg in die Wilderei tatsächlich eine Ausbildung oder zumindest Affinität zum Jagen ist. Denken sie beispielsweise an Menschen, die die Jagdprüfung nicht erfolgreich absolviert haben, denen die Waffenerlaubnis nicht erteilt wurde oder die nicht in der Lage sind, die notwendigen finanziellen Mittel für die Jägerei aufzubringen.“

„Die Kollegen haben uns mit in ihre Asservatenkammer genommen. Wir haben nicht schlecht gestaunt, was und wie viele hochwertige Waffen und Gerätschaften bereits konfisziert wurden. Klar ist, wer in dieser Liga unterwegs ist, braucht ein hohes Maß an Einnahmen. Daher erklärt sich auch, dass Wilderer nicht ab und zu ein Reh für den Eigenbedarf schießen, sondern teilweise darauf aus sind, in einer Nacht einen halben Wald auszuräumen. Hier sehen wir vielleicht auch einer unserer Ermittlungsansätze.“ „In welcher Art?“ Kriminalrat Bauer erwacht aus seinem schweigsamen Staunen. „Indem wir uns drei Dinge fragen und auf die Suche der Antworten machen“ Klaus Müller läuft zur großen Form auf.

Zwei Stunden später notiert Daniel Schubert, der mit der Protokollführung betraut war, die entscheidenden Fragen:

1. Wer hatte schon einmal Schwierigkeiten wegen Verstoßes gegen Jagd- oder Waffengesetze und wohnt im 50 km Umkreis um den Tatort?
2. Gibt es Anbieter von Wild bei denen die angebotene Menge nicht zu deren Jagdrevier oder privater Wildtierhaltung passt?
3. Gibt es Gastronomiebetriebe denen fragwürdige Anbieter von Wild bekannt sind.

Während er diese drei Fragestellungen auf seinem Skript nochmals liest, ist er davon überzeugt, dass dies tatsächlich ein Schlüssel zum Erfolg sein kann.

131

„Na, geht‘s bei eurem Fall endlich voran?“ Erik, Barkeeper und gute Seele des „Aix-en-Provence“ im Heidelberger Stadtteil Neuenheim, bringt Rike ihren gewünschten Côtes du Rhône. „Ja, so langsam glauben wir einen Faden gefunden zu haben. Sag mal Erik, du warst doch früher in der richtigen Gastronomie? Ich meine mit richtiger Küche und so. Wie habt ihr da eure Ware bekommen?“ Einige Minuten später weiß Rike, dass die meisten

Gastronomen sich von ihren Stammlieferanten mit Fleisch, Gemüse und Beilagen versorgen lassen. Das seien meist über viele Jahre gewachsene Beziehungen und gelte für fast alle Waren. Bei Wild sei dies aber sehr unterschiedlich. Auch hier erhielten viele Restaurants ihre Waren so, wie Gemüse oder Backwaren. Andere kennen jedoch den regionalen Jäger oder wendeten sich an diese in der Hoffnung, dass von dort frische und wild aufgewachsene Ware kommt. Für gute Restaurants werde Wild aus dem Wald deutlich wertiger gehandelt, wie Wild, welches in Gehegen und ohne das hohe Maß an natürlicher Bewegung aufgewachsen ist. Dies gelte sowohl für Rot- und Damwild, als auch für Wildschweine. „Das ist vielleicht ein weiteres Puzzleteil für unser Rätsel" ist Rike's Gedanke während sie gegen 22 Uhr die Bar Richtung Wohnung verlässt.

132

Die aufgehende Sonne weckt Alex, den sportlichen Freund von Daniel, in ihrer Mannheimer Wohnung. Zu seiner Überraschung scheint der Platz neben ihn im Bett bereits seit längerer Zeit verlassen zu sein. Auf dem Frühstückstisch findet er einen kleinen Zettel auf dem steht: „Konnte nicht mehr schlafen, bin schon im Büro. Kuss Daniel."

Auch Klaus Müller ist heute früh unterwegs. Die Hoffnung einen Ermittlungsansatz gefunden zu haben, ließ ihn die ganze Nacht nicht los. Seine Träume waren im wahrsten Sinne des Wortes heute Nacht ziemlich wild. Wildscheine, die von Wilderern gejagt mitten durch seine Kleingemünder Wohnung irren und Menschen, die mit Nachtsichtgeräten ausgestattet auf ihn schießen, ließen ihn nicht lange schlafen. So hat er bereits kurz nach sieben Uhr das Dezernat in der Heidelberger Römerstraße erreicht. Überrascht stellt er fest, dass Daniel Schubert bereits an seinem Arbeitsplatz vor einem ganzen Berg von Ausdrucken sitzt. „Daniel, konntest du auch nicht mehr schlafen?“ „Nein, ich wollte frühestmöglich die Rückmeldungen sichten. Eigentlich ist es schon wieder zum Verzweifeln. Sowohl die Präsidien Südhessen als auch die Rheinpfalz sind eigentlich Fehlanzeigen. Dies gilt ebenfalls für das Polizeipräsidium Karlsruhe. Es gab gelegentlich zwar Anzeigen wegen Wilderei betroffener Jäger oder Förster, Fahndungserfolge blieben jedoch aus. Ich will später nochmals nachfragen, ob es denn vielleicht Tatverdächtige gab, aber vermutlich sind deren Personalien aufgrund der Datenschutzvorschriften schon wieder gelöscht. Lediglich im Bereich des Präsidiums Heilbronn gab es eine Festnahme und Verurteilung. Der Täter aus dem Neckar-Odenwald-Kreis war 2021 aber bereits über achtzig und lebt jetzt in einer Einrichtung für Demenzerkrankte. Damit dürfte er als unser Täter ausscheiden." „Das ist wirklich ernüchternd" Klaus Müller sieht den ersten Ermittlungsansatz erfolglos verstreichen. „Wir sollten den Radius für die Tätersuche trotzdem nicht erweitern. Die Kollegen des LKA waren sicher, dass Wilderer grundsätzlich nur in Wäldern auf Jagd sind, die nicht zu weit entfernt von ihrem Wohnort liegen. Fünfzig Kilometer seien da schon die äußere Grenze. Suche weiter, vielleicht findest Du noch eine Spur."

Rike hat das sonnige Wetter verleitet ihre Moto Guzzi für die Fahrt ins Büro zu nutzen. So kommt sie, ausgestattet mit Lederjacke, Halbschalenhelm und Handschuhen sehr adrett aussehend, wenig später in der Römerstraße an. Der Diensthabende im Foyer der Polizei kann sich ein anerkennendes Pfeifen nicht verkneifen. Rike nimmt es lächelnd zur Kenntnis. Das Lachen vergeht ihr jedoch schlagartig beim Betreten ihrer Räumlichkeiten. Daniel Schubert sitzt mit betretener Miene vor seinem Computer und Klaus Müller starrt in den luftleeren Raum. „Guten Morgen, geht gerade die Welt unter?" erkundigt sie sich bewusst léger nach der aktuellen Lage. „Das nicht" ihr Chef versucht sich von seinen trüben Gedanken loszueisen. „Unsere Hoffnung, dass wir über Ermittlungserfolge anderer Präsidien an den Täter oder die Täterin rankommen, hat sich vermutlich nicht erfüllt." „Das macht nichts, dann haben wir ja immer noch zwei Pfeile im Köcher" Rike's Optimismus hat Mühe auch auf Klaus Müller überzuspringen. „Ich war nämlich gestern ein Gläschen Wein trinken und finde, wir sollten uns um die Gastronomie-Lieferanten etwas mehr kümmern.“

133

Der Herbst ist die traditionelle Zeit der Pilzsammler. Auch an diesem Vormittag sind die Rentner Horst, Rüdiger und Bernhard im Wald unterwegs, um Steinpilzen, Maronen und anderen Pilzgewächsen erfolgreich auf die Spur zu kommen. Der Wald im Dreieck zwischen Waldwimmersbach, Haag und Michelbach ist für seinen Pilzreichtum bekannt.

Besonders die Fichtenschonungen entlang des Mannbachs sind Horst in guter Erinnerung. Hier findet er eigentlich jedes Jahr Steinpilze. So kämpft er sich durch das dichte Unterholz und ist ziemlich erschrocken, eine Horde Wildschweine hierbei aufzustöbern. Nur Sekunden später stoben die Tiere auf und davon. Die drei Pilzsammler sehen den Tieren noch nach, während ein Schuss ertönt und eine stolze Sau, in Sichtweite von ihnen, zu Boden geht. „Blattschuss“ ruft Horst laut und wundert sich, dass der erfolgreiche Jäger die Flucht ergreift und wenig später das Schlagen einer Autotür zu hören ist.

„Was war denn das?“ fragt Bernhard seinen Kumpel, als diese kurze Zeit später neben der toten Sau stehen. „Die Frage ist nicht was, sondern wer? Irgendwas geht hier überhaupt nicht mit rechten Dingen zu“ meint Horst der daraufhin zum Handy greift. „Ist dort die Polizei? Sie werden es nicht glauben, aber wir waren gerade Zeugen von Wilderei. Woher wir das wissen? Wie viele Jäger kennen sie, die ihre Jagdbeute liegen lassen, nur weil drei Pilzsammler zufällig vorbei kommen?“

134

„Chef, ihr werdet ‘s nicht glauben.“ Klaus Müller hat seinen Kollegen Schubert selten so aufgeregt gesehen. „Was werden wir nicht glauben?“ „Eben hat sich das Revier in Eberbach gemeldet. Bei denen lag noch unsere Abfrage wegen Wilderei auf dem Tisch. Der Zufall will`s, denn genau vor einer Stunde wurde im Wald bei Lobbach ein Wilderer auf frischer Tat gesehen.“ „Und haben sie ihn?“ „Natürlich nicht! Es gibt aber Zeugen und vielleicht sogar Spuren.“

Zwei Stunden später fühlen sich Horst, Rüdiger und Bernhard wie im falschen Film. Sie sind aufgefordert zu bleiben, bis die Kripo sich Zeit für sie nehmen kann. Gleichzeitig kommen immer mehr Fahrzeuge mit Blaulicht angefahren, die Aufschriften wie „Kriminaltechnik“, „Tatortsicherung“ oder „Dienstfahrzeug“ tragen. „Fehlt nur noch, dass sie einen Leichenwagen für die Sau beibringen“ frotzelt Horst, der für seinen zynischen Humor bekannt ist. Minuten darauf bleibt selbst ihm die Sprache weg, als ein Fahrzeug der Gerichtsmedizin die erschossene Wildsau, zwecks Beweissicherung, abtransportiert. Aus der Ferne sehen sie, wie eine gutaussehende Blondine und ein weniger gut aussehender Herr auf sie zukommen. Wenig später ist ihre Zeugenaussage gegenüber Rike Klein und Klaus Müller beendet. Eigentlich haben sie nichts gesehen, fühlen sich aber dennoch enorm wichtig. „Sagen sie mal, Herr Kommissar" Rüdiger, der dritte Pilzsammler, meldet sich nochmals zu Wort „ich wohne ja im Lindenhof und bin in Mannheim viel Polizei gewohnt. Aber das ihr hier wegen einer Wildsau so ein Aufhebens macht, ist das nicht übertrieben?" „Nur dann nicht, wenn wir dadurch vielleicht einen Mörder fassen" ist die kurze Antwort des Ermittlers, der die Rentnertruppe ausnahmsweise sprachlos zurück lässt.

135

„Unn dass ihr mir bloß koi Spure iwwersehe dud" Daniel Schubert ist sich sicher, die Sprache und das einmalige Dialekt von Hakan Yildirim aus dem Dickicht zu hören. „Gugt jo noch Patrone, Fußschpure und Audoabdrick. Wenn die alde Knacker eh Audodir schlage ghört hawe, messe mir a nen Abdruck finne."

„Ihr habt Glig“ hört Rike wenige Minuten später Hakan Yildirim zu ihrem Chef sagen. Den Rest der Unterhaltung ist für sie ein einziges Rätsel. Nach fast zwei Jahren im Dienst, ist die kurpfälzische Sprache für sie noch immer ein Rätsel. „Wie kann man nur so viele Buchstaben weglassen und dann noch so vulgäre Laute einflechten?“ fragt sie sich zum etwa tausendsten Male seit ihrer Ankunft bei der Kripo in Heidelberg. Nachdem der Leiter der Kriminaltechnik seines Weges gegangen ist, informiert sie Klaus Müller über den Dialog. „Wir haben Glück. Wir wissen jetzt, dass es tatsächlich ein Wilderer war. Jagdpächter und dessen Jagdberechtigte waren alle nicht hier vor Ort. Der Mann, ein solcher war es nach der Einschätzung der Zeugen, hatte es so eilig zu verschwinden, dass Patronen zurückgelassen wurden. Daneben hat das feuchte Wetter der letzten Tage dafür gesorgt, dass wir Fußspuren und wahrscheinlich auch Reifenabdrücke seines Fahrzeugs sichern konnten. Da oben stand die letzten Tage wohl nur ein Auto und die Pilzsammler haben das Schlagen einer Tür gehört.

136

„Mist, das war knapp“ der Puls von Jörg Keitel ist noch immer auf hundertachtzig. „Was treiben die Idioten sich auch um diese Zeit im Wald herum?“ schimpft er laut im Auto sitzend vor sich her. Keitel kann sein Pech noch immer nicht fassen. Am gestrigen Abend hatte sich spät noch ein Restaurant aus Lindenfels gemeldet und dringend Wildschwein angefordert. Er wollte eigentlich nicht schon wieder raus, aber es war einer seiner besten Kunden und natürlich wusste Keitel eine Stelle, wo er normalerweise immer fündig wird. Dies war auch heute so. Es lief wie geplant. Bis dieser blöde alte Knacker, der „Blattschuss" schreiend aus dem Unterholz kommend auf ihn zulief, alles durcheinander brachte. „Nichts wie weg" war sein einziger Gedanke und in der aufkommenden Panik vergaß Keitel seine leergeschossene Patronenhülse einzusammeln. „Gott sei Dank konnten die meine Autonummer nicht sehen" ist sein letzter Gedanke bevor er sich in den dichten Verkehr Richtung Heidelberg im Neckartal einreiht.

137

Inzwischen sind auch die drei Ermittler der Kripo aus Heidelberg mit ihrer Arbeit im Lobbacher Wald fertig. Gemeinsam geht es auf die Fahrt zurück und Daniel kann Rike noch rechtzeitig vor dem stationären Blitzer am Ortsausgang von Waldwimmersbach Richtung Wiesenbach warnen. Möglich ist dies durch eine „Blitzer-App", deren Betrieb zwar nicht ganz legal ist, die Daniel aber aufgrund seiner Erfahrungen bei der ersten Dienstfahrt durch den Kraichgau kaufte. Damals hatte er immerhin an einem Tag vier Bußgelder eingefahren.

„Yildirim und Terhoeven müssen jetzt Gas geben“ holt KHK Müller sein Team wieder thematisch zurück. „Vielleicht gelingt es uns, Spuren zu finden, die zum Wilderer führen. Selbst wenn dies nicht unser Mörder ist, der heutige Schütze kann uns möglicherweise Hinweise geben, die dann zu unserem Täter führen.“ Rike und Daniel stimmen dem innerlich zu.

„Dennoch kümmern wir uns jetzt um die Gastro-Wildlieferanten. Vielleicht finden wir hier eine weitere Spur. Ich glaube aber nicht, dass wir dabei telefonisch erfolgreich sein werden. Wer berichtet schon gerne, dass er schwarz geschossenes Wild kauft und auf die Teller bringt.“ Rike erinnert sich an einen anderen Fall, bei dem ebenfalls erst eine Mauer des Schweigens zu durchbrechen war. „Wir sollten persönlich vorsprechen. Eine Internetabfrage von Daniel hat ergeben, dass jetzt eine Unmenge an Lokalen bei uns mit Wildbret wirbt. Ich habe erstmal fünf herausgesucht, bei denen wir beginnen können. Natürlich ist die erste Anlaufstelle der „Hirsch“ in Schönau.“ „Da fährst du aber alleine hin, Rike“ entscheidet Klaus Müller. „Ich berichte jetzt dem Staatsanwalt und unserem Kriminalrat. Du Daniel suchst, ob wir Daten finden die zeigen, ob ein Betreiber von Wildgehegen so viel

Umsatz macht, dass er dies unmöglich dort erzielen kann."

138

Zeitgleich stehen die beiden inzwischen befreundeten Unfallkontrahenten Artur und Michael vor dem Ausgang der Chirurgischen Klinik Heidelberg. „Unglaublich, dass die uns einfach rausschmeißen, weil die freie Betten brauchen und meinen, dass wir eh über den Berg sind" entrüstet sich Artur über die Tatsache, dass sie beide innerhalb weniger Minuten für fit und entlassungsfähig erklärt wurden. „Unfassbar, und das obwohl ich als früherer Beamter auch noch privatversichert bin." Artur versteht die Welt nicht mehr, dass selbst das in der Medizin von heute nicht mehr wertgeschätzt wird. „Mach dir nichts draus Artur. Wir schnappen uns jetzt je ein Taxi und in sechs Wochen sehen wir uns wieder bei meiner Hochzeit. Es bleibt dabei, du machst den Trauzeugen?" „Wenn dein englischer Freund dann nicht beleidigt ist, sehr gerne. Denk aber dran, bevor du zur Hochzeit einlädst sollte auch deine Braut davon erfahren." Lachend klopft er seinem Zimmergenossen auf die Schulter. „Und sollte sie nein sagen, dann nimm's ihr nicht übel. Du weißt, die Hoffnung stirbt zuletzt." Wenige Augenblicke später ist Artur in einem Taxi verschwunden und Michael bleibt alleine auf dem Gehsteig zurück.

„Hoffentlich sagt sie nochmals ja“ ist sein letzter Gedanke, bevor auch er in einem Taxi entschwindet.

139

„Ich bin dann weg“ Daniel sieht Rike nur noch mit Helm und Handschuhen verschwinden. Kurze Zeit später nimmt sie ihren Zettel mit den Orten in die Hand, die sie jetzt zwecks Befragung von Gastronomen aufsuchen will. Neckargemünd, Eberbach, Beerfelden und Hirschhorn. Das erste Ziel ist Schönau und während Rike die kurvenreiche Strecke durch das Steinachtal hinauf fährt, stellt sie zum wiederholten Mal fest, dass sie Dienstfahrten viel öfter mit ihrem Motorrad machen sollte. Dies, so ihre Einschätzung, ist viel schöner als zeitgleich den Staatsanwalt und Kriminalrat Bauer als Leiter der Ermittlungen in Kenntnis über den aktuellen Sachstand zu bringen.

„Wir haben bereits zu“ entschlossen klingt beim Betreten des Gastraums die Stimme von Martina Hauweg an Rikes Ohr. „Oh, entschuldigen sie bitte Frau Klein. Ich habe sie so überhaupt nicht wiedererkannt.“ „Macht nichts Frau Hauweg. Haben sie und Herr Feigenbutz trotzdem etwas Zeit für mich?“ Wenige Minuten sitzen sie zu Dritt und bei einer dampfenden Tasse Kaffee im ansonsten menschenleeren Gastraum. „Wie können wir Ihnen helfen?“ gespannt lauschen die Wirtin und ihr Küchenchef Rikes Worten. Entrüstet weist die

Wirtin die Frage zurück, ob sie möglicherweise außer dem eigenen Wild weiteres Wild für das Lokal zukaufen würden. „Niemals, mein Mann war ein hervorragender Jäger. Alles was bei uns auf dem Tisch landete, kam aus unserem Wald. Nicht wahr, Lutz?“ Der Angesprochene vermeidet seine Chefin anzusehen. „Na ja, das war nicht immer so.“ „Lutz!“ „So vor drei oder vier Jahren, es war Saison und der Chef hat zu wenig vor die Flinte bekommen. Das hast du Martina, gar nicht mitgekriegt. Die Leute haben aber Wild bestellt, als gäb‘s kein morgen mehr. Ich habe dem Lutz vorgeschlagen, das Ragout und den Wildschweinbraten von der Karte zu nehmen. Er wollte partout nicht und sagte, er löse das Problem auf seine Weise. Zwei Tage später war der Kühlraum voll und der Chef zufrieden.“ „Woher kam das Fleisch?“ hakt Rike nach. „Das wollte er nicht sagen. Später, wir bekamen dann immer öfter externen Nachschub, war er mal krank und ich musste die Ware annehmen. Seitdem weiß ich, dass der Lieferant Jörg heißt und mit einem alten Auto mit Heidelberger Stadtkennzeichen, sie wissen, die mit einem Buchstaben und einer zweistelligen Nummer, kam. Die Ware war immer frisch und einwandfrei. Ihm habe ich dann ein Kuvert gegeben, ich nehme an, mit dem Geld drin.

„Wissen sie sonst noch etwas über den Jörg? Zum Beispiel eine Telefonnummer.“ „Nein, da hat sich immer der Chef drum gekümmert.“

Erst nach 18 Uhr, und damit bei Kälte und Dunkelheit, beendet Rike ihre gastronomische Recherche. Vier der fünf Gastronomen gaben bereitwillig Auskunft zu ihren Lieferanten und es stellte sich heraus, dass diese überwiegend von ihren örtlichen Jägern beliefert werden. Im Gegensatz zum „Hirsch" war in diesen Lokalen aber deutlich weniger los und das konnte natürlich erklären, wieso diese Lieferbeziehung ausreichend ist. Ein weitere Lokal orderte über einen überregionalen Wildhändler und konnte Rike Rechnungen aus Niedersachsen vorlegen, die keinen Zweifel an der Rechtmäßigkeit der Quelle ließen. Der dortige Küchenchef konnte sicher allerdings erinnern, dass auch er einmal von einem Kollegen einen Tipp erhalten hat, dass bei einem Heidelberger günstig Wild zu haben sei. Er habe davon aber nie Gebrauch gemacht. An den Tippgeber könne er sich aber nicht mehr genau erinnern.

Durchgefroren kam sie schließlich in ihrer Heidelberger Wohnung im Philosophenweg an. Der Geruch von frischem Irish Stew lässt keinen Zweifel bei ihr aufkommen, dass sie heute Nacht nicht wieder alleine in ihrem viel zu großen Bett schlafen müsse.

„Es gibt Neuigkeiten“ die Stimme von Klaus Müller schallt quer über den Flur des Dezernats. „Besprechung um 9 Uhr.“ Rike betritt um 8.58 Uhr den Raum und ist überrascht, wer sich zu dieser frühen Stunde bereits eingefunden hat. Neben Müller, Daniel, Staatsanwalt Knopf und Kriminalrat Bauer waren der Rechtsmediziner Dr. Terhoven und Hakan Yidirim vertreten. Zwei jüngere Damen stellen sich als Assistentinnen der beiden letztgenannten vor, die im Rahmen ihrer Polizei-Ausbildung Praktika absolvieren.

„Wir sind alle gespannt auf die Ergebnisse. Hakan, du beginnst“ steigt Müller sofort in die Materie ein. Die nächste halbe Stunde gehört der Kriminaltechnik und den dazugehörigen Einheiten. Yildirim betont wie schwierig es sei in einem, von Wildschweinen, oft durchwühlten Boden Spuren zu sichern. Es sei ihnen aber gelungen, sowohl Fuß- als auch Reifenspuren in verlässlicher Qualität zu finden. Das gelte auch für die Patronenhülse, die der Schütze offensichtlich aus Zeitnot oder Nachlässigkeit an seinem Standort habe liegen lassen. „Vielleicht hat er sie aber in der Hektik übersehen, das kann bei dem Untergrund leicht passieren“ endet Yildirim‘s Bericht über den Fundort. „Jetzt kumm isch awer zumm eigentlische Kracher“ treibt er die Spannung zum Höhepunkt.

„Mir sinn uns hunnertprozentisch sischer, dass die Waff mit der in Eiterbach gschosse wurd, idendisch isch mit der in Wimmerschbach. Doron gibt koi Zweifel." „Das ist der Hammer" entfleucht es dem Staatsanwalt. „Der Wilderer von Lobbach ist der Mörder vom Steinachtal." „Zumindest ist es die gleiche Waffe, das mit dem gleichen Täter müssen wir noch rausfinden" stellt Müller trocken fest.

„Den Bericht des Kollegen Yildirim kann ich nur bestätigen" führt Dr. Terhoven fort. Nachdem das Wildschein bei uns auf dem Seziertisch landete, haben wir nicht nur das Geschoss aus dem Schwein geholt, sondern auch die Art der Schusswunde zwischen Wildschwein und Toten in Eiterbach verglichen. Wenn es auch sicher keinem wissenschaftlichen Standard entspricht, gibt es hier Parallelen. Halten wir fest: Patrone, beziehungsweise Geschoss identisch, Schusswunde vergleichbar. Finden sie die Waffe von heute, dann haben sie die Tatwaffe aus Eiterbach in den Händen" endet der Gerichtsmediziner.

„Was gibt es sonst noch Neues?" fragt Müller in den Raum. „Möglicherweise suchen wir einen Jörg mit einem Heidelberger Kennzeichen am Auto. Und mit etwas Glück wissen wir in einigen Stunden auch, mit welchem Jörg der Tote Manfred Hauweg telefoniert hat um Wild zu bestellen."

141

Während draußen, mit dem Blick auf den weit unten fließenden Neckar, die Sonne scheint, herrscht in der kleinen Jagdhütte bei Schönbrunn eine finstere Stimmung. Gerade hat Kurt über seinen kapitalen Fehler und den damit verbundenen, zwei Tage dauernden, Aufenthalt bei der Kripo berichtet. Er ist immer noch völlig deprimiert, dass er eine ältere Dame beinahe erschossen hätte. Zu seiner deprimierenden Stimmung trägt sicherlich auch bei, dass seine kompletten Waffen von der Waffenbehörde bereits eingezogen wurden und der Entzug der Waffenerlaubnis eingeleitet ist. „Heinrich, es ist vorbei“ die Worte von seiner Jagdgenossin Martina dröhnen wie Donnerschläge in Heinrich Sure‘s Ohren. „Die Jägerwehr ist am Ende.“ „Und eigentlich hat sie auch nie richtig bestanden“ ist sein bitteres Fazit.

142

Michael Bannings lässt sich an diesem Morgen auch von Rike nicht davon abhalten, seinen Dienst am Heidelberg College aufzunehmen. „Meine Schüler und Schülerinnen brauchen mich. Einige von denen haben in wenigen Monaten Abitur. Die kann ich doch nicht meinem Kollegium überlassen.“ So setzt Rike ihren Traummann zuerst am College in der Ziegelhäuser Straße ab, bevor sie ausnahmsweise mit dem Auto die Römerstraße ansteuert. Wenige

Minuten später bedauert sie dies zutiefst. Steckt sie doch wieder einmal in einem endlosen Stau am Bismarckplatz fest, während hunderte Fahrradfahrer ohne jede Mühe an ihr vorbeiziehen.

Bereits beim Eintritt in ihren Bürotrakt sieht sie die Kollegen Daniel und Klaus vor dem Rechner sitzen. „Ich habe die Liste des Providers von Manfred Hauweg‘s Handy in eine Excel-Tabelle umgewandelt und dann die gewählten Nummern mit den damit registrierten Namen verbunden.“ berichtet Daniel. Leider hat der Hauweg sicherlich mit mehr Leuten telefoniert, als mein kompletter Bekanntenkreis zusammen. Er scheint wirklich ein sehr kommunikativer Mensch gewesen zu sein, sodass wir mehr als einen Jörg identifiziert haben.

Ebenfalls so vorgegangen sind wir beim Festnetz des Lokals und der Privatwohnung von Familie Hauweg. Von letzterem wurde praktisch nicht telefoniert. Auf dem Festnetzanschluss des Lokals gehen ungleich mehr Anrufe ein als getätigt werden. Das ist aber bei gut gehenden Gasthäusern normal. Denk nur an die Reservierungen. Auch hier haben wir nochmals einen Jörg identifiziert, den wir genauer anschauen sollten. Vielleicht hat er auch einfach Wild am Telefon angeboten und Hauweg hat auf diesem Weg eingekauft.“

Klaus Müller ist in diesem Augenblick einfach nur dankbar, dass er mit Daniel Schubert einen

Mitarbeiter erhalten hat, der wesentlich bessere DV-Kenntnisse wie er selbst hat. Das „Dankeschön Daniel" kommt aus tiefem Herzen und er nimmt sich erneut vor, bei nächster Gelegenheit eine Höhergruppierung für Daniel Schubert zu beantragen.

Nachdem Rike ihre Jacke über den Stuhl in ihrem Büro geworfen hat, werfen sie und ihr Chef einen gemeinsamen Blick auf die Liste. „Hoffen wir mal, dass unser Jörg dabei ist." Rike ist sich absolut nicht sicher, da eine zunehmende Zahl an Menschen Telefone nutzen, die auf Andere oder Firmen zugelassen sind. „Wir dürfen auch mal Glück haben" ist die hoffende Antwort ihres Chefs.

Eine Stunde später stehen fünf Namen an der großen Pinnwand. Zusätzlich die wenigen Informationen, die sie auf Anhieb zu den Personen finden konnten:

Jörg Stein, 41 Jahre

Sinsheim, Pfarrgarten 85

Jörg Pauli, 58 Jahre

Leimen, Konrad-Adenauer-Str. 87 c

Jörg Keitel, 61 Jahre

Heidelberg, Langer Anger 15

Jörg Laurin, 87 Jahre

Frankfurt / Main, Kennedy-Avenue 166

Jörg Schäfer

Heidelberg, Fasanenweg 146

„Was meint ihr?“ Klaus Müller geht zum wiederholten Mal über die wenigen Stichworte. „Wir sollten mit den Heidelbergern anfangen. Jörg Laurin aus Frankfurt können wir wohl vergessen. Das war sicher eine Reservierung, ich werde aber bei ihm telefonisch nachhaken. Wir können aber davon ausgehen, dass ein 87 jähriger Mann nicht in der Lage ist, genau zu schießen und möglicherweise ein kapitales Wildschwein noch in ein Auto zu wuchten.“ „Das stimmt und ist schlüssig“ Rike hatte die gleichen Überlegungen wie Daniel. „Also streichen wir ihn.“

„Was ist mit dem Jörg Stein aus Sinsheim?“ erkundigt sich Müller. „Den können wir, glaube ich, auch streichen“ so Daniel. „Der Name kam mir irgendwie aus den Medien bekannt vor. Der ist wohl eine Riesennummer beim Walldorfer Softwaregiganten und leitet als Vizepräsident die KI-Entwicklung. Es sollte mich sehr wundern, wenn der unter der Woche Zeit hätte, durch den Wald zu ballern.“ Wortlos geht Klaus Müller zur Tafel und streicht auch Jörg Stein von der Liste.

„Was ist mit den Anderen?“ Rike und Daniel schweigen. „Okay, dann wissen wir ja, wer heute noch Besuch erhält. Ach ja und Vorsicht. Es ist gut möglich, dass da einer mit der Schusswaffe auf unseren Besuch reagiert.“

143

„Es ist schön, wieder bei euch sein zu können“ Michael Bannings genießt heute Vormittag seinen Unterricht. Für Sport hat er weiterhin eine Vertretung, die Schulleitung war aber sichtlich erleichtert, als er sich zum heutigen Dienstbeginn zurück meldete. Auch im Heidelberg College macht sich ein eklatanter Mangel an Lehrkräften bemerkbar.

„Wir gehen jetzt das Kapitel zwölf des Englisch-Lesebuchs nochmals durch. Danach wiederholen wir den Test der letzten Woche. Ich möchte wirklich wissen, ob euer Sprachverständnis so schlecht ist, wie es offensichtlich meine Vertretung wahrgenommen hat.“

Zwei Stunden später hat er Gewissheit, dass möglicherweise nicht seine Schülerschaft ein Problem mit dem Textverständnis hatte. Erste Indizien weisen deutlich darauf hin, dass das Problem hinter dem Lehrerpult saß.

144

„Wir sind in Position" Rike hört aus ihrem Ohrhörer die ruhige Stimme von Frank Wieland. Polizeirat Bauer hat darauf bestanden, dass die Ermittler der Kripo die „Jörg's" nur unter besonderem Schutz eines Mobilen Einsatzkommandos (MEK) aufsuchen werden. „Möglicherweise hat einer von denen schon einmal eiskalt einen Menschen abserviert. Ich habe keine Lust auf die gleiche Weise einen Kollegen zu verlieren" so seine schlüssige Bemerkung, die keinen Widerspruch duldete.

Rike, Daniel und Klaus Müller überprüfen nochmals den richtigen Sitz ihrer schusssicheren Weste mit der großen Aufschrift „Polizei." Auf der Anfahrt nach Leimen diskutieren sie die ungute Frage, ob diese auch schusssicher seien, wenn mit einer ausgewachsenen Jagdwaffe geschossen wird. Vor Ort eingetroffen gehen sie die wenigen Schritte zur Konrad-Adenauer-Straße 87 c, dem Wohnhaus von Jörg Pauli. Gleichzeitig haben auch die Angehörigen des MEK die ihnen zugewiesenen Positionen eingenommen, um sofort unterstützend eingreifen zu können.

Unmittelbar nach Betätigung der Klingel kommt Leben ins Haus. Kinder rufen, ein größerer Hund gibt laut und nach wenigen Augenblicken öffnet ein etwa vierjähriges Kind die Tür. Die Polizisten bringen schnell ihre Waffen aus dem Sichtfeld und Rike erkundigt sich bei dem Mädchen, ob der Papa im Hause ist. „Nein, der ist arbeiten. Die Mama ist aber da." Wenig später erscheint eine etwa 30 jährige, sehr korpulente Dame, die erklärt die Ehefrau von Jörg Pauli zu sein. „Wo ist ihr Mann, Frau Pauli?" „Der ist seit zwei Wochen für Heideldruck auf Montage in den USA. Am Wochenende wird er aber endlich wieder da sein. Um was geht es denn eigentlich?" „Nichts Wichtiges Frau Pauli" beschwichtigt KHK Müller. „Sie könnten uns aber bitte seine Nummer in den USA oder seines Chefs hier in Deutschland geben."

„Das war wohl nichts" Rike zieht die schwere und inzwischen nassgeschwitzte Weste aus. „Weiter geht's Kollegen." Nächstes Ziel ist die Bahnstadt in Heidelberg.

Aber weder in der Wohnung Keitel in der Bahnstadt noch bei Schäfer im Stadtteil Pfaffengrund sind die Gesuchten anzutreffen. So endet der heutige Tag für die Ermittler und das MEK mit der Feststellung, dass nach dem Einsatz gleichzeitig vor dem Einsatz ist und der morgige Einsatztag bereits um halb sechs Uhr pünktlich beginnen wird.

145

Michael ist heute völlig aufgekratzt und überfällt Rike bei ihrer Rückkehr förmlich mit Euphorie und Begeisterung. „Bitte Michael, lass mich in Ruhe. Ich brauche jetzt etwas Zeit für mich.“ Michael fühlt sich vor den Kopf gestoßen. Ist doch heute sein „Ehefähigkeitszeugnis“ von der britischen Botschaft eingetroffen, Damit sind, mit Ausnahme der Einwilligung Rike‘s, alle Voraussetzungen erfüllt um in Deutschland heiraten zu können. „Aber ich wollte dich was Wichtiges fragen“ startet er noch einen Versuch. „Später, ich bin jetzt einfach nur müde. Egal was es ist, es kann auch auf morgen warten“ und bevor er etwas entgegnen konnte, war Rike bereits auf der Couch vor Erschöpfung eingeschlafen. Michael hingegen hat unruhige Stunden vor sich. Denkt er doch immer wieder an den einen Satz seines Zimmergenossen Artur „Sie muss dann nur noch ja sagen.“

146

„So, du bist der Letzte“ Jörg Keitel hebt den jungen Rehbock aus seinem alten Toyota und trägt ihn rüber in seinen Jagdschuppen am Rande des Peterstaler Waldes. Nachdem die heute reichlich erlegte Beute ausgenommen ist, führt er noch drei Telefonate und räumt dann seine nicht registrierten Jagdwaffen samt Zielvorrichtungen und Nachtsichtgeräten in den kleinen und trockenen

Erdbunker nahe des alten Schuppen. Niemand würde hier solche Dinge vermuten und ihm ist schon immer wohler bei dem Gedanke, dass nur seine legalen Waffen in der Bahnstadt gelagert sind.

Auf der Heimfahrt meldet sich ein Stammkunde, den er vorhin nicht erreichen konnte. Er benötigt drei Rehrücken für übermorgen und Keitel sichert ihm zu, rechtzeitig beste Ware für kleines Geld zu liefern.

In seiner Wohnung brennt das Licht bis weit nach Mitternacht. Als der überzeugte Junggeselle noch ein letztes Bier aufmacht ist er sich sicher, dass ihn vor neun Uhr keine Sache der Welt aus dem Bett bringen wird. Wie man sich doch täuschen kann!

147

„So, jetzt bist du dran!“ Jörg Schäfer, Frührentner aus dem Pfaffengrund, vernimmt das stürmische Läuten an seinem Hauseingang. Ein Blick auf den Wecker verrät, dass er nicht verschlafen hat, sondern es tatsächlich erst 6.03 Uhr ist. Wütend springt er aus dem Bett, reißt die Türe auf und blickt in drei Augenpaare unter denen in großen Buchstaben „Polizei“ zu lesen ist. „Sind sie Jörg Schäfer?“ richtet eine sonore männliche Stimme die Frage an ihn. „Äh, ja.“ Die Ermittler aus Heidelberg sehen sich einem perplexen, im kurzen Pyjama wenig attraktiv wirkenden, Mann gegenüber. Sein

Haar ist strähnig und hat vermutlich schon lange kein Shampoo mehr gesehen. „Ich frage jetzt nicht, ob sie reinkommen wollen, aber was wollen sie um diese Uhrzeit und in diesem Aufzug von mir? „Wir waren gestern schon bei ihnen, haben sie aber nicht vorgefunden“ hört er von der jüngeren Dame. „Das ist richtig, es gibt ja auch keine Ausgangssperre.“ Der Ton von Schäfer wird schärfer. „Wo sind wir denn eigentlich, wenn die Cops um sechs Uhr morgens förmlich die Tür einschlagen?“ „Keine Sorge Herr Schäfer“ Stimme und Optik der Ermittlerin lassen fast keine negative Reaktionen zu, „Sagen Sie uns nur, wo sie vorgestern am späten Vormittag waren. Dann sind wir vielleicht auch gleich wieder weg.“ „Moment, da schau ich kurz im Kalender nach.“ Schäfer will die Türe schließen, aber der Schuh des bisher nicht in Erscheinung getretenen jüngeren Mitarbeiters hindert ihn daran. Zwei der Polizisten folgen ihm in die nach hinten gelegene Küche, wo sein Mobiltelefon liegen muss. Draußen nimmt Schäfer eine Bewegung wahr und erschreckt, als er zwei in Kampfmontur gekleidete weitere Polizisten im Schein der Außenlampe erkennt.

„Was ist denn überhaupt los?“ Der ernste Blick der zwei Ermittler erstickt die Frage im Keim und so ist er froh, dass er ein Treffen mit einer ehemaligen Kollegin nachweisen kann. „Dann geben Sie uns Name, Anschrift und Telefonnummer ihrer ehemaligen Kollegin und schon sind wir wieder weg." Schäfer ist sehr verwundert, dass trotz der frühen Uhrzeit die Dame keinerlei Zurückhaltung zeigt und seine frühere Freundin, es ist natürlich keine Kollegin, sofort am Telefon fragt, mit wem sie denn vorgestern unterwegs war. Wenig später nickt die Dame ihren Kollegen zu und der Spuk endet so schnell wie er begonnen hatte. Nur Jörg Schäfer, der hat noch wochenlang mit Schweißausbrüchen zu tun, wann immer an seiner Haustüre Einlass begehrt wird.

148

„Wenn Deine Theorie stimmt, dann wird's jetzt ernst" Klaus Müller stimmt neben Rike und Daniel auch die MEK Kräfte nochmals auf die besondere Situation ein.

Im Gegensatz zum Fasanenweg im beschaulichen Stadtteil Pfaffengrund ist der Lange Anger in der Heidelberger Bahnstadt ultramodern. Das Gebäude in dem Jörg Keitel gemeldet ist, beherbergt sowohl Wohnungen als auch Betriebe der Dienstleistungsbranche. Bei der Ankunft erkennen die Ermittler, dass Keitel in einer Wohnung im dritten Geschoss wohnt. Hier gibt es offensichtlich mindestens vier Appartements. In Appartement 4 / 3 wohnt der Gesuchte.

Eine junge Dame, die eigentlich ihrem Arbeitsplatz zustreben wollte, ermöglicht der gemischten Gruppe von MEK und Kripo den Eintritt ins Gebäude. Im Eingangsbereich postiert sich sofort ein MEK-Beamter und verhindert, dass weitere Menschen ins Haus kommen können.

Jörg Keitel liegt im Bett als er unsanft vom lauten Ton seiner Wohnungsklingel geweckt wird. Es kommt selten vor das Menschen, und dazu vor acht Uhr morgens, bei ihm läuten. Deshalb vermutet er mal wieder Kinder aus der Nachbarschaft, die sich einen Scherz auf dem Weg in die Schule erlauben. Er reißt die Tür auf, holt tief Luft und will gerade anfangen zu schreien. Der Anblick von drei in schusssicheren Westen gekleideten Polizisten lässt ihn schlagartig verstummen. „Wer seid ihr denn?“ ist dann das Erste was die Ermittler um Klaus Müller zu hören bekommen. „Kripo Heidelberg. Guten Morgen Herr Keitel. Schön, dass wir sie antreffen“ hört er die sonore Stimme eines bereits in die Jahre gekommenen Polizisten. Klaus Müller ist innerlich erleichtert. Der alte und schlabberige Pyjama lässt keinen Zweifel aufkommen, dass ihr gegenüber völlig überrascht wurde und unbewaffnet ist. Auf seine Frage, ob sie in seine Wohnung eintreten können, kommt ein barsches „Nein“ und Keitel versucht die Türe den Ermittlern vor der Nase zuzuschlagen. Auch diesmal ist der Schuh von Daniel Schubert rechtzeitig zwischen der

Tür und dem dazugehörigen Rahmen. „Vermutlich hat er morgen einen riesigen Bluterguss, aber das hat der Junge gut gemacht“ denkt Müller als die Tür auf den Kopf von Jörg Keitel zurückschlägt und dieser einen lauten Schmerzensschrei ausstößt. „Wir kommen auch ungeladen mit ihnen hinein“ die Stimme von Rike erlaubt keinen Widerspruch und Keitel erkennt, dass neben den drei in Zivil gekleideten Polizisten auch zwei im Kampfanzug und vermummt auftretende Polizisten einer Sondereinheit mit eingetreten sind. „Was soll denn das? Das geht doch nicht! Was bilden sie sich ein?“ wütend protestiert Keitel gegen die rüde Vorgehensweise der Staatsmacht.

„Wenn sie mit uns kooperieren, sind wir vielleicht auch schnell wieder draußen“ versucht der offensichtliche Chef der Gruppe Jörg Keitel zu beruhigen. Dieser hat sich inzwischen einen alten und speckigen Trainingsanzug in Anwesenheit der Sondereinheit angezogen. „Das kann ja nur ein Irrtum sein“ murmelt er. „Was wollen sie wissen?“

„In erster Linie, wo sie sich vorgestern zwischen 10 und 12 Uhr aufgehalten haben“ Rike setzt bewusst einen forschen Ton auf. „Moment, das kann ich ihnen sagen. Ja, da war ich auf dem Königstuhl spazieren. Ich genieße die Ruhe und frische Luft da oben.“ „Zeugen?“ „Leider nein, ich bin gerne alleine unterwegs.“ „Gilt das auch für den Vormittag des

12.11.? Das war Sonntag vor zwei Wochen“ hakt sie gleich nach. Auf der Stirn von Jörg Keitel bilden sich langsam die ersten Schweißperlen. „Das weiß ich doch nicht“ fährt er die Polizisten an. „Ich führe doch kein Stundentagebuch. Vermutlich war ich Zuhause. Sonntags brauche ich meine Ruhe und schaue oft den Gottesdienst im Fernsehen an. Der wird immer morgens übertragen.“ „Zeugen?“ „Niemand, ich lebe alleine und Religion ist mein sehr persönliches Anliegen.“ „Halten wir fest“ fast KHK Müller zusammen. „Sie haben für beide Zeitpunkte kein Alibi und damit kommen wir zur nächsten Frage: Wo sind ihre Waffen?“

149

Zufrieden blickt Michael Bannings nochmals auf den Brief, den er gerade an die Gemeinde Meckesheim formuliert hat:

„Liebe Mitarbeiterinnen des Standesamtes der Gemeinde Meckesheim,

heute erhalten sie die erforderlichen Papiere für unsere anstehende Hochzeit. Ein Aufgebot möchten wir nicht bestellen. Wir sehen uns dann am 22.12.23, 14 Uhr bei Ihnen.

Freundliche Grüße

Michael Bannings“

Wenig später befinden sich alle Unterlagen inklusive des Anschreibens in einem großen Kuvert. Michael schwingt sich mühsam und vorsichtig auf seine Fahrrad, legt einen kurzen Stopp am Briefkasten in der Ziegelhäuser Landstraße ein und fährt guten Mutes weiter Richtung Heidelberg College. „Jetzt muss ich nur noch Rike von dem Termin überzeugen“ denkt er und weiter „hoffentlich nimmt sie es mir nicht übel, dass ich die Unterlagen für England jetzt einfach in Meckesheim eingereicht habe.“

150

Jörg Keitel will den Polizisten in das am Ende der Wohnung liegende kleine Arbeitszimmer voran gehen. Die zwei Männer des MEK hindern ihn jedoch daran und gehen voran. KHK Müller lässt sich vor dem aus Stahl gefertigten Waffenschrank von Keitel die Schlüssel aushändigen. „Sie gehen jetzt gemeinsam mit den zwei Kollegen des MEK in den Nebenraum“ weist er Keitel und die Kollegen an. „Derweil inspizieren wir ihren Waffenschrank.“ Wortlos dreht sich Jörg Keitel um und verlässt in Begleitung den Raum.

„Also, was haben wir?“ erkundigt sich Klaus Müller bei Daniel Schubert, während dieser die Waffenliste der Waffenerlaubnisbehörde der Stadt Heidelberg aus seiner Tasche zieht.

Wenige Minuten später steht fest, dass der Waffenschrank genau das enthält, wofür Jörg Keitel eine Erlaubnis besitzt. Grinsend sieht er die Ermittler der Kripo aus dem kleinen Zimmer kommen. „Hätte ihnen gleich sagen können, dass ich sauber bin. Jetzt wird es Zeit das sie gehen, Und zwar alle, gleich!" Das soeben gewonnene Oberwasser ist aus seiner Stimme herauszuhören. „Jetzt mal langsam, so schnell schießen die Preußen nicht" hört Daniel seinen Chef sagen. „Jetzt schauen wir uns erstmal noch in ihrer Wohnung um." „Das dürfen sie nicht, hierzu haben sie keine Erlaubnis" protestiert Keitel vehement. „Doch haben wir" Keitel hört die Stimme dieser gut aussehenden, jungen Polizistin aus dem Hintergrund. „Ich habe gerade mit Staatsanwalt Knopf telefoniert. Wir haben eine mündliche Durchsuchungserlaubnis, der Beschluss der Staatsanwaltschaft wird ihnen im Laufe der nächsten Stunde zugestellt. Der Durchsuchungsbeschluss bezieht sich übrigens auf alle ihre Räumlichkeiten und Fahrzeuge. Wo steht eigentlich ihr Auto, Herr Keitel?"

151

Es gibt Tage im Leben von Polizeibeamten die vergessen diese nie. Einen solchen Tag erlebt heute Giovanni Calvagno, Streifenpolizist beim Revier in Neckargemünd. Er ist gerade mühsam dabei einen Unfallbericht zu verfassen, da wird ihm unerwarteter Besuch angekündigt. Wenig später betritt Heinrich Sure, Sprecher der Jägerwehr das kleine Büro. „Der hat mir gerade noch zu meinem Glück gefehlt“ denkt Calvagno und fragt dann freundlich „Herr Sure, was können die Büttel der Regierung heute für sie tun?“ Und den nächsten Minuten traut Giovanni Calvagno seinen Augen und Ohren nicht.

Nach dem er seinen Besucher vor dem Revier in der Bahnhofstraße per Handschlag verabschiedet hat, schaut ihn sein gerade eintreffender Kollege Neumann mit großen Augen fragend an. „Ja“ beginnt Giovanni Calvagno „das ist oder besser war unser ehemaliger Reichsbürger Heinrich Sure. Du wirst es nicht glauben. Er war bei mir, hat sich für sein Verhalten entschuldigt und berichtet, dass er die letzten zwei Tage lange nachgedacht hat. Im Ergebnis ist er froh in der Bundesrepublik wohnen zu können und überzeugt, dass es doch keiner Jägerwehr braucht.“

152

„Fund“ laut tönt der Ruf eines Mitarbeiters der KTU durch die kleine Wohnung. Sofort sind Rike Klein und Klaus Müller bei dem Kollegen, der vor der alten Waschmaschine steht, zur Stelle. Er hält eine alte Hose in seinen behandschuhten Händen die deutliche Flecken aufweist. „Jede Wette, das ist Blut“ ist sein Kommentar bevor die Hose als Beweismittel in einen Plastiksack zur weiteren kriminaltechnischen Untersuchung wandert.

„So, mir sinn fertisch“ Hakan Yildirim, Leiter der Kriminaltechnik, hat eine ganze Liste in den Händen. „Autoschpure gsischert, Hose mit Blutspure uf em Weg ins Labor, Waffe mit Munition ewefalls uf em Weg zu uns. Ansunschte isch alles sauwer, eigentlisch sogar zu sauwer.“ „Wie meinst du das?“ Klaus Müller versteht nicht, was der Kollege meint. „Naja. En Freind von mir isch a Jäjer. Unn wenn der vun de Jagd kummt isch der immer dreggisch. Sei Beite hängt der irgendwu uff. Un isch konn mer net vorschtelle, dass der Keitel in dere Wuhnung Viescher ausnimmt.“ „Da hast Du recht Hakan. Dass wir da noch nicht selbst dran gedacht haben. Der muss noch irgendwo eine Jagdhütte oder Garage haben.“ KHK Müller ist auf sich selbst sauer, dass er daran noch nicht gedacht hat. Da Jörg Keitel inzwischen die Kommunikation mit der Polizei eingestellt hat und auf die Ankunft seines Anwalts wartet, gibt Müller an seine Mitarbeiter klare Anweisung. „Rike, du fährst sofort zur Stadtverwaltung. Wir müssen wissen, ob Jörg Keitel in Heidelberg noch ein Grundstück hat. Vielleicht hat er eines bei der Stadt im Wald gepachtet. Du Daniel, klärst die Frage für die umliegende Region mit dem Grundbuchamt in Mannheim. Die sollen ausnahmsweise mal ein akzeptables Tempo an den

Tag legen. Wenn das Grundstück auf seinen Namen läuft, finden wir es auch."

„Sie, Herr Keitel, werden heute unser bestens betreuter Gast im Dezernat sein. Die Kollegen nehmen sie mit. Ihr Anwalt wird sie auch bei uns noch rechtzeitig genug finden."

153

„Da können sie gute Chancen haben, junge Frau" der Mitarbeiter des Liegenschaftsamtes in Heidelberg ist sichtlich beeindruckt, was für Frauen bei der Kripo arbeiten. Zur Überraschung von Rike hat der schmächtige, mit Rollkragenpulli und dicker Hornbrille ausgestattete Mann, sofort seine Arbeit unterbrochen und ist ausgesprochen flott zu einem Aktenschrank gegangen.

Es ist ein Schrank, wie ihn Rike noch nie gesehen hat. Vermutlich uralt und von so stabiler Bauart, dass die Statik des Gebäudes einem ständigen Belastungstest unterworfen ist.

Auf Knopfdruck setzt sich eine Walze im inneren des Schrankes in Bewegung und die sicher tausende Akten beginnen zu rotieren. Der Beamte stoppt die Rotation bei den Buchstaben J-M und zieht triumphierend eine Mappe heraus. „Treffer" ruft er Rike von weitem entgegen. „Jörg Keitel, Im langen Anger 15 und früher der Bergheimer Straße. Der ist nach unseren Unterlagen Jagdberechtigter im

Ziegelhäuser Revier. Deshalb hat er da von uns auch eine kleine Jagdhütte mit Außensitz verpachtet bekommen.“ Rike telefoniert bereits im Foyer mit ihrem Chef, während der Mitarbeiter im Liegenschaftsamt sich noch immer fragt, warum diese so nette Dame explizit nicht mit ihm einmal ausgehen will.

154

Die Durchsuchung des gepachteten Grundstücks in Nähe des Peterstaler Quellenwegs ist mühsam. Hier wurde schon länger nichts mehr gepflegt. Neben einem alten Auto steht weiterer Schrott herum und die Kriminaltechniker und Ermittler müssen aufpassen, dass sie sich nicht an diversen Gegenständen verletzen.

Die kleine Jagdhütte sieht auch aus, als sei hier seit Jahrzehnten nicht mehr sauber gemacht worden. Lediglich das getrocknete Blut an diversen Deckenhaken und dem Boden zeigt, dass hier auch vor kurzem noch waidmännisch gearbeitet wurde. „Keitel hat schon einige Jahre kein eigenes Jagdrevier mehr. Der letzte Jagdpächter war mit ihm nicht zufrieden. Seine Abschussleistung sei zu gering gewesen“ berichtet Daniel über ein soeben geführtes Telefonat. „Na also, dann sollte doch der Tatbestand der Wilderei schon mal bewiesen sein“ hakt Klaus Müller innerlich einen Punkt ab. „Ja Chef, wir suchen aber keinen Wilderer, sondern einen

Mörder. Was uns fehlt sind die unmittelbaren Beweismittel, sprich Schusswaffen. Ich kann mir aber nicht vorstellen, dass er diese komplett weggeschmissen hat." Rike führt fort „Die Waffen in seiner Wohnung waren schon lange unbenutzt. Der wäre ja auch blöde seine registrierten Waffen zu nehmen." Klaus Müller nickt ihr zu. „Aber wie sollen wir hier irgendwo Waffen finden?" „Ich wüsste da was" verblüfft schaut Müller seinen Mitarbeiter Schubert an und fragt sich erneut, ob er diesen nicht völlig unterschätzt hat.

155

Rex, sechsjähriger Schäferhundrüde, ist aufgeregt. Sein Frauchen hat ihn unmittelbar nach einem Anruf in den silber-blauen VW-Bus gesetzt und ist dann mit Blaulicht und Martinshorn die Strecke vom Stuttgarter Flughafen nach Heidelberg gerast. Rex gehört zur Prominenz der baden-württembergischen Polizei-Hundestaffeln. Bereits während seiner Ausbildung zum Polizeihund fiel auf, wie weit überdurchschnittlich sein Geruchssinn entwickelt war. So wurde er nicht, wie geplant, einer der vielen Mantrailer Hunde, sondern der Spezialist für Waffen- und Munitionssuche. Seine Erfolge sind so überdurchschnittlich, dass vor einigen Monaten eine Haustierzeitschrift über Rex berichtete. Und diese Zeitschrift, die Hunde und Katzen zum Schwerpunkt hat, freut sich einen

Abonnenten namens Daniel Schubert aus Mannheim in seinen Reihen zu wissen.

Als Rex mitsamt Frauchen in Peterstal eintrifft, ist bereits die Dämmerung eingetreten. Die Erleichterung ist Klaus Müller anzusehen, als die Hundeführerin erklärt, dass das dem Hund völlig egal ist. Da die Polizei bereits die Hütte komplett abgesucht hat, ist sicher, dass ein mögliches Versteck irgendwo auf dem großen und vermüllten Grundstück zu finden ist. „Das kriegen wir hin" ist die Polizistin optimistisch, während sie ihrem Hund Pfotenschutzschuhe überzieht um ihn vor Verletzungen durch Metall oder Glas zu schützen. „Sie gehen jetzt mit ihrer kompletten Mannschaft vor die Tür und lassen uns mal in Ruhe suchen." Die Mannschaft aus Heidelberg hat noch nicht ihre Tasse Tee gegen die Kälte leer getrunken, als ein lautes Bellen und kurz darauf „Fund" aus einer Ecke des Grundstücks zu hören ist.

156

„Ihr seid überzeugt, den Richtigen zu haben?" interessiert fragt Michael bei Rike nach, die sich von dem Einsatz unter der Dusche erholt. „Ja, es sieht so aus. Wir haben ein ganzes Waffenarsenal gefunden. Das hätte bei euch früher gereicht um den Falkland-Krieg zu führen" zieht Rike einen unpassenden Vergleich. „Der Hund war echt der Hammer. Wie der rangegangen ist, sowas habe ich noch nie gesehen.

Wir suchen stundenlang und laufen ahnungslos mehrmals über den Eingang in den Erdbunker hinweg. Und der Hund? Wird einmal in die Ecke geführt und ruckzuck meldet er den Fund. Das ist einfach sensationell." Rike ist noch immer vor Begeisterung außer sich.

Nachdem sie sich abgetrocknet und in ihre Freizeitklamotten geworfen hat, schmiegt sie sich auf der Coach an ihren Michael. „Das ist jetzt der Moment" denkt er noch und will gerade die wichtigste Frage seines Lebens stellen, als er bemerkt, dass seine Freundin tief und fest eingeschlafen ist. „Dann eben morgen, da ist auch noch Zeit."

157

„Wir haben die Waffe" triumphierend schwenkt KHK Müller die erste Seite des Berichts der KTU zu den Funden des gestrigen Tages. Es gibt keine Zweifel, Hauweg wurde mit einem Gewehr erschossen, welches wir im Erdbunker auf dem von Keitel gepachteten Grundstück gefunden haben. „Und Munition?" kommt die Frage des Staatsanwalts „Passt auch und war noch auf Lager. Dazu kommt, dass der Reifenabdruck seines Autos mit dem in Eiterbach und dem in Lobbach identisch ist." „Kollegin und Kollegen, das ist wunderbar und reicht für eine Anklage. Ich denke der Fall ist gelöst. Was jetzt noch fehlt ist ein Geständnis" die

Begeisterung ist aus der Stimme des Staatsanwalts heraus zu hören.

„Da sind wir dran“ auch auf Rike ist das Jagdfieber übergegangen. Auf zehn Uhr ist das Verhör angesetzt, Keitel will nur in Beisein seines Anwalts reden. Und das auch nur vielleicht.

Es ist zwei vor zehn als Jörg Keitel, inzwischen Beschuldigter eines Tötungsdelikts, gemeinsam mit seinem Strafverteidiger den mit Aufnahmetechnik ausgestatteten Verhörraum in Begleitung zweier Justizangestellten betritt. Keitel hat sichtbar eine schlechte Nacht hinter sich gebracht. Sein Haar ist nicht gekämmt und steht in allen Richtungen von seinem Kopf ab. Obwohl ihm andere Kleidung angeboten wurde, hat er noch die bei seiner Festnahme getragene Oberbekleidung an. Er ist leichenblass und aus seinem gestrigen Grinsen ist eine Miene geworden, die an eine Trauergestalt erinnert.

Sein Anwalt, Dr. Schneider, gilt trotz seiner gerade 40 Jahre als erfahrener Strafverteidiger. Nach Sichtung der Unterlagen hat er seinem Mandanten geraten eine Aussage zu machen. Eine Kooperation mit den Ermittlungsbehörden wirkt sich letztlich strafmildernd aus. Obwohl Jörg Keitel dies anfänglich völlig anders einschätzte, hat er sich letztlich von seinem Anwalt überzeugen lassen.

„Mein Mandant wird heute eine umfangreiche, freiwillige Aussage machen“ beginnt der Anwalt und sieht, wie sich die beiden Ermittler Klein und Müller entspannen. „Vielleicht haben sie doch keine so starken Beweise“ denkt er noch, aber dann ist es zu spät. Sein Mandant beginnt zu sprechen.

Es ist eine der Beschuldigtenaussagen, die sowohl Rike Klein als auch Klaus Müller noch lange in Erinnerung bleiben werden. Jörg Keitel beginnt stockend zu erzählen. Zunächst von seiner Kindheit und einem Vater, der seinem Sohn bereits früh das Schießen beigebracht hat. „Wir schossen auf alles“ berichtet Keitel. „Vögel, Ratten, Mäuse und später auch Katzen aus der Nachbarschaft.“ Seine Zweifel, ob dies alles richtig sei, wären mit der Knute aus dem Wege geräumt worden. „Während meine Kumpels an alten Zündapp oder Maico schraubten, schoss ich durch die Gegend und optimierte meine ersten Zieleinrichtungen selbst.“ Sein Vater habe eine eigene Jagd im Odenwald besessen. Hier seien sie sehr oft angesessen. Schonzeiten oder Schussverbote für geschützte Tiere seien seinem Vater egal gewesen. „Irgendwann waren wir pleite, wir mussten die Jagd abgeben und nach dem Tode meines Vaters habe ich gelegentlich Jagdpächtern bei der Erfüllung ihrer Quote geholfen. Bei einem der Jagdpächter durfte ich selbst das Fleisch verwerten. So fing alles an“ Keitel bedauert sich offensichtlich selbst am meisten und kämpft mit den Tränen.

Stockend berichtet er, wie er die ersten Gasthofbesitzer mit Wild versorgte. Es seien aber immer mehr auf ihn zugekommen. Er war billig und konnte auch spontane Wünsche erfüllen. Als er Frührentner wurde, reichte sein Geld hinten und vorne nicht. Ab dieser Zeit wurde die Wilderei sein Nebenverdienst.

Keitel sei eigentlich nie erwischt worden. „Ein oder zweimal war es ausgesprochen knapp. Das erste Mal hat mich ein Förster angesprochen, dass ich doch nicht mit dem Auto durch den Wald fahren darf. Er hat mir meine Ausrede geglaubt, dass ich nach meinem Hund suchen würde, der mir entlaufen wäre. Er erkundigte sich nach dem Tier und versprach seine Augen offen zu halten. Ein weiteres Mal, es war bei Lindenfels, ist mir ein Jäger nachgerannt. Glücklicherweise war er älter als ich und so konnte ich ihn bergauf abhängen. Zu Schießen hat sich die Flasche natürlich nicht getraut“ trotz seiner misslichen Lage kann sich Keitel ein Lächeln nicht verkneifen.

„Einer meiner ersten Kunden war der Manfred“ spricht Keitel weiter. „Sie meinen Manfred Hauweg aus Schönau?“ Müller will auf Nummer sicher gehen. „Ja, der Hirschen Wirt. Der war mit der Schlimmste. Macht Werbung in seinem Laden über Wild aus der eigenen Jagd und ruft dreimal die Woche an, dass er von mir Nachschub braucht. Der hatte seiner Alten immer erzählt, dass er zur Jagd ginge. Dabei hat der jahrelang eine Jugendliebe beglückt, während ich ihm seine angebliche Beute in den Kofferraum gelegt habe." „Ging das bis jetzt?" will KHK Müller die bisherigen Erkenntnisse bestätigt wissen. „Nein, die hat ihm vor Jahren den Laufpass gegeben. Seitdem war Ruhe. Der Manfred war ja auch keine gute Partie mehr und sein Weib hatte ihn gut im Griff." „Kommen wir zurück zu Manfred Hauweg und ihnen" hört Dr. Schneider die junge Ermittlerin sagen.

„Zwei Tage vor seinem Tod hat mich Manfred wieder angerufen. Er braucht dringend Wildbret und hätte keine Zeit selbst zu jagen. Ich habe gedacht, dann ist ja am Sonntag sein Revier unbesetzt. War ja logisch. Wir sind dann nach Eiterbach in der Nacht rausgefahren." „Wir?" „Ja, gelegentlich habe ich einen Freund dabei. Zur Hilfe. Schleppen Sie mal einen kapitalen Hirsch durch den Wald zum Auto. Das ist Schwerstarbeit. „Wer ist der Freund?" Fragend blickt Jörg Keitel seinen Anwalt an. Dieser nickt aufmunternd „Rainer Löwe. Er wohnt in Mauer."

„Wir unterbrechen für zehn Minuten" tönt von außen die Stimme von Staatsanwalt Knopf in den Raum.

„Sorgt dafür, dass der bald da ist. Und ich verwette meinen Hut, dass wir jetzt erzählt bekommen, der Löwe war‘s.“

158

„Sofort ins Dezernat der Kripo nach Heidelberg bringen.“ Die deutliche Ansage ihres Revierleiters in den Ohren bewegen sich zwei Polizisten aus Neckargemünd zügig Richtung Mauer. In der dortige Blumenstraße erfahren sie von der Nachbarschaft, dass Rainer Löwe um die Zeit nie zuhause sei. „Suchen sie erstmal im Ochsen. Wenn Sie ihn da nicht finden, in der Krone-Post. Auf dem Rückweg stoppt er manchmal noch in der Bahnhofswirtschaft. Danach ist er meistens so voll, dass er die nächsten Stunden auf seiner Couch im Wintergarten pennt.“ „Auch ein geregeltes Leben“ denkt Silvana Maier, allein erziehende Streifenpolizistin, die sich nicht mehr an ihren letzten Gasthausbesuch erinnern kann. Sie und irgendwie auch die Kripo in Heidelberg haben Glück. Rainer Löwe ist heute später zu seiner Kneipentour aufgebrochen. So finden sie ihn, während er gerade den ersten Schluck Gerstensaft einer Heidelberger Brauerei im „Ochsen“ zu sich nehmen will. „Rainer Löwe?“ fragend sieht dieser einer vom Leben gezeichneten Polizistin ins Gesicht. „Kommen sie mit, sie werden in Heidelberg benötigt. Und zwar sofort.“ Zahlreiche fragende

Blicke verfolgen die Drei beim Verlassen des Lokals. Aber niemand von den Gästen kann die Frage beantworten, weshalb Rainer Löwe heute einen exklusiven Fahrdienst nutzen muss.

159

Auch Jörg Keitel hat die zehnminütige Pause gut getan. Sein Anwalt stellt erfreut fest, dass Keitel sich umgezogen hat. Der Mief der kargen Arrestzelle und die geringe Körperhygiene seines Mandanten setzten ihm im ersten Teil der Vernehmung arg zu. Keitel konnte sich etwas frischmachen und sitzt nun den Ermittlern deutlich besser aussehend gegenüber.

„Herr Keitel" setzt KHK Müller die Vernehmung in Begleitung von Staatsanwalt Knopf fort. „Sie wollten uns weiter erzählen. Bis jetzt sind sie ja sehr kooperativ." Keitel nickt und setzt fort: „Wir sind dann Sonntag um vier morgens raus. Es war ein klasse Tag. Niemand unterwegs, Ruhe im Revier und beste Voraussetzungen für eine erfolgreiche Jagd. Wir waren beide mit Nachtsichtgeräten ausgestattet. Ich schoss wie in Trance und als es hell wurde, hatten wir genug erlegt. Sie müssen wissen, dass das Revier dort teilweise sehr schlammig und steil ist." An seine schlammigen Schuhe und das Abschlepperlebnis mit ihrem Wagen denkend, stimmt Klaus Müller dem gedanklich zu. „So haben wir das Wild an drei Stellen deponiert und waren gerade dabei, es zu unserem Auto zu tragen. Ich holte die Rehböcke aus Richtung des Brunnens St. Maria, Rainer die bei der Stiefelhütte."

160

Rainer Löwe steht die pure Angst ins Gesicht geschrieben. „Mord, aber ich bin doch kein Mörder. Gut, dass ein oder andere Mal habe ich mir beim Jörg was dazu verdient, aber ich kann ja nicht einmal schießen." „Dann erzählen sie mal, was an diesem Sonntag im Eiterbacher Wald passierte" fordert Rike ihn auf. Nachdem es lange ruhig im Vernehmungsraum ist „Wird`s bald!" Die heftige Aufforderung von Daniel Schubert wirkt Wunder. Stockend beginnt Rainer Löwe zu berichten, „Der Jörg hat mich mitten in der Nacht aus dem Bett geschmissen. „Ich müsse mit, er brauche Hilfe." Gut, ich brauchte eh Geld und so sind wir in den Odenwald gefahren. Es war ein geiler Tag, Jörg schoss und schoss und wir hatten bei Tagesanbruch Rehe, Wildschweine und auch einen schönen Hirsch erlegt. Wissen sie, mit Nachtsichtgeräten ist das heute kein Problem." Um ihn weiter zum Reden zu bringen, nicken Rainer Löwe die Ermittler verständnisvoll zu. „Später haben wir uns aufgeteilt. Jörg ist hoch zu unserer Beute in Richtung Brunnen, ich rüber zur Stiefelhütte. Hier nahm ich einen Rehbock auf die Schulter und ging quer durch den Wald. Auf einmal hörte ich einen Schrei: „Du

Arschloch, dich mach ich kalt“ In dem Moment knallte es auch schon, ich warf mich zu Boden und sah die Kugel glücklicherweise direkt neben mir in den Rehbock einschlagen.“

161

„Ich hörte einen Schuss und sah wie der Rainer zu Boden fiel. Ich dachte der schießt ihn tot. Da sah ich den Schützen zwischen den Bäumen an einem Hochsitz stehen. Was sollte ich tun? Ich musste doch den Rainer retten. Ich riss mein Gewehr hoch und wollte ihn an der Schulter treffen um seine Knallerei zu beenden. In dem Moment macht der einen Schritt nach vorne und tritt wohl in ein Loch. Ich schwöre ihnen, ich wollte die Schulter treffen und nicht den Kopf. Und wenn ich gewusst hätte, dass es der Manfred Hauweg war“ schluchzend bricht er in Tränen aus „der hatte mir doch gesagt, dass er keine Zeit zum Jagen habe.“ „Ok, ich denke das reicht auch für heute“ nimmt ihn Dr. Schneider in seine Arme und drückt den Mandanten fest an sich. „Ja, das reicht. Herr Keitel sie sind festgenommen wegen des Verdachts der Tötung von Manfred Hauweg“ beendet Staatsanwalt Knopf die Befragung.

162

„Vorbei, es ist vorbei“ geradezu euphorisch betritt Rike die gemeinsame Wohnung im Philosophenweg. Michael freut sich sichtlich und nimmt seine Rike zärtlich in die Arme. „Nein, eigentlich ist es nicht vorbei. Wenn Du endlich auch mal für uns Zeit hast, dann kann ich dir endlich meinen Vorschlag machen. Wir fahren am 22. Dezember gemeinsam nach Meckesheim. Die haben dort ein schnuckeliges Wachthäusl, eine super Standesbeamtin und nehmen sich eine Stunde Zeit für uns“ Michael holt aus seinem englischen Sekretär zwei nagelneue Hochzeitsringe. „Ich wollte nicht die für England gedachten nehmen, das bringt vielleicht Unglück. Rike, willst Du nochmals mit mir den Versuch unternehmen zu heiraten?“ wie in einem alten schwarz-weiß Film geht Michael vor Rike auf die Knie. „Ja, mein edler englischer Ritter und dann ist es tatsächlich nicht vorbei.“

Ende

Epilog:

Mit dem Titel „Jägerjagd“ ist im Spätherbst 2023 mein dritter Roman erschienen, in dem das Team der Heidelberger Kriminalpolizei versucht, in der Kurpfalz verübte Verbrechen aufzuklären. Ich muss zugeben, dass die Idee einen Roman über Verbrechen „in unserem Wald“ zu schreiben, nicht von mir ausgegangen ist. Wie so viele Menschen bei uns, hatte auch ich vor kurzem die Vorstellung, in unseren Wäldern sei alles in bester Ordnung. Ich konnte mir nicht vorstellen, wie viele unterschiedliche Interessengruppen hier aufeinander treffen. In vielen Gesprächen wurde mir klar, dass zum einen mein romantisches Bild vom Wald überholt ist und zum anderen hier sehr wohl ein spannender Hintergrund für einen ebenso spannenden Krimi gegeben sein kann.

So gilt mein erster Dank dem Leser, der mich per Mail auf dieses Thema aufmerksam gemacht hat. Ebenso habe ich den Menschen zu danken, die mir, bewusst und teils unbewusst, ihre jeweilige Sicht auf den Wald geschildert haben. Dies waren Forstbeamte, Jäger und Forstarbeiter. Aber auch legale und illegale Strecken nutzende Mountainbiker, Betreiber von Windparks oder engagierte Umweltschützer. Die Informationen über Wilderer habe ich größtenteils dem Internet und den wenigen Urteilen von Gerichten zu diesem

Thema entnommen. Diese Informationen zeigen ein Bild, das ich in dem Roman versucht habe wiederzugeben Übrigens veranlassen mich meine Recherchen inzwischen, in der Gastronomie zu fragen, woher das Wild auf meinem Teller eigentlich kommt.

Ein besonderer Dank geht noch nach Braunschweig. Hier lebt und arbeitet ein Freund, der intensiv geholfen hat, diesen Roman unter hohem Zeitdruck durch das Lektorat zu Ende zu bringen.

Meckesheim, im November 2023

Clemens Heck